스코틀랜드
西하일랜드길
도보여행기

**Walking Diary on the West
Highland Way in Scotland**

스코틀랜드 西하일랜드길 도보여행기

Walking Diary on the West Highland Way in Scotland

2026년 3월 13일 초판 1쇄 인쇄 발행

지은이   김병두
펴낸이   박종래
펴낸곳   도서출판 명성서림

등록번호   301-2014-013
주소   04625 서울시 중구 필동로 6 (2, 3층)
대표전화   02)2277-2800
팩스   02)2277-8945
이메일   msprint8944@naver.com

값 28,000원
ISBN 979-11-7439-103-2

스코틀랜드 西하일랜드길 도보여행기

Walking Diary on the West Highland Way in Scotland

김병두 지음

도서
출판 **명성서림**

2018년 8월 北잉글랜드 장거리 둘레길 Coast To Coast (줄여서 CTC)를 걷고 난 후 귀국길에 런던 도심 큰 서점에서 평소에 관심을 두었던 스코틀랜드 장거리 둘레길의 안내서 두 권을 구입했다. 하나는 西하릴랜드길(West Highland Way) 안내서고, 다른 하나는 大협곡길 (Great Glen Way) 안내서였다. 이 장거리 둘레길 길이가 각각 154km, 127km고, 西하일랜드길이 끝나는 포트윌리엄(Fort William)에서 大협곡길이 시작되기 때문에 두 길을 이어 걸으면 끝이 되는 북해北海쪽 항구도시 인버네스(Inverness)까지 총거리 281km로 내 성에 찬 충분한 거리가 되어 다음에는 이 두 길을 한 번에 걷고자 두 안내서를 같이 구매했다.

세상은 내 마음대로 흘러가지 않는 법이다. 2019년부터 3년 이상을 코로나19로 해외여행은 고사하고 국내여행조차 할 수 없는 시대를 겪게 되었고, 나도 나이 들어 이제 70대 중반 가까운 나이에 이르게 되고, 더욱이 당장 죽을병은 아니라지만 몸에 병이 있다는 진단을 받고 치료에 들어갔다. 다행히 아직은 악화되지 않아 여행을 계속할 수는 있지만 노년의 나이에 병까지 있으니 여느 때처럼 '마구 뛰어다니는 여행'은 삼갈 수밖에 없었다. 예전과는 달리 부득이 몸을 사려야 하는 여행이 될 수밖에 없었다. 이런 연유로 애초 계획과는 달리 이번 여행을 西하릴랜드길 154km만 걷기로 했고, 맘만 먹으면 단시간으로는 빨리 걸을 수도 있겠으나, 몸에 무리를 주지 않기 위해서 매우 천천히 걸어 西하릴랜드길을 완주, 아니, 답파踏破했다. 하루 걷는 거리를 가능한 한 15km 미만으로 짧게 하려고 숙소를 예약할 때 고심하고 또 고심했지만 여러 여건상 20km를 넘는 경우가 적지 않았다. 중간에 길을 벗어나 글렌코(Glencoe)마을에서 하루를 걷지 않고 주변을 관광하여 발과 다리를 잠시나마 쉬도록 했다.

처음부터 끝까지 숙소를 전부 미리 예약했고, 걷는 첫 날부터 끝나는 날까지 짐 운반업체에게 짐을 맡겨 무거운 짐을 지고 걷지는 않았다. 짐을 맡겨 옮기며 걷는다는 것은 편하기는 하지만 미리 숙소가 정해져야 하므로 처음부터 끝까지 한 번 정해진 대로 움직여야 해서 자유가 제한되어 아쉬움도 있었다.

불과 5년 전만 해도 도보여행 중에 길에서 만난 도보여행자들과 같이 대화하고, 같이 걸으면 이내 친구가 되었는데, 이번 西하일랜드길 도보여행에서는 그런 재미를 아쉽지만, 포기해야했다. 처음에는 어느 정도 같이 걷다가도 아쉽지만 헤어져 혼자 천천히 뒤처져 걸어야 했다. 몸에 무리를 주지 않기 위함이었다. 걸음걸이 속도와는 관련이 없는 숙소 내에서는 이전처럼 친구를 만들 수 있었다.

평소에도 일기를 쓰는데 西하일랜드길 도보여행을 나설 때도 종이노트에다 손으로 여행일기를 썼다. 그리고 여행지에서 사진을 찍었고, 시간을 정확히 맞춰놓은 캠코더로 동영상도 찍었다. 나에게는 사진과 동영상은 또 하나의 기록일기로 전부터 오랫동안 이용해 왔다. 나는 사진과 동영상을 찍을 때 미학과 예술적인 면도 중요하게 생각하지만, 그보다도 그것에 담길 정보를 더 중요시하여 찍는다. 손으로 적은 공책일기와 함께 또 하나의 일기이기 때문이다. 〈스코틀랜드 西하일랜드길 도보여행기〉는 이 세 개의 일기, 즉 손으로 쓴 공책일기, 사진일기 그리고 캠코더의 동영상일기를 바탕으로 엮은 여행기라 할 수 있겠다.

여행자에게 누가 이런 명언을 최초로 했는지는 모르지만 "아는 만큼 보인다"라는 뜻깊은 말이 있다. 스코틀랜드를 여행하고자 하는 사람에게 필요한 '앎'은 대부분 스코틀랜드 역사와 관련이 많다. 西하일랜드길을 걸을 때도 마찬가지로 스코틀랜드 역사를 알면 보이는 것이 훨씬 더 많을 것이다. 여행기에 들어가기 전에 관련 영국역사를 조금 살펴볼 것인데 오래전 학창시절에 들었던 것들로 독자에게 특별히 새로운 것은 없을 것이고 단지 기억력을 돕는 정도일 것이다. 그리고 길을 걸으며 길가에 세워진 설명간판, 여행안내서에 있는 설명을 현장에서 소개하면서 전달 할 것이다. 그리고 자로 잰 듯 정확히 구분하지는 않지만, 보통은 西하일랜드길위에서 걸으면서 일어난 일은 현재시제로 썼다. 西하일랜드길과 그 위를 걷고 있는 나를 좀 더 생동감 있고 현실감 있게 전달하고 싶었다. 전개되는 글이 자연히 과거와 현재가 뒤섞일 수밖에 없는데 예외도 있지만 대게는 시제가 현재라면 내가 '길' 위에 있다고 보면 맞다.

끝으로 꼼꼼한 성격대로 걸어가는 길을 시종일관 자세히 설명했기 때문에 특히 西하일랜드길을 걷고자 하는 독자에게는 편리한 안내서(GUIDE BOOK)가 되었으면 하는 바람이 있고, 길 안내 설명 외에도 스코틀랜드에 관해서 역사를 비롯해 적지 않은 여러 가지 이야기를 담았기 때문에 스코틀랜드에 관심이 많은 독자라면 西하일랜드길을 걷지 않을 독자에게도, 사정상 걷지 못할 독자에게도 흥미와 재미를 주었으면 하고 바라고 있다.

2025년 9월
서울 명일동에서 김병두

004 머리말

284 더하고 싶은 말

287 참고 자료

1부

013 아는 만큼 보인다 : 잉글랜드와 갈등의 역사

020 西하일랜드길은 어떤 길인가?

023 도보여행 최적기는 언제일까?

025 여행자의 공적 각다귀(Midge)

027 고유명사는 현지인 발음이 기준

030 글라스고와 관련 교통편

2부

035 이제는 우리도 선진국 국민 (글라스고 국제공항에서)
     2023년 5월 23~24일 화~수요일 | 서울 맑음, 글라스고 흐림

044 멀가이(Milngavie)에서 사전 답사
     2023년 5월 25일 수요일 | 맑음

049 시작점 오벨리스크를 출발하다
     1일 차 2023년 5월 26일 금요일 | 흐린 후 맑음 | 멀가이 → 드리민 19km

069 하일랜드의 로몬드 호와 트로삭스 국립공원으로 들어서다
     2일 차 2023년 5월 27일 토요일 | 조금 흐림 | 드리민 → 발마하 11.5km

087 아름다운 강둑 너머, 아름다운 강비탈 너머
3일 차 2023년 5월 28일 일요일 | 맑음 | 발마하 → 인버스네이드 22.5km

107 롭로이의 동굴을 놓치고, 물수제비도 시원찮고, 넘어져 손가락도 삐고
4일 차 2023년 5월 29일 월요일 | 맑음 | 인버스네이드 → 아들리쉬 8km

123 로몬드 호와 작별하고 철도, 철탑, A82 도로, 팔로크 강과 함께 앞으로 앞으로
5일 차 2023년 5월 30일 화요일 | 맑음 | 아들리쉬 → 크리안라리크 13km

143 성자 필란(St. Fillan)과 로버트 더 브루스(Robert the Bruce)의 흔적을 보며
6일 차 2023년 5월 31일 수요일 | 흐린 후 맑음 | 크리안라리크 → 타인드럼 10km

161 원뿔형 베인도레인 산을 향해 꾸준히 걷다
7일 차 2023년 6월 1일 목요일 | 맑음 | 타인드럼 → 브리지오브오키 11.5km

182 글렌코 첩첩산중의 작은 오두막(Microlodge)에 투숙하다
8일 차 2023년 6월 2일 금요일 | 흐린 후 맑음 | 브리지오브오키 → 킹스하우스 21km

197 악마의 계단을 지나 고개를 넘어
9일 차 2023년 6월 3일 토요일 | 맑음 | 킹스하우스 → 킨로크리븐 13.5km

218 하일랜드의 해묵은 비극 글렌코 학살을 생각하며
10일 차 2023년 6월 4일 일요일 | 맑음 | 글렌코(Glencoe)

228 영국 최고봉 벤네비스(Ben Nevis) 산 아래 글렌네비스(Glen Nevis) 마을까지
11일 차 2023년 6월 5일 월요일 | 맑음 | 킨로크리븐 → 글렌네비스 20km

246 팔터(환영), 西하일랜드길 종점(Fàilte, The End of The West Highland Way)
12일 차 2023년 6월 6일 화요일 | 맑음 | 글렌네비스 → 포트윌리엄 4km

266 차창 밖으로 西하일랜드길과 베인도레인 산을 다시 바라보며
2023년 6월 7일 수요일 | 아침에 조금 흐리고 맑아짐 | 포트윌리엄 — (기차) → 글라스고

272 집으로
2023년 6월 8~9일 목~금요일 | 글라스고 조금 흐림, 인천, 서울 맑음

1부

아는 만큼 보인다 :
잉글랜드와 갈등의 역사

○
●

　스코틀랜드와 잉글랜드의 기나긴 해묵은 반목의 역사적 배경은
자세히 들여다보면 세계 어느 나라에서도 볼 수 없을 정도로 독특하
다. 거의 모든 나라의 경우 대부분의 갈등이 민족 혹은 종교, 영토 문
제에서 출발하지만, 영국의 경우는 여기에 더해서 또 다른 독특한 것
으로 잦은 혼인에 의한 두 왕가의 혈연적 밀접성에서 엮이게 되는 복
잡함이라는 것이다. 갈등은 기원전부터 있었지만, 본격적인 갈등은 13
세기부터 시작된다. 난세의 영웅들로 로버트 더 브루스, 윌리엄 윌리
스 등의 투쟁과 자기희생으로 강대국 잉글랜드를 성공적으로 막아냈
다. 그 후 이전 왕조에 비하여 강한 스튜어트왕조를 세우고 잉글랜드
와 국가 대 국가로 경쟁한다. 이렇게 몇백 년을 이어오다 17세기 초 잉
글랜드 엘리자베스 1세 여왕의 사망으로 인해 두 나라는 전혀 새로운

국면으로 접어 들게된다.

　西하일랜드길에서 잠깐 만나게 될 로버트 (더) 브루스(Robert (the) Bruce, 1274~1329)는 난세의 영웅으로 강대국 잉글랜드와 스코틀랜드 경쟁자 귀족들과의 투쟁에서 왕좌를 차지하여 브루스 왕가를 세우고 로버트 1세(Robert I)가 된다. 아들 데이비드 2세가 뒤를 잇고, 그가 후사 없이 죽으니 로버트 1세의 외손자 로버트 2세(Robert II)가 대를 잇는데, 그가 스튜어트왕조(Stewart Dynasty, House of Stuart)를 세운다. 이 왕조는 로버트 2세가 스코틀랜드 왕으로 에든버러(Edinburgh)에서 즉위한 1371년에 시작되어 런던(London)의 영국 왕 앤여왕이 죽은 1714년에 끝을 맺는다.

1. 로버트 2세(ROBERT II, 1371~1390) 스튜어트왕조 창시자

2. 로버트 3세(ROBERT III, 1390~1406)

3. 제임스 1세(JAMES I, 1406~1437) 18년 동안 런던탑에 구금됨

4. 제임스 2세(JAMES II, 1437~1460) 자신의 대포에 의해 날아감

5. 제임스 3세(JAMES III, 1460~1488) 예술을 사랑함

6. 제임스 4세(JAMES IV, 1488~1513) 잉글랜드와의 전투에서 전사

7. 제임스 5세(JAMES V, 1513~1542) 잉글랜드와의 전투에서 패배 후 신경쇠약으로 사망

8. 메리 1세, 스콧의 여왕(Mary I, Queen of Scot, 1542~1567) 잉글랜드에서 대역죄로 참수

9. 제임스 6세(JAMES VI, 1567~1625) 1603년부터 잉글랜드와 아일랜드 제임스 1세로 겸임

10. 찰스 1세(CHARLES I, 1625~1649) 크롬웰의 공화정 수립으로 참수

11. 찰스 2세(CHARLES II) 스코틀랜드(1649~1651), 왕정복고 후 스코
    틀랜드와 잉글랜드, 아일랜드(1660~1685) 왕위에 오름

12. 제임스 7세/2세(JAMES VII/II, 1685~1689) 옥새를 템스강에 버리
    고 도망가 프랑스에 망명

13. 메리 2세(MARY II, 1689~1694) 남편 오렌지 공 윌리엄 2세/3세와
    공동통치

14. 앤(ANNE, 1702~1714) 스튜어트왕조 마지막 왕. 18번을 임신했으
    나 살아남은 아이가 없음

　　스튜어트왕 14명의 목록과 간단한 설명을 살펴보면, 18년 동안이
나 런던탑에 구금된 왕, 잉글랜드와 전투에서 전사한 왕, 또는 전투 후
병을 얻어 사망한 왕, 참수된 두 명의 왕, 도망하여 망명한 왕 등, 이렇
게 왕조 343년 기간 동안 잉글랜드와는 파란만장 그 자체였다. 그러
면서도 정략적 혼인으로 잉글랜드 왕가와 혈연으로 엮이게 되지만 여
전히 순탄하지는 않았다. 가장 비극적인 예의 하나로 제임스 4세는 잉
글랜드 튜더왕 헨리 8세와의 전투에서 전사했는데 당시 에든버러 외
곽 린리스고 왕궁(Linlithgow Palace)에서 남편 제임스 4세의 전사 비
보에 접한 왕비는 잉글랜드 헨리 8세의 친누나 마가렛 튜더다. 이 마
가렛 튜더의 고손자(현손자) 스코틀랜드의 제임스 6세가 1603년에 그
녀의 피를 통해 엘리자베스 1세의 뒤를 이어 제임스 1세로 잉글랜드
와 아일랜드의 왕위에 올라 에든버러에서 런던으로 거처를 옮겨 스튜
어트왕조의 런던 시대가 시작된다. 쉽게 말하면 잉글랜드 왕가의 피가

섞였다는 이유로 가만히 앉아서 스코틀랜드 왕이 잉글랜드 왕위에 오른 것이다. 상식적으로는 스코틀랜드에는 행운이고, 잉글랜드를 극복할 수 있는 손쉬운 계기가 마련되었다고 생각될 수 있겠으나 역사의 흐름은 그렇게 만만하지 않았다. 런던 시대의 스튜어트왕조 111년 동안도 에든버러 시대 못지않게 파란만장했다. 왕이 참수당하기도 했고, 왕정이 공화정으로 바뀌기도 하고, 다행히 왕정이 복고되기도 했다.

왕정복고 후에도 스튜어트 왕가는 물론 스코틀랜드 민중에게도 해묵은 불행으로 이어지게 되는 사건으로 제임스 7세/2세(스코틀랜드/잉글랜드, 아일랜드) 때 문제가 발생한다. 이번에는 왕이 종교 문제로 귀족들과 불화한다. 기득권 귀족들은 신교도인데 왕은 구교(가톨릭)도였다. 당시 왕의 맏딸 메리는 네덜란드 오렌지 공과 결혼 후 네덜란드에 있었다. 이 부부는 신교를 믿었고, 오렌지 공의 공작工作으로 잉글랜드 귀족들은 구교도인 제임스 7세/2세를 폐위시키고, 왕은 템스강에 옥새를 버리고 도망가 프랑스로 망명한다(1688). 이를 영국사에서는 명예혁명(Glorious Revolution)이라 한다. 우리가 세계사 시간에 접한 영국의 명예혁명은 무혈혁명이라 그런 명칭을 얻었다고 배웠다. 잉글랜드에서는 무혈로 명예스러웠을지는 몰라도 스코틀랜드에서는 명예하고는 거리가 멀었다. 후에 많은 부작용이 있었고, 의병에 해당하는 자코바이트(Jacobite)가 형성되는 계기가 되었다.

내 생각으로 스코틀랜드 역사에서 제일 유명한 부분은 스콧의 여왕, 메리 1세 관련 이야기다. 잉글랜드의 엘리자베스 1세의 라이벌로 엘리자베스 1세에 의해 참수까지 당한 미모의 여왕으로 여러 염문을 뿌리는 통속성까지 갖춰 후세에 다큐와 영화의 소재로 대중에게 제일 많이 알려졌다. 두 번째로 유명한 것이 제임스 7세/2세의 폐위와 망명으로부터 야기된 대를 이어서 발생한 봉기와 사건들이다. 메리 1세 건은 스튜어트 왕가의 비교적 짧은 비극이라면 제임스 7세/2세 건은 스튜어트 왕가의 비극에다가 스코틀랜드인들, 특히 하일랜드 인들의 비극이 더해진 애처로운 역사가 되었다.

1701년 제임스 7세/2세는 망명지 프랑스에서 사망한다. 그의 아들 제임스 프란시스 에드워드 스튜어트(James Francis Edward Stuart, 1688~1766)가 망명지에서 제임스 8세/3세로 가톨릭 국가인 프랑스, 스페인, 모데나(Modena) 공국, 교황으로부터 승인받았다. 반대파로부터는 노참칭왕(老僭稱王, The Old Pretender)으로, 지지자로부터는 해외왕(海外王, The King Across(Over) the Water)으로 불리게 되었다. 그의 손자 찰스 에드워드 스튜어트(Charles Edward Stuart, 1720~1788)는 반대파로부터는 소참칭왕(少僭稱王, The Young Prertender)으로 불리어 아버지와 구별했고, 지지자로부터는 애칭으로 찰리 왕자 보니(Bonnie Prince Charlie)로 불렸다. 번역하자면 '꽃미남 찰리 왕자'다. 애칭에서 짐작할 수 있듯이 스코틀랜드 민중으로부터 상당한 귀염을 받았다. 이들은 처음에는 프랑스에서, 나중에는 로마에서 망명 생활을 했다.

스코틀랜드를 여행할 때 여행 안내인으로부터, 또는 안내서 및 설명 간판 등으로부터 자주 언급되는 단어 중 하나가 자코바이트(Jacobite)다. 이 말을 사전식으로 간단히 정의하자면 1688년 명예혁명으로 왕위에서 축출된 스튜어트 왕가의 제임스 7세/2세(JAMES VII/II)의 추종자 및 그 후손의 추종자를 뜻한다. 성경 속의 히브리어 이름 야곱은 라틴어로는 야고부스(Iacobus)가 된다. 영어화된 이름은 제이컵(Jacob) 또는 제임스(James)다. 여기에 추종자(따르는 사람)라는 뜻의 접미사 ite가 추가되어, 즉 Jacob+ite가 되어 Jacobite(자코바이트)가 된 것이다.

자코바이트사상의 온상은 종교적으로는 로마 가톨릭과 성공회 쪽이고, 지리적으로는 구교가 75% 이상이며 스튜어트 왕가에 호의적이었던 아일랜드였다. 스코틀랜드 하일랜드에서는 양상이 좀 달랐다. 하일랜드 씨족(Clan)들에게는 종교적인면 보다는 씨족 간의 정치적인 갈등이 더 중요 사항이었고, 이런 갈등을 이전 왕들과는 달리 하일랜드의 평화를 위해 씨족 편에서 처리해 왔던 제임스 7세/2세에 대한 호의적인 감정이 깊게 남아 있었다. 우리식으로 말하면 의병인 자코바이트의 봉기가 하일랜드에서 많았던 이유이기도 했다.

명예혁명의 해인 1688년부터 저항은 시작되었다. 오죽하면 진압 전용 군사도로 건설까지 했겠는가? 스코틀랜드의 의병 자코바이트는 구교 국가인 프랑스와 스페인의 지원을 받으며 맹렬히 저항했으나 번번이 정부군에 의해 진압되었다. 망명 왕의 딸인 스튜어트왕조의 마지막 앤 왕이 사망하고 하노버왕조가 시작된 1714년 후에도 무려 32년 동안 직계 스튜어트 왕의 복귀를 위해 자코바이트는 봉기를 멈추지 않았다.

더포티파이브(1745년의 봉기) 때는 '꽃미남 찰리 왕자'의 지휘 아래 에든버러를 에든버러성만 제외하고 점령했고, 런던 앞 200km까지 진격하여 거의 성공할 뻔했다. 하지만 '꽃미남 찰리 왕자'는 1746년 4월 16일 하일랜드 컬로든 전투에서 패하니 즉시 군대를 버리고 프랑스로 도망했다. 도망도 극적이었지만 거기다 굴욕적인 이야깃거리를 남기게 되는데 맥도널드 家의 하녀 플로라(Flora)의 옷을 입어 하녀로 위장하고 간신히 도망쳤다. 할아버지 제임스 7세/2세도, 큰할아버지 찰스 2세도, 손자 찰리도 불리한 상황에서 프랑스로 도망쳤는데, 이는 선대왕 찰스 1세의 참수에 대한 스튜어트 왕가의 트라우마 때문이 아니었을까? 그는 그 후 망명지 로마에서 알코올 중독으로 숨을 거둘 때까지 다시는 영국 땅을 밟지 못했다. 우리는 西하일랜드길 종점인 포트윌리엄의 西하일랜드박물관(West Highland Museum)에서 그에 관한 이야기와 그의 데스마스크(Death Mask)를 볼 것이고, 길 도중에 글렌코에 들러 글렌코 학살에 대하여 자세히 보고 들을 것이다. 또한 대부분 자코바이트 진압용으로 건설된 옛 군사도로를 자주 걸을 것이다.

이 후 하노버 왕가의 영국 정부는 스코틀랜드 하일랜드 씨족(Clan)들을 탄압했다. 하일랜드 전통 복장도 법으로까지 금지했다. 이후로도 자코바이트의 봉기 혹은 프랑스를 의지한 침공시도가 있었으나 실행되지는 못했다. 전에는 자코바이트로서 무기를 들었던 많은 하일랜드 씨족 출신들의 병사들은 나중에는 당시 세계화(사실은 식민지 확보와 개척)로 가는 영국의 군대에 합류하여 타국과의 전쟁에서 영국군으로 중요한 역할을 하게 된다. 그러나 자코바이트는 스코틀랜드인들에게 역사이자 전설로 가슴속에 깊이 남아있다.

西하일랜드길은 어떤 길인가?

○
●

    西하일랜드길(The West Highland Way)은 스코틀랜드 최초의 공식 장거리 도보 여행길(장거리 둘레길)이다. 스코틀랜드인들 사이에서 장거리 둘레길을 갖고자 하는 여망은 1960년대에 싹 텃다. 1965년 이웃 잉글랜드에서 스코틀랜드 경계 마을까지 뻗어있는 장거리 둘레길 페나인길(The Pennine Way)을 개통했을 때 이 여망은 최고조에 달해 열망이 되었다.

    열망한다고 바로 이루어지는 것은 세상에 없다. 노정路程 확정, 스코틀랜드 지방 국토위원회(The Countryside Commission for Scotland)와 여러 지방행정 당국 사이에서의 끝없는 조정, 전 구간에 걸쳐 토지소유자들과의 교섭을 거쳐 모두의 동의를 구해냈고, 1974년에 당국으로부터 개발 승인을 받아냈다. 길은 옛 가축 몰이길, 자코바이트시대의 군사도로, 옛 마차길 등과 같은 예전 길을 많이 이용하였다. 길안내판, 길 표지판, 다리와 목장을 지나는 문을 만들고, 길표면을 고르고, 배수구 정비를 했다. 이 모든 것이 1980년에서야 끝났고, 그해 10월 6일에 드디어 개통했다. 2010년 9월에 종점을 포트윌리엄 외곽 A82 도로 회전교차로에서 1마일을 늘여서 도심 광장으로 옮겼다. 앉아 있는 지친 도보 여행자 모습의 청동상을 설치하여 종점을 표시하고 있다.

　西하일랜드길의 총길이는 154km(96mi)이다. 방향은 남에서 북으로 향하고 로랜드(Lowlands)에서 하일랜드(Highlands)로 뻗어 있다. 처음 로랜드에서 시작하여 하일랜드로 접어들어 바로 스코틀랜드에서 가장 크고, 민중의 사랑을 받고 있는 로몬드 호수, 더 자세히 말하면 로몬드 호수와 트로삭스 국립공원(Loch Lomond and The Trossachs National Park)을 지난다. 팔로크 골짜기(Glen Falloch)를 거치고 옛 성인 필란(St. Fillan)의 유적을 느끼고 개울 같은 필란 강(River Fillan)을 건넌다. 길은 원뿔 모양의 베인도레인(Beinn Dorain) 산 밑을 지나고 스코틀랜드 최다 사진을 자랑하는 부캘에티브모올(Buachaille Etive Mor) 산 주변을 적당히 멀리 돌아간다. 글렌코(Glencoe) 지역과 라노크무어 황야 사이를 지나고 西하일랜드길의 최고 지점(548m) 고개를 악마의 계단(Devil's Staircase)을 딛고 넘어 리븐 호(Loch Leven)와 킨로크리븐 마을을 만난다. 이어 영국의 최고봉인 벤네비스(Ben Nevis) 산을 바라보며 걷고, 글렌네비스(Glen Nevis) 골짜기를 거쳐 드디어 목적지 포트윌리엄(Fort William)에 이르게 된다. 딱히 위험한 길은 없으나, 로몬드 호수가 길에서 바위투성이의 길을 얼마간 걸어야 하는데 이때 조심해야 한다. 답파踏破 기간으로 보통은 7~8일 일정이라고는 하나 6~10일 사이에서 도보여행자 본인의 사정에 따라 걸으면 될 것이다. 내 경우는 11일 동안 걸은 셈인데, 지금 생각 해보면 몸을 너무 사린듯하다.

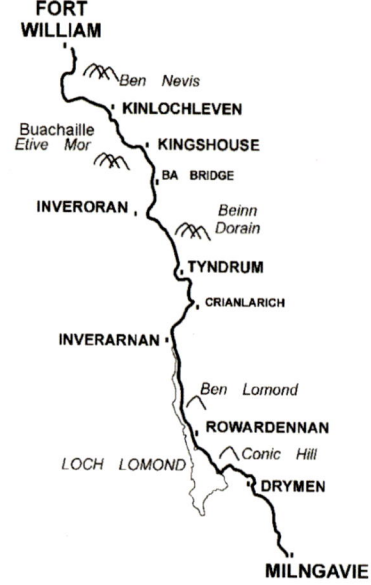

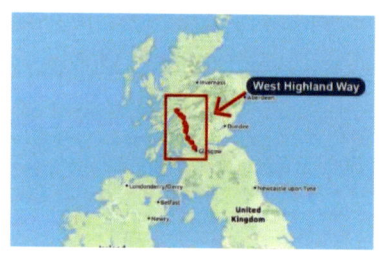

西하일랜드길 지도

● 나누어 걸었던 행로

⓪ 멀가이(Milngavie) 0km

① 드리민(Drymen) 19km

② 발마하(Balmaha) 11.5km

③ 인버스네이드(Inversnaid) 22.5km

④ 아들리쉬(Ardleish) 8km (나룻배로 호수를 건너 아들루이(Ardlui)에서 숙박 후 복귀)

⑤ 크리안라리크(Crianlarich) 13km (이곳에서 3박 하면서 다음 두 코스를 걸음)

⑥ 타인드럼(Tyndrum) 10km

⑦ 브리지오브오키(Bridge of Orchy) 11.5km

⑧ 킹스하우스(Kingshouse) 21km

⑨ 킨로크리븐(Kinlochleven) 13.5km (버스로 글렌코 마을로 이동하여 2박 후 복귀)

⑩ 글렌네비스(Glen Nevis) 20km

⑪ 포트윌리엄(Fort William) 4km

도보여행 최적기는 언제일까?

○
●

　어디를 걷고 여행할 때 일반적으로, 객관적으로 언제가 가장 좋은지 규정하는 것은 불가능하다. 왜 그런지 한 가지만 예를 들어 설명해 보면, 계절적으로 내가 좋아하는 때는 남들도 다 좋아하는 때고, 이때는 사람들이 붐비고, 물가가 비싸고, 숙소 잡기도 어렵기 때문에 최적기라 말할 수 없게 되는 모순에 봉착하게 된다. 이점에 유념하여 개개인의 주관적 최적기를 정해야 할 것으로 본다.

　안내서에 따르면 부활절 봄철 휴가철인 3~4월부터 10월 사이가 스코틀랜드에서 걷는 계절이라는 것이다. 그러면서 6월과 9월을 西하일랜드길 걷기의 최적기라고 한다. 4월은 서늘해서 걷기에 좋을지 모르지만, 여전히 진눈깨비가 내리고 산에는 아직도 흰 눈이 쌓여있는 '잔인한 달'이라 西하일랜드길 걷기를 추천하고 싶지 않다. 5월은 년

중 강수량이 가장 적고 우리나라처럼 꽃피고 새싻나는 계절의 여왕으로 궂은 날씨로 움츠렸던 사람들이 너도나도 밖으로 나와 붐비는 계절이고 5월 투숙 B&B는 1월 혹은 그 이전에 사전 예약이 끝나버린다는 것이다. 내 경우는 여행 기간이 5월 말에서 6월 초였는데 석 달 전에 숙소 예약을 시도했으나 원하는 곳은 불가능하였고, 주변 다른 곳을 비싼 가격으로 예약하거나 혹은 길에서 한참 벗어난 곳을 선택해야 했다. 한곳에서 3박을 하면서 날마다 기차를 타고 오가면서 걷기도 했는데 '5월의 숙소난' 때문이었다.

　행락객들(Holidaymakers)의 '5월의 광풍'이 사그라들고 날이 제일 긴 6월을 안내서는 적기로 추천하는데 내 생각도 같다. 스코틀랜드 여행에서 특이한 것으로 미쥐(Midge)라는 각다귀를 고려하지 않을 수 없는데, 6월까지는 각다귀의 시작 시기라 있긴 하지만 견딜 만할 정도다. 7~8월은 휴가철로 5월 이상으로 엄청나게 붐빈다고 하는데 주말에는 마치 온 세상 사람들이 하일랜드에 모여든 듯 시끄럽고 부산하며 모든 숙소가 꽉 찬다는 것이다. 각다귀도 극성을 부리는 때가 7~8월이라니 확실한 대비책과 각오 없이는 하일랜드 여행을 망칠 수 있을 것이다. 9월은 모든 학교의 방학이 끝나고 여행객들의 숫자가 현저히 줄어들고, 각다귀의 식욕도 급격히 저조해져 견딜만하다는 것이다. 10월은 일 년 중 강수량이 급격히 많아지는 달이고 바람이 세지는 달이다. 낮 길이도 짧아진다. 하지만 아름다운 가을 풍경을 즐길 수 있고, 공기도 기온도 아직은 온화하고 상쾌하다고 한다. 11~3월까지는 걷는 데 용기가 필요할 듯하고 더구나 이 기간은 B&B, 호스텔, 야영장 그리고 상점이 문을 닫는 곳이 많아 대비하고 걸어야 할 것이다.

여행자의 공적 각다귀(Midge)

○
●

정확한 명칭은 하일랜드 각다귀(Highland Midge)다. 이런 종류의 각다귀는 영국, 아일랜드(Ireland), 스칸디나비아, 러시아, 중국 북쪽 지방 등 춥고 습한 곳에 서식하는, 동물을 물어뜯는 날아다니는 해충이다.

하일랜드에서 평균보다 더 춥고 긴 겨울을 난 다음 해 여름에는 각다귀 숫자가 줄어드는 대신 오히려 많이 늘어난다고 한다. 이유는 혹독한 겨울 날씨가 천적인 박쥐와 새의 개체수를 줄여주기 때문이라는 것이다. 혹독한 기후에도 끄떡없는 대단히 강인한 생물인 모양이다. 동틀 녘 직전과 석양에 활동이 가장 활발하다고는 하나 낮 동안에 시도 때도 없이 덤빈다. 풍속 10km/h 이상의 바람이나 60~75% 이하의 습도에는 활동이 저조하다고 한다. 西하일랜드길상의 내 경험을 말하면, 이제 시작인 계절이라 공격이 미미했고 관찰한 바에 의하면 햇볕을 싫어하고, 그늘을 좋아하는 듯 느꼈다. 그래서 쉴 때는 그늘과 햇볕이 교차하는 경계선을 선택했다. 퇴치법으로는 피부 노출을 최소화하도록 옷을 입어야 하고, 양봉업자가 쓰는 것과 흡사한 머리에 쓰는 각다귀 망을 이용하는 방법이 있다. 방충제도 퇴치 방법중 하나일 것이다.

각다귀가 민주적이었던지 지체가 높다고 봐주는 법이 없었던 듯하다. 빅토리아 여왕(Queen Victoria)도 하일랜드에 와서 각다귀의 공격을 심하게 받았는데 이것들을 구축하기 위하여 발모랄성(Balmoral Castle)에 불을 지펴 연기를 뿜어내는 것을 윤허했다고 한다.

고유명사는 현지인 발음이 기준

○
●

    西하일랜드길을 걸으려면 스코틀랜드의 최대 도시 Glasgow를 거쳐야 하는데, 이 도시를 우리나라 사람들은 거의 다 미국식에 가깝게 글래스고라고 말한다. 현지인의 발음에 가깝게 글라스고라고 불러주는 것이 옳다는 생각에 이 책에서는 글라스고라 할 것이다. 西하일랜드길의 공식 출발지는 글라스고의 외곽 마을 Milngavie인데 '멀가이'라 발음한다. 영국의 지명에는 이렇게 철자와 소리가 멀리서 따로 노는 것이 많은데 흥미롭기는 한데 불편하기 짝이 없다. 예를 하나 더 들어보면, 이 책에 언급되지는 않지만, 북잉글랜드의 고도 Carlisle, 이를 '칼라일'이라 말해야 한다. 멀가이나 칼라일처럼 현저하게 달리 발음하는 것을 대할 때는 글로 옮기는 작업에 큰 애로점은 없다. 그러나 고유명사가 철자와 발음이 미세하게 다를 경우에는 정확한 현지 발음을 찾아내기가 수월하지 않다. 스코틀랜드의 많은 고유명사가 고대 켈트어와 게일어에서 기원하여 현대에 이르렀기 때문인지 철자와 발음이 속 시원하게 일치하지 않는 경우가 많아 복수의 현지인에게 문의하기도 하고, 또 유튜브 같은 영상물을 찾아 들어보는 등 노력하여 우리글로 옮겼는데, 그래도 자신은 없다. 추측건대 유명한 곳이 아니라면 현지인들조차 통일되어 발음하지 않는 경우도 있을 것이고, 표기법과 발음이 헌법처럼 정해져있지 않을 것이기 때문에 노력했지만 내가 자신 없어 하는 것은 어쩌면 당연한 현실일 것이다.

예외적으로 Loch만은 예외로 현지음에 가까운 둔탁한 비음의 '록흐' 대신 로크로 표시하겠다. 결과적으로 본의 아니게 잉글랜드인들의 발음에 가깝게 돼버렸는데 록흐는 우리나라 외래어 표기법에 어긋나기도 하고 한국인 우리 모두가 쓰고, 발음하기에 힘들기 때문이기도 해서다. 이 책에서 앞으로 로크(Loch)를 읽을 때 로크 대신 현지음에 더 가깝게 록흐로 바꿔 인식하고 읽는 것도 나쁘지 않은 한 방법으로 생각된다.

지역이나 장소 이름으로 발음에 주의할 것이 온 영국에 수없이 많은데 몇 개만 소개해 본다. 스코틀랜드와 잉글랜드에서 추려보았고, 웨일스는 여기서 생략했는데 사실 웨일스는 웨일스어 영향 때문인지 굉장히 많다고 기억한다. 영국 전역에 왜 이런 현상이 빈번히 일어날까? 로마자가 한글만큼 훌륭하지 않은 점도 있지만, 영국의 기구한 과거 역사가 주범인 듯싶다.

스코틀랜드

Garioch 기어리

Kirkcudbright 커쿠부리

Anstruther 에인스터/앤스트러더 혼용

Wemyss Bay 위임즈 베이

Cockburn Street 코우번 스트리트

잉글랜드

Bicester 비스터

Gloucester 글로스터

Hunstanton 헌스턴/헌스탄턴 혼용

Southwell 서스얼(서설)/사우스얼 혼용

Belvoir Castle 비버 카슬

Gateacre 개터커

혼용 경우에는 내 생각으로는 원래 발음이 불편했든지 또는 몰랐던지 (편리한)틀린 발음으로 말하는 사람이 점점 늘어나서 혼용 상태가 되었다고 생각된다. 언젠가는 편한 발음이 표준으로 될 것으로 생각된다.

글라스고와 관련 교통편

○
●

    西하일랜드길을 걸으려면 일단은 글라스고를 거쳐야 한다. 나는 도착해서 이틀 밤을, 걷기를 끝내고 하룻밤을 이곳에서 보내는 것으로 일정을 짰다. 글라스고에 오는 방법으로 나처럼 글라스고 국제공항을 통해서 들어오던가, 육로로 기차와 버스를 이용하던가 해야 한다. 예전 스코틀랜드를 여행할 때, 오가면서 꼭 글라스고에서 갈아타야 했다. 그러면서 한 번도 이곳에서 투숙을 해본 적이 없었는데 이번에는 세 밤이나 자게 되었다. 그러면서도 글라스고를 관광할 여유가 없었고, 글라스고 관광은 또다시 다음으로 미뤄야했다.

    글라스고는 스코틀랜드에서 제일 큰 도시로, 수도 에든버러보다 더 인구가 많고, 영국에서 세 번째로 인구가 많은 도시다. 약 63만이고, 주변까지 합하면 100만이 훌쩍 넘는다. 영국에서나 스코틀랜드에서 중요한 도시임은 틀림없다.

에든버러를 포함해서 영국에서 도시의 시초가 성城인 경우가 많은데 글라스고는 성대신 대성당(Glasgow Cathedral)이다. 글라스고 도시의 역사는 최초의 대성당을 세우고 성자 멍고(Saint Mungo)에게 봉헌한 1125년경으로 올라간다. 이곳은 6세기에 성자 멍고가 목조 교회를 세웠다고 알려진 장소다. 성자 멍고는 지금까지도 글라스고의 수호성자다.

도시는 성자 멍고를 향한 순례 장소로 번창하게 되었고, 18세기에 와서 국제무역, 특히 유럽과 아메리카 사이의 담배 무역의 중심지가 되었다. 이는 스코틀랜드에서 섬유, 조선, 철강, 석탄 채광을 포함하여 지방산업 성장에 기여했다. 19세기에 와서는 글라스고에 140개의 면화 공장이 가동되었고, 영국 전체 조선소의 80% 이상이 이곳 글라스고에 있었다. 19세기 후반이 전성기였는데, 20세기 중반에 이르러 이러한 산업들은 사양길로 접어들게 되어, 이어서 넓게 퍼진 실업의 아픔을 겪게 되었다. 그 후 수십 년 동안을 글라스고는 서비스산업에서 일자리를 많이 창출함으로써 중공업 쇠퇴에 비교적 잘 대처해왔지만 그래도 여전히 의기소침해 있다.

과거 해가 지지 않았다는 옛 영제국(英帝國 British Empire)의 영토였던 모든 곳이 참가하는 4년 주기의 규모가 큰 국제경기로 보통 영국 왕이 개회 선언을 하는 영연방경기대회(Commonwealth Games)가 있는데, 이 큰 경기대회가 2014년에 글라스고에서 개최되었다. 이 영연방경기대회는 침체 늪에 있는 글라스고의 경제에 활력을 넣어 주었다. 현재 관광업은 주요 수입원이 되고 있고, 글라스고는 영국에서 관광객이 가장 많이 오는 도시 중 하나가 되었다.

공항에서 시내까지의 교통편은 500번 직통이 있고, 택시가 있다. 근처 기차역은 Paisley Gilmour Street Station인데 걷든지 버스로 가야 한다. 오래전부터 공항에서 시내 중앙역(Central Station)까지 트램 노선을 계획하고 있다. 시내 숙소에서 멀가이(Milngavie)까지의 교통편은 여왕가역(Queen Street Station) 또는 중앙역(Central Station)에서 기차가 있고, 뷰캐넌역(Buchanan Station) 버스 정류장에서 버스가 있다. 물론 택시를 이용할 수도 있다.

2부

이제는 우리도 선진국 국민
(글라스고 국제공항에서)

2023년 5월 23~24일 · 화~수요일 · 서울 맑음, 글라스고 흐림

○
●

　오후 7시가 조금 넘어 아파트 앞 공항버스 정류장에 공항리무진을 탔다. 제1 터미널에 저녁 8시 50분에 도착하였다. 검은 캐리어 보호 덮개를 핑크색 캐리어에 씌웠다. (우리나라에서는 바퀴 달린 여행 가방을 캐리어(Carrier)라 부른다. 올바른 영어는 아니지만 우리 대중이 부르는 대로 나도 캐리어 또는 캐리어 가방 이라 부르겠다.) 보통 두 딸이 사다 나른 여행 가방을 내가 슬쩍슬쩍 갔다가 쓰고 있는데 그래서 가방 색깔은 보통 여자들의 색깔로 이번에도 눈에 띄는 핑크다. 검은 덮개는 핑크색을 감쪽같이 검은 남성 색깔로 바꿔주었다. 이제 ○○○○○ 항공 출국 수속 장소로 갔더니 시간이 이른데도 불구하고 미리 와서 줄 서 기다리는 사람들이 많았다. 다들 즐거운 표정들이었다. 여행은 항시 즐거운 것이다. 줄 서 있는 곳 푯말에 '화장품은 부치

는 짐에 넣으시오'라는 글귀를 보고 견본용 로션 3개를 배낭에서 꺼내 캐리어 가방에 쑤셔 넣었다.

　아직까지는 순조롭게 진행될 듯한 여행에 사건이 생기는데, 다 내 팔자로 생각한다. 뭐든 내 앞에는 항상 평탄하게 흘러가는 법이 없기 때문이다. 9번 수속 창구가 비어 안내 직원이 그곳으로 안내했다. 나는 컴퓨터에서 뽑아온 항공권과 여권을 창구 한국인 여직원에게 제출했다. 그러면서 좌석을 창 측으로 부탁했다. 그녀는 개인 손님은 단체 손님의 남은 자리에 끼워 넣을 수밖에 없어 창 측은 아예 없다면서, 그녀는 대답보다는 다른 곳에 신경을 쓰고 있었다.

창구 직원　아까부터 제가 유심히 보았는데, 캐리어 바퀴가 고장 나 있어요!

나　　　　고장이요? 내가 모르는 것을 어떻게 알고 있습니까?

창구 직원　캐리어 한쪽이 내려앉았잖아요? (이때부터 그녀는 고압적으로 대한다. 나는 바퀴를 돌려보아도 고장난 것 같지가 않아서 대수롭지 않게 생각했다. 여전히 살펴보고있는 나에게 그녀는 말을 이었다.)

창구 직원　그 옆을 보세요. 금이 갔지요?

　나는 그녀의 말대로 바퀴 말고 그 옆을 관찰했고, 그때 서야 바퀴 문제가 아니라, 바퀴 주변 캐리어 본체에 미세하게 금이 간 것을 알아차렸고, 보호덮개마저 꿰뚫은 그녀의 관찰력을 인정하지 않을 수 없었다.

나　　　　아하! 그렇군요. 제가 캐리어 본체에 금이 간 것을 몰랐네요.

(내가 그녀의 말을 인정하니, 그녀는 테이프로 금이간 곳을 붙여주면서 말을 이어갔다.)

창구 직원　그 파손 때문에 바퀴가 비정상이고, 그 부분이 주저앉은 거예요. 우리는 딱 보면 알아요!

　그녀의 직업적인 탁월한 관찰력을 과시하는 말을 고객인 나에게 하면서 여전히 고압적인 태도를 보이며, 즉석에서 만들었는지 기성 양식이 있는지 테이프 식 종이를 내밀며 서명하라고 했다. 영문으로 된 듯 보였으나 이때 그 누가 그것을 꼼꼼히 읽어본 후 서명할까? 내 뒤로 여행객들이 줄 서 있으면 마음이 급해지기 마련이다. 하여튼 무조건 서명했다. 그녀 말에 의하면, 나중에 파손에 대한 보상 요구를 못하게 하는 것이라고 했다. 나는 누가 이 낡은 가방을 두고 보상하라고 하겠느냐고 말은 했지만, 나중 생각해 보면 캐리어 속 내용물이 빠져나올 것까지를 고려한 문구일 듯싶었다. 그녀의 고압적인 태도로 보아, 나를 부서진 중고 캐리어를 이용하여 보상을 노리는 비겁하고 파렴치한 예비 사기꾼으로 본듯했고, 본인은 그것을 미리 막은 유능한 항공사 직원으로 자부하는 것 같았다. 여행객 중에는 별의별 사람들이 있을 것이다. 가끔 여행하는 내 눈에도 이상한 사람이 보이는데 그녀는 오죽 많이 보았겠는가? 그녀는 내 생각으로는 '사기꾼 김병두라는 여행객을 응징하고자' 나를 최악의 좌석에 배정했다. 환승 후 두바이에서 글라스고까지의 탑승권도 그녀가 발급해 주었는데 그 응징은 그곳까지도 계속되었다. 기종은 보잉 747기로 좌석을 차례로 나열해 보면,

〈창 A B C 복도 D E F G 복도 H J K 창〉인데 처음 좌석번호는 55E였고, 환승 후 다음 것은 84E였는데 좌석E가 F와 함께 가장 불편한 좌석임을 이용해 보고 알았다. 탑승권에는 전에는 보지 못한 Seating Zone이 있는데 이곳에도 E를 주었고, Seating Zone은 탑승 순서를 정하는 데 역할을 했다. Seating Zone A, B, C, D를 다 탑승시킨 후 마지막에 E와 더불어 나머지 사람들을 탑승시켰다. 항상 그런지는 알 수 없으나 이번 여행 중 인천에서 두바이 가는 편에서는 그랬다. 내 탑승권은 최악의 것이었다.

내 좌석E는 창 측도 복도 측도 아닌 갇힌 곳이다. 가운데 의자 네 개 D, E, F, G는 단 네 개의 지지대 의자 발로 유지되는데. 네 개의 의자를 단 네 개의 의자 발로 유지하게 하는 공학적 설계에 바탕을 둔 고육지책의 방법일 것이다. 갇힌 E가 불편하다는 것을 알고 그녀는 나를 환승 후까지 응징했다고 본다. 인간의 심리는 별의별 종류가 있는데, 고압적인 태도며, 창 측 거부 언사며 등등 분명 나를 예비 사기꾼으로 본 것이다. 두바이공항에서 환승 후의 기내에서 아프리카 가나 청년 세 사람 사이에 내가 낀 것을 알고 내가 응징받고 있다고 확신했다. 두바이에서 글라스고까지의 여정에서는 가나 청년(84D)-나(84E)-가나 청년(84F)-가나 청년(84G) 이렇게 앉았는데 이 가나 청년들의 말에 의하면 그들은 친구지간이고, 세 친구가 나란히 앉을 좌석이 없었다는 것이다. 이는 인천공항 항공사 직원이 나의 좌석을 정할 당시에는 모두가 공석이었음을 말해주고, 그녀가 양옆 복도 측 좌석이 두 개나 있었는데도 일부러 나에게 84E에 꽂아 넣었다고밖에는 달리 생각할 수 없다. 가나 청년 세 명이 친구지간이 아니고, 그들이 나란히 앉기를 원하지 않았다면 불편은 했지만, 이 모든 것이 우연히 그렇게 되었다고 생각했을 것인데 가나 청년들의 경우를 알고 나서는 내 좌석 배치가 매우 의도적이라고 확신할 수밖에 없었다. 다 내 탓이고 어디서나 몸가짐을 조심해야 했는데 그러지 못했던 듯하다. 다행히 가나 청년들은 예의가 발랐고, 특히 내 옆 복도 측 청년은 나에게 매우 협조적이었다.

내가 서명을 한 테이프는 나중 글라스고에서 찾은 내 짐에 붙어 있었다. 손상 부위를 표시하는 꼬리표인데 파손 위치로 끝(END)에 표시했고, 기타(OTHER)난에 그녀가 갈겨쓴 것은 BOff Crushed인데 Butt Crushed가 그렇게 보인듯했다. 파손됨을 내가 인지하고 서명한 중요한 서류로 혹시라도 부당한 배상을 요구할 수 없도록 하는 확실한 증거로 짐 꼬리표에 붙여놓았을 것이다. (그 후 여행에서 관심 있게 관찰해본 결과, 모든 짐 꼬리표에는 여러 문제 항목들이 미리 인쇄돼 있다는 것을 알았다. 문제가 발생하면 해당난에 표시하고, 그도 모자라면 간단히 적어 넣을 것이다.)

내 앞에 항상 우울한 것만 있을 수는 없다. 나에게 매우 즐거움을 주는 한 사건이 기다리고 있었다. 글라스고 국제공항에 현지 시간 5월 24일 수요일 12시 18분에 착륙했다. 입국 수속을 하는데, 앞에 국기 열두 개를 보이고 , 영국을 비롯해 그 국기 나라 여행객들과 나머지 다른 나라 여행객들을 차별하여 입국 심사를 했다. 자국 영국인들과 지정된 나라의 여행객들은 나머지와 차별하여 여권을 가지고 자동 검색기를 통과하면 되는데, 나머지 여행객들은 입국 심사관에게 여권을 제출하고 물음에 대답하면서 통과 해야 한다. 그런데 영국인과 함께 자동 검색기를 통과하는 12개의 국가를 나타내는 국기에 태극기가 들어있지 않은가? 나는 처음 눈을 의심했다. 소위 선진국국가로 영국 공항에서 대우해 주는 국가에 대한민국이 속하다니? 뛸 듯이 기뻤다. 공항 안내 직원 중에는 대한민국이 그 속에 속한 줄 아직 모르고 내 여권을 보고 저쪽으로 보내려 하다가 내가 태극기를 보라고 하니 그 때 서야 아 그렇군요!하고는 나를 그대로 가라고 하기도 했다. 영국인 들과 같이 입국 절차를 전산으로 간단히 받는 나라는 다음과 같다.

　　영국+유럽연합, 스위스, 노르웨이, 아이슬란드, 리히텐슈타인, 호 주, 캐나다, 일본, 뉴질랜드, 싱가포르, 한국, 미국, 그 밖의 다른 나라 여행객들은 입국 심사관들의 질문에 답하면서 경우에 따라서는 혹독 한 입국 심사를 받고 있었고, 나는 상기 국가 여행객들과 같이 무인 전 자 기기를 거쳐 1~2분 만에 입국 수속을 끝냈다. 처음으로 선진국 대 열에 끼어서 입국하는 기쁨과 자부심을 느꼈으나, 반면에 걱정도 앞섰 다. 2018년 5년 전 영국 여행 시 영국 파운드화와 우리나라 원화와의 환율은 1파운드당 1,400원이었다, 이번에는 1,600원이었다. 그동안 영국보다 경제가 뒤처졌다는 것이다. 보통 지는 해로 이야기되는 영국보다 발전 속도나 성장 속도가 뒤처진다면 나중 심각해질 수도 있다.

공항에서 택시비는 25파운드, 공항버스는 10파운드였고, 싼 버스를 이용했다. 유로호스텔에 가려면 도심 2번 버스 정류장에서 내리라는 표 파는 아주머니의 말대로 도심 2번 정류장에서 내렸고, 구글 지도를 보며 주변 사람들에게 묻기도 하면서 2시 10분경에 유로호스텔에 도착했다. 오늘 밤은 8인용 침실에 예약돼 있고, 내일은 독방에 예약되어 있다. 내일 밤은 장거리 걷기 출발 전날 밤이기에 수면에 방해받지 않도록 독방에 예약했다. 방안에는 화장실 두 개, 샤워실 두 개가 있고, 2층 침대 네 개로 8인실이었다. 내 침대는 창 측에 붙어있는 침대의 2층이었다. 맞은편 벽 쪽 침대에는 청년 두 사람이 차지하고 있었다. 그들은 나에게 관심을 보이며 자기들은 알제리(Algeria)에서 왔다며 말을 걸었다.

알제리 청년 우리들은 알제리에서 왔습니다. 어느 나라 사람이신가요?

나 (쓰고 있던 모자를 벗어 얼굴을 내밀어 보이며) 어느 나라 사람인지 맞혀 보시겠습니까?

알제리 청년 일본인이세요?

나 아닙니다.

알제리 청년 그럼 중국인이세요?

나 아닙니다.

알제리 청년 베트남인 이신가요? 아니, 필리핀 사람 이지요?

나 둘 다 틀렸습니다.

알제리 청년 모르겠네요...... 아시아에서 오셨지요?

나   그렇습니다. 일본이나 중국에서도 가깝고요.

알제리 청년 ....

한국을 모르다니. 내심 화가 났다. 이 친구들의 머릿속에는 도대체 한국이라는 나라는 없는 것이다. 나는 두 청년 입에서 한국 또는 한국인이라는 말이 나오도록 하고 싶었다. 오기일 것이다.

나   힌트를 드릴 테니 맞혀보세요. 글라스고 국제공항을 통해 오셨지요?

알제리 청년 그렇습니다만......

나   공항에서 입국 심사 할 때 두 종류의 줄이 있었지요?

알제리 청년 그렇지요. 영국인들 줄과 외국인들 줄일걸요. 참 아니다. 영국인과 유럽연합(EU) 국가 사람들이 같은 줄일 것 같습니다.

나   거의 맞는데요. 영국, 유럽연합 그리고 미국, 캐나다, 호주, 일본 등 12개의 국기를 보이고 그 국기에 속하는 국민은 영국인들과 함께 자동 전자시스템을 통해 간편하게 통과하게 돼 있지요. 그곳을 통과해서 입국했습니다. 다시 말씀드리는데 일본과 중국 사이에 있습니다.

알제리 청년 몽골인가? 대만......아니다 한국이 그쪽이던가요? 그럼 혹시 한국인......

나   (아! 드디어 알아봐 주는구나! 나의 대답은 절규에 가까웠다. 휴~~) 그렇습니다!!! 한국인입니다!!!

다소 억지 춘향이식으로 거의 답을 알려준 배나 다름없었지만, 그들 입에서 한국이라는 말이 나오도록 했으니 성공이었다. 나는 섭섭한 마음이 여전히 있었지만 만족하기로 했다. 그래, 당신들은 수많은 중국인, 인도 파키스탄인들과 같이 한참 줄을 서서 입국 심사관의 물음에 긴장하면서 답을 하고서야 입국 심사대를 통과했지? 한국은 누가 뭐래도 이제 선진국이야! 한국인은 선진국 국민으로 영국인과 유럽인들과 함께 같은 줄을 서서 쉽게 입국할 수 있단 말이야! 이제 한국은 선진국 영국이 인정하는 선진국 반열에 올라와 있단 말이야! 이렇게 속으로 외치며 혼자 속으로 좋아하고 만족해했다. (西하이랜드길을 걷는 내내 아니 걷기가 끝난 그 후에도 앞으로 누군가가 나의 국적을 물어올 때 알제리 청년들에게 했던 '글라스고 국제공항 입국 심사출구' 이야기를 연주자의 준비된 레퍼토리처럼 반복하게 된다. 이전까지는 영국에 들어올 때 공항에서 자동입국 심사문(E-Passport Gate)으로 가는 일본인들과 유럽인들을 부러워하며 긴 줄에 끼어 서서 입국 심사를 받았던 나름 쌓였던 설움에 대한 과도한 반작용일 것이다. 그리고 기쁨일 것이다.)

사용한 비용

1,498,200원 항공권 · 16,530원 여행자보험 · 33,000원 KT 데이터 2기가 · 16,800원 인천공항리무진 · £10.00 글라스고 공항버스 · £1.50 물 · £17.94 저녁 식사 · £19.80 숙박

멀가이(Milngavie)에서 사전 답사

2023년 5월 25일 수요일 · 맑음

○
●

새벽잠에서 깨어나 시계를 보니 3시 18분. 네 시간 가까이 넋 떨어지게 잔 것이다. 한참 동안을 다시 잠이 들지 않았고 4시 30분쯤 되었는데 밖이 훤했다. 북극에 가까우니 그런 것이다. 다행히 가까스로 잠이 들고 6시 30분까지 잤다. 8시부터 뷔페 식사를 유료로 제공한다고 해서 7시 45분에 내려갔는데 이미 많은 사람이 먹고 있었다. 역시 영국 호스텔의 음식은 나를 실망 시키지 않았다. 6.50파운드짜리 치고는 매우 좋았다.

먼저 할 일은 예약대로 호스텔 측에서 하라는 대로 독방으로 이동했다. 새로 들어간 방은 2층 침대 두 개가 있어 총 4인이 투숙할 수 있는 방이지만 오늘은 나를 위해 아무도 안들여 보내겠고 했다. 내일 걷기를 시작하기에 짐을 분리했다. 내가 가지고 걸어야 할 것과 짐 운반업체 AMS Scotland Ltd에게 주는 캐리어 가방에 담아야 할 것을 상당한 시간을 들여 나누 왔다. 김치가 골치 아프게 했다. 비행기에서 반찬으로 준 것이 밀봉되어 있어 빵, 버터, 치즈와 같이 두었는데 미세하게 터진 모양이다. 아깝지만 헌 비닐봉지에 넣어 잘 감아싸서 쓰레기통에 버렸고, 물기가 있고 냄새가 나는 빵, 버터, 잼은 밀폐 봉지에 담겨있기에 봉지를 물로 씻었다. 이것은 간단했다. 하지만 집에서부터 플라스틱병에 넣어온 김치가 솔솔 냄새를 풍기기 시작했다. 엄청 단단히 여러 겹 싸고 또 쌌는데도 그랬다. 가져온 수건 하나로 둘둘 말고, 또 겹겹으로 비닐봉지로 추가하여 쌌다. 그리고 창문 문턱에 두고 바람으로 냄새를 없애고자 했다. 어렵게 가져온 귀중한 것을 버릴 수는 없었다. 캐리어를 자세히 조사해 보니 어느 정도는 견딜 수 있어 보였고, 혹시 파손되더라도 큰 문제가 없을 것으로 판단되어 아직은 새로 사지 않기로 했다.

오늘은 우선 西하일랜드길의 출발지인 멀가이(Milngavie)에 미리 가봐야 했다. 정말 우여곡절을 겪었다. 누군가는 글라스고 전철노선이 단순하다고 말하지만, 그건 글라스고 시내에서만 해당되는 말일 것이고, 멀가이 등 주변 마을이나 도시로 갈아타 가려면 함정이 많은 듯 나에게는 보였다. 중앙역(Central Station)에서 멀가이행 왕복표를 끊었다. 타기 전 플랫폼에서 헤드폰을 낀 젊은 여자의 조언을 받고 기차를 같이 탔는데 기대와는 달리 그녀가 아무 말도 없이 먼저 내려버려 미아가 되어 당황하는데, 주변에서 말참견했던 두 아이 엄마가 나를 안심시키며 다음 역에 내려 다시 지나친 하인들랜드로 가서 그곳에서 플랫폼 1번에서 멀가이행을 타라며 반복해서 플랫폼 1번을 강조해 주었다. 그러면서 헤드폰 여자의 무성의를 같이 성토했다. 분명히 나의 잘못이지만 2%가 부족했던 무성의가 섭섭은 했다.

두 아이 엄마의 말대로 해서, 1시 30분경에 멀가이역에 도착했다. 점심이 급선무였다. The Tea Cosy라는 곳에서 완전한 조식(Full Breakfast)이라는 것을 시켜 먹었다. 맛이 좋았다. 잉글랜드에서 먹어 본 조식보다 훨씬 나았다. 내일 아침 거쳐야 할 장소를 확인하고 이곳 저곳 먹거리 파는 곳에 들러 아침 몇 시에 문을 여냐고 묻고 다녔다. 보통 8시부터인데, 9시부터 장사를 시작하는 곳도 있었다. 다행히도 7시부터 문을 연다는 곳이 딱 한 곳 있었다. 내일 아침 어디에서 조식을 하고, 어디에서 짐 운반업체 ASM에 큰 짐을 맡기고, 어디에서부터 걷기를 시작할 것인가를 미리 점검했다. 멀가이역 주변, 음식점 그리고 출발지 주변을 둘러보았다.

집에서부터 준비해 가져온 230ml 보온병이 너무 작아 상점에 들러 350ml 보온병을 하나 샀다. 매일 아침 길 떠나기 전에 가능하면 뜨거운 물 350ml를 보온병에 담고, 500ml 페트병 물을 추가해서 총 850ml의 물을 지참하면 충분할 것으로 보였다. 영국에서 식수로 수

돗물은 괜찮다. 예전부터 인가로부터 멀리 떨어진 높은 지대에서 흘러내리는 물을 보통 사람들은 마셔왔다. 나도 북잉글랜드의 CTC 웨인라이트길을 걸을 때 마셔보았는데 물맛이 좋았다. 혹시라도 편모충에 오염되어 있을 수 있으니 조심은 해야 한다. 한 번쯤은 경험 삼아 마셔보아도 좋겠지만 상시 마시는 것은 바람직하지 않다. 수돗물을 담아 지참하거나 페트병 물을 사서 지참하여 마시는 것이 정답이다.

멀가이에서 숙소로 되돌아오는 길도 험했다. 아는 길도 물어가라는 우리 속담대로, 자주 묻고 가는데, 플랫폼에 긴가민가한 열차가 들어왔는데 바로 옆의 인도계로 보이는 젊은 여자는 이 열차가 중앙역에 간다며 확신을 주며 타기에 나도 따라서 같이 탔다. 중앙역에 확실히 간다지 않는가? 그런데 평화롭게 창밖을 구경하며 가고 있는데 아까 그 인도계로 보이는 여자가 헐레벌떡 내칸으로 뛰어오지 않는가? 뭔 일일까? 그녀는 나를 보자마자 이 열차는 중앙역으로 가지 않고 여왕가역(女王街驛 Queen Street Station)으로 간다는 것이다. 나는 그녀가 편한 맘을 갖도록 웃으며 도착한 다음 역에서 즉시 내렸다. 내려서 안내 전광판을 보니 곧이어 오는 중앙역으로 가는 기차가 취소되었다는 것이다. 잘못 탄 원래 기차를 타고 계속 갔더라면 좋았을 것이다. 여왕가역 즉 퀸스트리트역에서 내려 시내를 구경하며 사드락 사드락 천천히 걸어 숙소에 가도 되는데...... 한참 동안 기다려 드디어 중앙역가는 기차를 타고 가 중앙역에서 내려 많은 인파에 파묻혀 역을 빠져나가는데, 눈에 익은 여자가 헤드폰을 귀에 끼고 나를 보며 반갑게(?) 웃었다. 그 웃음이 눈에 선하다. 갈 때 길을 무성의하게 인도했던 그 촌스러운 여자였다. 나는 그녀에게 알은체하며 당신을 성토했노라

고 말했다. 그녀가 내 말을 잘 알아들었는지는 잘 모르겠다. 내가 상대
방의 말을 잘 못 알아듣는데 상대방이라고 내 말을 잘 알아들을까?
의문스럽긴 했지만, 내 속에 있던 말을 해주고 싶었다. 그녀도 웃고 나
도 웃었다. 다시 만날 확률이 매우 낮은데 다시 만나 불평의 말을 전
달했으니, 세상이 내중심으로 돌아가는 듯...... 착각이겠지! 11시 30분
을 넘어서 잠자리에 들었다.

사용한 비용

£4.20 왕복기차표 · £6.00 보온병 · £7.50 저녁 식사 · £1.90 사과2+귤2 · £0.85 물 · £38.64 숙박

시작점 오벨리스크를 출발하다

1일 차 2023년 5월 26일 · 금요일 · 흐린 후 맑음

도보여행로 멀가이 → 드리민 (19km)

○
●

    간밤에 잠을 많이 못 잤다. 2시 조금 넘어 깬 후 잠을 깊이 못 잤는데, 더해서 꿈까지 잡다하게 꾸었다. 오늘 일정으로 막판까지 결정을 못 했던 것은 멀가이를 가는데 기차를 중앙역(Central Station)에서 타느냐, 여왕가역(Queen Street Station)에서 타느냐 아니면 택시로 가느냐? 였다. 이 문제를 결정하지 못한 상태에서 6시가 못 되어 짐을 싸 들고 방을 나갔다. 내가 택시에 관심을 보이는 것을 알고 안내 접수대 직원 청년이 나에게 하는 말이, 자기가 택시를 불러 줄 테니 가격을 물어보고 맘에 안 들면 안타면 된다는 것이다. 그러는 사이에 나는 보온병에 뜨거운 물을 담아 가면 안 되겠느냐고 어렵게 부탁하니 다른 사람을 시켜 뜨거운 물을 담아오게 하고 그는 나와 함께 택시 문제에 매달렸다. 택시는 금방 왔고, 결국 택시를 탔는데 시간상으

로 너무 일찍 타버린 것이다.

6시 10분경에 출발하여 6시 30분경에 멀가이역 광장에 도착했다. 택시 기사 아저씨는 친절했고 자기가 처음 20~25파운드 정도 나온다고 해서인지 거의 30파운드가 미터기에 나왔는데도 25파운드만 받았다. 거기다 도착한 후 처음에, 역전 짐 운반업체가 나타날 곳을 알려주고 나를 다시 태우고 음식점 많은 곳까지 가서 내려주고 갔다. 나는 밥이 중요하다. 7시로 주변에서 가장 먼저 문을 여는 카페 COSTA에 가서 아침밥을 먹었다. 따뜻한 토스트와 따뜻한 우유, 그리고 크로

아상이었다. 조식 전에는 西하일랜드길 출발선 주변에서 동영상과 사진을 마음껏 찍었다. 큰 짐을 짐 운반업체 AMS에 넘겨야 할 시간은 8시다. 8시 전에 미리 가서 기다리고 있었는데 8시 5분에 왔다. 짐을 인계하고 즉시 떠났다. 이제부터 본격적으로 걸어야 한다.

출발 지점 표시로 길로고 (Logo), 글씨 WEST HIGHLAND WAY 그리고 설명글이 위에서 아래로, 차례로 새겨진 오벨리스크가 있다. 새겨진 설명글의 내용 :

『1992년 11월 30일에 고문 로빈슨 치안판사가 이 기념 건조물의 제막식을
개최하였다.

이 건조물은 멀가이와 포트윌리엄 사이의 스코틀랜드 최초의 공식 장거
리 둘레길인 西하일랜드길을 표시하기 위하여 던바턴 주의 기획 사업으
로부터 도움받아 베어스덴과 멀가이 구의회에 의하여 건립되었다.』

공식 출발 지점은 이 오벨리스크다. 장도에 오른 도보여행자들은
이곳에서 기념사진 촬영을 하고 갈 길이 먼 西하일랜드길을 당장 떠
나면 좋은데, 주변 환경은 그렇지 않았다. 오벨리스크에서 10m쯤 떨
어진 곳으로 COSTA 건물과 검은 쓰레기통 사이의 길로 즉시 빠져
나가면 시간 낭비 없이 걷기가 계속될 것이나, 대부분 그들은 그렇지
못한다. 큰길에서 빠져나가는 길 입구에 역시 길로고와 글자 WEST
HIGHLAND WAY가 이번에는 가로로 크게 표시되어 쓰여있는데 길

입구를 표시하는 것으로 네 개의 목제 기둥으로 받쳐 세워져 있다. 시작점으로 오벨리스크와 간단한 화살표 푯말 하나면 족할 것인데 구태여 거창한 글자판을 세운 것은 작은 오벨리스크 하나로는 부족하다고 생각해서일 것이다. 하는 김에 검은 철제 쓰레기통이나 다른 곳으로 이동시켰으면 하는 생각이 순간적으로 떠오르는 가운데, 나도 예외 없이 모두 다 그렇게 하듯 이곳에서도 사진을 찍고 얼마간 지체하지 않을 수 없었다. 이곳에서 출발한 시간은 오전 8시 14분이었다.

샛길이 되는 COSTA 건물과 검은 쓰레기통 사이로 들어가서 곧바로 알렌다워터(Allendar Water) 개울을 다리 밑으로 만난다. 길은 이 개울을 왼쪽으로 가깝게 혹은 좀 떨어져 두고 한동안 같이 가다가 작은 크렉알렌 호수(Craigallian Loch)를 만날 때쯤 개울과 헤어진다.

멀가이(Milngavie)에서 드리민(Drymen)까지는 19km로 안내서는 걷는 시간만 3과 3/4~5시간으로 안내하는데, 아주 천천히 걷기로 작정한 나는 훨씬 더 걸릴 것이다. 예전 혈기 왕성할 때 같았으면, 오늘 밤 숙소가 있는 30.5km 거리의 발마하까지도 겁 없이 걸었을 것이다. 오늘은 드리민에서 걷기를 멈추고 버스로 발마하까지 이동할 것이다. 내일 아침에 다시 버스를 타고 드리민에 돌아와서 멈추었던 길을 계속 걸을 것이다.

출발 몇 분 후에 작은 주차장을 지나고 조금 더 걸어 알렌더 공원(Allendar Park)으로 들어선다. 걷기에는 아주 좋은 길이다. 길이 넓은 전형적인 도시공원 길이고, 아직은 도보여행자들은 다섯 손가락으로 꼽을 만큼 적은 숫자고, 그보다 더 많은 숫자의 주변 주민들로 보이는 공원 산책자들이 있다. 그들 중에는 반려견과 같이 나온 사람도 있

다. 조금 가다가 매우 졸린다. 몸이 쇠약해진 건지 간밤에 잠을 설쳐서 그런지 분간을 할 수는 없다. 그러나 다행히 곧 회복되어 정상으로 돌아온다. 길은 머그독지역 지정공원(Mugdock Country Park)의 머그독 숲으로 들어가는데, 특이하게도 나무들이 인간의 손을 타지 않는 듯 이끼에 덮여 있다. 꽃이 아름답게 피고, 또 흥미로운 것은 고사리가 크게 자라나 있어 누가 꼭 심어놓은 것처럼 주변에 많다. (이런 고사리 군집은 이번 걷기내내 자주 만나게 된다)

지역 지정공원(Country Park)이란 시골 환경에서 오락 놀이 (Recreation)를 할 수 있도록 지정된 공원을 말하며, 영국에서 'Country Park'라는 용어는 특별한 의미를 갖고 있다. 일정한 시설을 갖춰야 하여 주차장, 화장실, 카페, 간이매점, 오솔길, 박물관, 방문객센터, 교육시설, 뱃놀이나 낚시 시설 등이 있어야 한다. 따라야 하는 법령은 중앙정부 차원의 것이 아니라 지자체 내규나 조례에 따른다. 머그독지역 지정공원과

주변에는 머그독 성城을 비롯하여 당연히 방문객센터, 커피숍, 갤러리 등이 있다는데 갈 길이 먼 나그네는 아쉽지만, 이런저런 곳의 방향 표시 팻말을 무시하고 西하일랜드길만을 따라 걸을 수밖에 없다.

9시 30분경에 자동차 포장도로인 브로드메도우로드(Broadmeadow Road) 길을 만나는데, 숲에서 도로로 나가는 데는 철제봉과 철제 막대로 얼기설기 엮어 만든 문을 통과해야 한다. 이 포장도로는 머그독 지역 지정공원의 경계선도 되는데, 이 포장도로를 따라 북쪽으로 가면 공원방문객센터가 있고, 西하일랜드길은 반대로, 남쪽으로 1분쯤 아주 잠시 같이 가다가 오른쪽으로 벗어난다. 공원을 벗어나서도 한참은 숲이 계속된다. 습지대에는 건널 판을 깔아 편하게 걷게 돼 있다.

머그독공원 숲에서 빠져나와 조금 더 걸으면 西하일랜드길 오른쪽으로 자그마한 크렉알렌 호수(Craigallian Loch)를 만난다. 나는 이 작은 호수보다는 크렉알렌 모닥불 기념 터(Craigallian Fire Memorial Site)에 관심이 더 많아 지나치지 않으려고 처음부터 마음에 심어두고 걷는다. 스코틀랜드어 로크(Loch)를 큰 호수만을 의미한다고 생각해 왔는데 꼭 그렇지만은 않은 듯하다. 오늘 앞으로 지나가야 할 작은 크렉알렌 호수, 그보다 더 작은 카베스 호수도 다 로크다. (스코틀랜드 현지인 발음은 비음을 넣은 LOKH)

나는 지도를 보아가며, 주변의 같은 도보여행자들에게 묻기도 하며 앞으로 걸어 나간다. 10시 5분경에 드디어 길가 큰 나무 그늘에 있는 크렉알렌 모닥불 기념 터(Craigallian Fire Memorial Site)에 도착한다. 신경 쓰며 걸었기 때문에 알 수 있지만, 그냥 수수하게 보이는 장소다. 동그란 모닥불 터에 크지 않은 돌비석이 세워져 있고, 옆에 걸터앉는 나무 걸상이 하나 있다. 피곤하니 그 걸상에 걸터앉아 쉬고 싶으나 길에서 모닥불 터로 들어가는 입구에 있는 땅에 박힌 큰 돌 위에 '기념물을 존중하여 올라서지 마세요. (PLEASE RESPECT MEMORIAL BY NOT STANDING ON IT)'라는 글을 써놓아서 이곳의 그 어떤 것에도 올라서거나 앉으면 안 된다고 훈육되어 앉아 쉬지를 못한다.

크렉알렌 모닥불 기념 터는 겉보기에는 너무 시시해서 실망하지만, 거기에 얽힌 이야기는 예사롭지 않다. 크렉알렌 호수 옆으로 나 있는 西하일랜드길 왼쪽에 바짝 붙어 있는데, 1920~30년대 대공황으로 암울했던 시절 글라스고, 클라이드뱅크(Clydebank) 주변의 실업자, 여행객, 등산인을 포함하여 이곳을 통행하는 사람들의 비공식 모임 장소였다. 이곳에서 사람들은 모닥불을 피워놓고 둘러앉아 차를 마시며 국제적 관심사를 포함하여 여러 가지 문제를 논했다. 특히 가난한 사람들을 위한 의견을 나누었다. 이들 중 몇몇은 스페인 내전

등 전쟁에도 참전했다고 하니 꽤 의로운 활동을 했던 것 같다. 홈페이지에서 자세한 정보를 얻을수 있다. www.strathblanefield.org.uk/Craigallian%20Fire/

모닥불 터는 간단하니 잠시 둘러보고 길을 재촉한다. 계속되는 길은 편한 길이고, 주변에 나무도 꽃도 있다. 급히 사슴 한 마리가 나에게 사진 찍을 시간도 주지 않고 앞길을 가로질러 뛰어 지나 숲속으로 사라진다. 급히 본 기억으로는 우리나라 고라니만 했는데 머리에 뿔이 있었던 것도 같고, 없었던 것도 같다. 사진 촬영 시간을 안 주니 아쉽긴 하다. 조금 더 걸어가니 길옆에 아름다운 꽃들이 있다. 꽃은 도망을 가지 않는다.

이제 카베스 호수(Carbeth Loch)를 왼쪽에 두고 걷지만 아직은 호수를 볼 수는 없고 왼쪽으로 길옆에 바짝 붙어있는 별장들을 볼 수 있다. 길이 B821 도로와 만나기 직전에 좀 특이한 집을 발견하게 된다. 진 밤색 목조건물인데 대문 테두리와, 현관문 테두리, 창문 테두리 그리고 처마밑 테두리가 온통 붉은색 페인트로 도색 되어있다. 대문앞 들어가는 문짝에 HASTE YE BACK(곧 돌아오시게나)이라는 문구가

쓰여있다. 대문 위에는 멀가이 4마일, 포트윌리엄 92마일이라고 친절히 쓰여 있어서 이제까지 6.4km를 왔고, 앞으로 대충 147.2km 정도를 더 걸어야 한다는 것을 알려주고 있다. 이 집 앞에서부터 약 5분을 걸어 11시경에 B821 도로를 직각으로 만나고, 西하일랜드길은 왼쪽으로 B821 도로와 같이한다. B821 도로를 걸을 때 이제야 왼쪽으로 카베스 호수가 몇백 미터 너머로 일부가 보인다.

B821 도로를 약 10분 걸으면 西하일랜드길은 오른쪽으로 허름한 돌담 사이의 샛길로 꺾어 B821 포장도로와 헤어진다. 앞에 나 말고 이 길을 걷는 도보여행자들 여러 명이 걷고 있다. 홀로, 혹은 짝을 지어 걷고 있다. 나는 홀로 걷지만, 그들을 보며 걸으니 심리적으로 그다지 외롭지는 않다. 포장도로 B821 도로를 벗어날 때도 물론 듬성듬성 철봉으로 만든 철제문을 통과해야 하고 몇 분을 더 걸어, 또 다른 이중 철봉 문을 통과하니 앞이 탁 트인 전망이 기다리고 있다. 걷다 보면 길가의 샛노란 금작화가 인상적이고 아름답다.

정면에 보이는 산은 427m 높이의 덤고인힐(Dumgoyne Hill) 산
이고 왼쪽 약 45도 방향에 있는 숲으로 덮인 덤고애크힐(Dumgoyach
Hill) 산으로 당분간은 숲과 들판 사이를 걸을 듯 보인다. 길은 덤고인
힐 산을 향하여 가는듯하다가 왼쪽으로 꺾여 덤고애크힐 산 쪽으로
향한다. 종달새를 비롯해 여러 새소리가 끊임없이 들린다. 덤고애크힐
산을 왼쪽으로 돌아 덤고인힐 산이 멀리 앞으로 보일쯤에 덤고애크팜
(Dumgoyach Farm) 농장의 철제 울타리 문과 만나는데 주변의 경치
가 수려해서인지 문 앞에 도보여행자 몇 명이 앉아 쉬고 있다. 나는

쉬지 않고 울타리 문을 열고 농장길로 접어든다. 길은 안내서와는 달
리 약간 흐트러져 잠시 헷갈리지만 앞으로 계속 조금 더 가면 블레인
워터(Blane Water) 개천 위의 다리를 지나고 직진해서 A81 도로 가기
전에 왼쪽으로 철제 울타리 문을 통과해서 직각으로 꺾인다. 이제까

지의 길과는 달리 반듯한 것은 이 길이 1882년에서 1951년 사이에 있었던 조금 전에 지나온 덤고애크팜 농장과 가트네스(Gartness) 마을 사이를 운행했던 블레인 계곡 철로(Blane Valley Railway)였기 때문이다. 지금은 편한 西하일랜드길로 이용되고, 또한 수량이 풍부한 로몬드 호의 물을 스코틀랜드 내륙 중심까지 보내는 수도관이 묻혀 지나가고 있다. 덕분에 드리민 전에 있는 가트네스 마을까지는 좀 더 편한 직선 길을 도보 여행자들은 이용하게 된 것이다. 또 한 A81 도로와 만나는 지점에는 덤고인 역(Dumgoyne Station)이 있었는데 그 자리에 지금은 비치트리인(Beech Tree Inn)이라는 카페 음식점이 있다. 이는 멀가이와 가트네스 사이의 유일한 카페 음식점이고 거리와 시간상 西하일랜드길에서 점심 먹기에 딱 좋은 곳이다. 나도 이곳을 염두에 두고 발걸음을 재촉한다. 덤고인은 작은 산 이름이고, 또한 과거 역이었고 지금은 카페 음식점이 있는 주변의 작은 마을 이름이기도 하다.

12시 15분경에 울타리 문을 통과해서 블레인 계곡 철로 길로 접어들고, 15분쯤 걸어 자동차 한 대 정도 다닐 수 있는 시골 비포장도

로를 만나는데 이는 오른쪽의 A81 자동차도로와 왼쪽의 퀸로크팜
(Quinloch Farm) 농장과 연결해 주는 도로다. 이 도로를 가로지르는
데도 울타리 문을 두 개를 거쳐야 한다. 앞으로 걸어가면서 오른쪽
A81 도롯가에 있는 글렌고인 위스키 양조장(Glengoyne Distillery)이
보이는데 조금 더 걸어가면 양조장으로 접근하는 샛길을 만나고 역시
울타리 문 두 개를 통과하여 계속 길을 재촉한다. 만약 시간이 넉넉한
나그네라면 이 양조장을 구경하고 가도 좋을 듯하다. 글렌고인 위스키
양조장은 1833년에 설립되었고, 로랜드(Lowlands)에서 숙성된 하일
랜드 싱글 몰트 위스키를 생산하는 유일한 양조장이다. 하일랜드와 로
랜드의 경계선에 위치해 있기에 그럴 수 있다는 것이다. 위스키 제조
에 물이 중요할진대 덤고인힐 산에서 흘러 내려오는 물을 사용한다.

하얀 꽃으로 뒤덮인 나무 사이로 약 10분을 더 걸으면 옛 덤고인 기차역이었다는 곳인 비치트리인(Beech Tree Inn 너도밤나무선술집)이라는 음식점에 도착하는데 거의 1시가 되어가 시장기가 있을 때다. 이곳의 차림표에는 더 비싼 것도 있지만 주로 10파운드로 가격을 정해놓고 '10파운드 대표 식사'로 손님의 눈길을 끌고 있다. 도착 전 길가에서부터 10파운드 강조 팻말을 붙여놓았다. 영국의 물가가 비싸다는 것은 누구나 공감한 사실이고, 내가 코로나19 발생 전이되는 5년 전에 영국을 여행했던 때까지도 10파운드짜리 식사는 꽤 괜찮았다. 그런데 이번에는 10파운드로 한 끼를 먹기에는 뭔가 부족한 환경으로 변해있다. 10파운드라면 우리돈 16,000원이 넘는 돈이다. 이런 고물가 환경을 고려해서 고객 유치 차원에서 西하일랜드길 길목에서 10파운드로 괜찮은 한 끼를 제공하겠다는 것으로 이해한다. 이런 때는 음식점 주인의 의도를 따라주는 것이 예의고, 또 나에게도 절대 불리하지는 않을 것이다. 10파운드 음식 이름을 나열한 차림표를 훑어본 후 맨 처음 것인 스캠피(Scampi)를 선택했다.

차림표의 음식 설명문을 읽을 때마다 영국인들의 문학적 소양에 감탄하곤 하는데, 그들의 표현은 참으로 칭찬해 줄 만하다는 것을 항상 느낀다. 물론 이번에도 예외는 아니었다. 여기에 소개해 보면,

『빵가루를 얇게 입혀 기름에 푹 넣어 튀긴 참새우에 발삼향 고명을 이슬비 내리듯 살짝 뿌린 샐러드 고명과 프랜치 감자튀김을 곁들여 대접함. 글루텐이 함유되어 있습니다.』

음식 설명만 보고는 내가 어느 고급 호텔 레스토랑에 앉아 있지 않나 하는 순간적 착각에 빠질 수도 있는 것이 영국의 보통 음식점이다. 우리나라에서는 낯간지러워서도 이슬비 내리듯 살짝 뿌린다(drizzled)고 그 누가 차림표에 쓰겠는가? 음식은 적당한 양이고 맛도 나쁘지 않았다. 주 음식에 따라 나온 감자튀김은, 주 음식의 양이 섭섭할 때 그 부족을 보충하는 것으로 편리한 기능을 담당한다.

식당은 친절하고 뜨거운 물도 같이 주었고, 더구나 보온병에도 따로 넣어주었다. 보통 음식과 같이 주문하는 커피나 음료수 대신 나는 뜨거운 물을 주문했고, 돈을 지불하겠으니, 보온병에다도 뜨거운 물을 넣어달라고 미리 주문을 했다. 뜨거운 물값은 받지 않았다. 음료수 대신 뜨거운 물을 주문하면 대부분 물값을 받지 않지만 그래도 간혹 받는 곳도 있다.

식사 후 2시경에 식당을 출발한다. 西하일랜드길은 음식점 마당에서 A81 도로를 건널목 없이 그러나 울타리 문을 이쪽저쪽으로 두 개를 거쳐 건너야 한다. 자동차가 아주 많지 않으나 조심해야 할 무단 건널목이다. 길은 여전히 옛 철도 길이기에 계속 곧게 나 있어 편하다. 점심 후에는 더욱 몸이 회복되어 큰 무리 없이 계속 걷는다. 항상 그렇듯 천천히 천천히……그러나 배낭에 꽂아둔 보온병이 갑자기 땅에 떨어져 뒹구는데 내 뒤에 오던 운동신경이 발달함 직한 젊은 여자 도보여행자가 그것이 더 멀리 도망 못 가게 재빨리 주어 나에게 준다. 나는 주저앉아 한참을 꾸물거리며 더 이상 보온병이 배낭에서 이탈을 못하게 잡아맨다. 낡은 구형 배낭을 착용하는 데 따른 대가를 여전히 치른다고 생각한다. 이 배낭에 관해서는 불만이 있는데 이번 인천국제공항에서 항공사 직원에게 좋은 인상을 주지 못한 것에도 이 낡은 배낭도 일조했다고 생각해서다.

점심 후 가트네스(Gartness)까지는 西하일랜드길이 거의 A81 도로를 이웃으로 두고 진행되기에 숲과 나무로 가려졌을 때도 자동차소음을 자주 들어야 한다. 여전히 울타리 문을 통과해야 하는데 이상스럽게도 점심 전까지는 울타리 문이 철제봉으로 만들어진 철제문이었다면 점심 후부터는 거의 목제문이다. 16~17개 정도 였는데 양을 한 마리도 보지 못했는데 여전히 울타리 문이 있고, 그중 몇 개는 양이 그대로 통과할 정도로 망가져 있는 것도 있다.

이윽고 길은 가트네스 도로(Gartness Road)와 만나고 바로 가트네스 다리(Gartness Bridge) 위를 지나는 시간은 3시 30분경이다. 이제 길은 가트네스 도로와 같이 가는데 어느 정도 포장이 되어있으나 자동차 한 대 정도가 다닐 수 있는 길로 드리민(Drymen)에 거의 가서 이 가트네스 도로도 끝나고 西하일랜드길과도 드리민 직전에 헤어진다.

가트네스 도로에서 영국에 사는 젊은 미국인 세 사람의 무리와 만난다. 남자 두 명에 여자 한 명으로 구성된 무리인데 그중의 한 남자가 나에게 말을 걸어 이야기를 나누며 걷게 된다. 4시 10분경에 가트네스 도로가에 있는 드리민 캠핑(Drymen Camping) 야영장에 도착한다. 우리들은 잠시 이곳을 구경한다. 영국의 장거리 둘레길(장거리 도보여행길)에는 곳곳에 야영장을 두어 도보여행자들이 저비용으로 여행할 수 있도록 하는데, 야영장에는 세탁기, 샤워장 등의 시설을 갖추어 소액의 동전으로 이용할 수 있도록 하고 있다. 접수하는 곳에 들어가 보았는데 접수도 하고, 같이 스낵 등 간식도 팔고 있다. 갈 길이 먼 우리는 몇 분 동안만 그곳에 지체하다가 다시 길을 재촉한다.

　길가에서 놀랍게도 우리나라에서 볼 수 있는 아름다운 장끼를 발견한다. 아니, 이곳에도 장끼가? 영국을 걸을 때 들꿩(Grouse)을 수없이 많이 보아왔지만 암수 구별없이 우리나라 꿩보다는 아름답지 않다. 우리나라 꿩과 모습이 다름없는 호화찬란한 장끼를 보니 기분이 좋다. 어디선가 읽은 적이 있는데 저런 꿩은 원산지는 한반도와 중국 동남지방인데 고대 페르시아를 거쳐 그리스로 간 후 유럽에 퍼졌다는 것이다. 잉글랜드에서도 스코틀랜드에서도 도보여행 시 내 눈에 잘 띄지 않는 것을 보면 영국섬이 번식하는데 그다지 적합하지는 않은 듯하다. 반면 영국 들꿩들은 들판에 너무나 흔하다. 이 근처에는 꿩들이 많은지 우리나라에서 봄에 듣던 꿩 울음소리도 들린다. 우리나라에서 흔히 듣던 정겨운 봄의 소리다. 한참을 장끼의 행동을 주시하며 구경

하다가 그가 울타리 너머 금작화 군락으로 사라진 후 다시 걸음을 재촉한다.

우리들의 길은 드리민 외곽으로 나 있다. 가트네스 도로가 A811 도로(스털링 도로)와 만나 사라지기 직전에 우리들의 길인 西하일랜드길은 가트네스 도로에서 벗어나 북쪽으로 초원을 10분 남짓 더 걸어 5시경 A811 도로를 만나 그것을 뛰어 건너 미국인 세 사람은 오른쪽으로 西하일랜드길을 계속가서 오늘 밤 묵을 야영지로 향하고 나는 왼쪽으로 B858 도로를 따라 드리민 중심으로 접근한다. 어쨌든 여기서부터는 버스를 이용해서 오늘 밤 숙소가 있는 발마하(Balmaha)에 가야 하기 때문이다.

西하일랜드길에서 이탈 후 물어 30분을 걸어 발마하행 버스 정류장을 찾았다. 발마하까지는 버스로는 약 10분이 걸렸는데 발마하에 5시 50분경에 도착했다. 차를 탄 후 차비가 2.20파운드라는 말에 지갑에서 5파운드짜리 지폐를 꺼내 내밀었더니, 운전기사는 말없이 큼직하게 대문자로 버스 문 앞에 써진 글귀 'NO CHANGE GIVEN'을 가르켰다. 거스름돈을 못 준다는 글귀다. 나는 모든 동전을 다 꺼내 그의 앞에 내놓았다. 그는 작은 페니 단위의 동전까지 골라 쓸어갔는데 나에게 남아있는 것은 작은 동전 딱 두 개뿐이었다. 그동안 호주머니 속에서 거추장스럽게 찰랑대던 온갖 잔 동전을 그가 거의 다 쓸어갔다.

앞으로 이틀 밤을 자야 할 숙소 발마하로지즈(Balmaha Lodges and Apartments)는 버스 정류장에서 멀지 않은 곳에 있다. 관광객을 위한 단층 혹은 이 층 건물이 15채 이상 적당한 간격을 두고 배열돼 있고, 접수처는 단지 내 중심 부근에 있다. 내 짐은 이미 접수처에 도착해 있었고 간단한 입실 절차를 밟은 후 직원이 내가 들어갈 집의 위치를 알려주었고 열쇠도 주었다. 짐을 끌고 내 숙소에 가니 집 앞에는 집 번호 2번과 함께 방 이름이 적혀있었다. 붉은 로빈(Red Robin)이라 쓰여 있었고, 새모양의 실루엣 그림까지 그려져 있었다. 그 밑에는 개 허락됨(Dogs Allowed) 문구도 있었다. 반려견까지 동반한 가족 휴양 숙소였다. 나는 이 숙소에 2박 요금으로 366파운드를 주고 예약했으니, 하루에 183파운드를 지불한 것이다. 한화로는 30만원이 조금 넘는다. 과거 회사나 여행사 말고 내가 직접 지불한 숙박비 중에는 이렇게 비싸게 지불해 본 적은 없었다. 더구나 조식도 내가 해결해야 한다.

이곳을 예약한 것은 나의 실수였다. 예약사이트에서 1박 요금으로 183파운드를 보였는데 그것을 나는 2박 요금으로 착각하고 예약을 했고, 해약하면 불이익이 많아 돈이 아깝지만 그대로 진행한 경우다. 사실 이틀에 183파운드도 비싼 것이다. 그럼, 왜 내가 이렇게 비싼 곳에 코가 꿰었을까? 요즘 계절이 코로나19 팬데믹 후 첫 성수기고 또 주말인 것이다. 성수기 주말에 하필 가장 인기 있어 사람들이 몰리는 지역을 지나가는 것으로 西하일랜드길 답파 계획을 짠 것이 그 원인일 것이다.

숙소는 더블 침대가 있는 침실, 요리가 가능한 주방이 딸려있는 거실, 샤워실이 있는 화장실로 구성돼 있다. 거실에는 소파와 작은 유리 탁자, 벽난로와 그 위 벽에는 TV가 있다. 그리고 큰 목제 탁자가 있고. 벽에는 피카소 그림 같은 입체파풍의 그림 두 점이 걸려있고 그사이에 시계가 있고, 유리창 쪽 벽에는 모형 뿔 사슴 머리가 걸려있다.

혼자 사용하기에는 아까운 곳으로 이곳에 하루 내 머물면서 창문을 열면 보이는 지척의 로몬드 호수를 하루 내내 즐겨야 본전을 뽑을 수 있는, 나에게는 호화스러운 숙소다. 이곳 주방에서, 집에서 가지고 온 라면과 김치로 저녁을 때웠다. 보통 서울생활에서는 '라면과 김치'이라면 하급 식사로 치지만, 외국에 나온 지 여러 날 되었다면 한국 라면과 김치보다 더 입에 당기는 음식은 없다. 일단 내 몸이 간절히 원하는 음식이 가장 좋을 음식일 터!

사용한 비용
£25.00 택시 · £3.56 조식(토스트+우유+크로아상) · £10.00 점심 · £2.20 버스 · £183.15 숙박

하일랜드의 로몬드 호와
트로삭스 국립공원으로 들어서다

2일 차 2023년 5월 27일 · 토요일 · 조금 흐림
도보여행로 드리민 → 발마하 (11.5km)

○
●

4시 갓 넘어서 눈을 떴다. 새벽 4시에도, 밤 9시에도 훤하다. 어차피 더 들지 않을 잠을 포기하고 일어나서 오늘을 준비했다. 오늘은 집에서부터 가져온 즉석밥을 물에 넣어 끓여보았다. 10분 끓이라고 쓰여 있다. 아침 식사로 흰쌀밥과 김치면 더 이상 뭘 바라겠는가?

7시 44분발 첫 버스를 탔다. 바로 전에 길 건너 오크트리인(Oak Tree Inn) 호텔에서 잔돈을 구했으니, 오늘은 어제와는 달리 구차하지 않게 당당하게 동전으로 2.20파운드를 냈다. 이 309번 버스가 유일한 이곳 노선버스고 B837 도로가 끝나는 이곳 발마하가 버스의 출발점이고 또 종점이다. 발마하에서부터 알렉산드리아까지 오가는데 로몬드 호수의 가장 넓은 부분인 남쪽을 도는 노선이다. 발마하에서 알렉산드리아까지 편도 약 30분이 걸린다. 버스 도로는 호수와 바싹 붙어있지 않

기 때문에 버스 속에서 호수를 바라볼 수는 없다. 버스길 도로가 西하일랜드길이 뻗어있는 호수 동쪽 변으로는 없기에 버스는 발마하에서 끝난다.

버스에 탑승한 후 운전기사에게 드리민(Drymen)에서 내리는데 西하일랜드길과 제일 가까운 곳에서 내려달라고 부탁했다. 이윽고 드리민 외곽에 도착하여 운전기사가 나에게 내리라고 했지만 낯익지 않아 내리지 않았고, 다음 정거장에 가서도 그곳도 여전히 낯설어 그다음 버스 정류장을 기대하고 안 내리는데 기사는 걱정되는 표정을 지었다. 그의 유창한 스코틀랜드 억양으로 도대체 알아들을 수는 없었지만 그의 버스는 곧 西하일랜드길과 점점 더 멀어진다고 말하며 걱정하는 표정이 역력하여 일단은 내렸다. 내려서 주변을 보니 내가 찾아갈 수 있을 만한 곳 같았다. 차가 씽씽 달리는 큰길가를 벗어나 주택가 길로 들어섰고, 이제 누구에게 물어보려 했으나 밖에 나와 있는 사람은 하나도 없었고, 가끔 차만 지나갔다. 드리민 외곽인 것은 분명하고 운전기사의 태도로 보아서 크게 벗어나지 않은 곳에 西하일랜드길이 있을 것 같아서 걱정은 하지 않았다. 안내서의 지도와 스마트폰 상의 구글 지도를 번갈아 보며 본격적으로 나 스스로 알아보려고 하는 순간 야영 장비를 나누어 지고 세 사람이 내 쪽으로 오고 있었다. 그들은 남자 둘에 여자 하나의 무리로 나이는 다들 족히 60대로 보였다. (편의상 그들을 앞으로 '드리민야영장3人'이라고 부른다) 자기들은 드리민 캠핑 야영장에서 자고 출발하는데 자기들을 따라오라고 했다. 같이 조금 걸어가니 어제 미국인들과 함께 걸은 큰길을 가로지르는 샛길이었다. 반갑기는 하지만 한참을 걸었던 길이라 한 줌이라도 아껴

야 할 귀중한 시간에 걸었던 길을 또 걸어야 하니 속은 상했다. 그들과 한참을 같이 걸어 이윽고 내가 새로 걸어야 할 장소에 이르자 그들과 헤어졌다. 헤어졌으나 그들 일행 중의 여자가 빨리 걷지를 못해서 오늘 그들과 여러 차례 더 만났다.

내가 지금 걷고 있는 곳은 공식 명칭으로 西하일랜드길(West Highland Way)인데 어제 걸었던 곳은 하일랜드가 아니고 로랜드 (Lowlands) 지역이었다. 西하일랜드길의 앞부분이 로랜드에 걸쳐있는 것이다. 길은 오늘 걷기부터 하일랜드(Highlands) 지역으로 들어갈 것이다.

먼저 스코틀랜드 지역을 로랜드와 하일랜드로 어떻게 구분하는지 알아보자. 나는 단지 지형적으로 높고 낮은 것으로만 구분 지어 그렇게 부르게 된 것으로 처음에는 생각했으나 사실은 그것만은 아니다. 또한, 행정구역상의 구분도 아니고 관습적인 구분이라서 명확한 경계도 없다. 그 경계는 비록 정확하지는 않지만 지질학적으로 하일랜드 경계 단층(Highland Boundary Fault)과도 일치한다. 물론 하일랜드 지역이 상대적으로 산이 많은 지형이고 영국에서 가장 높은 벤네비스 (Ben Nevis) 산도 이곳에 있지만 두 지역을 구분하는 것이 단지 상대적으로 산이 많아 지형이 높아서만은 아니다. 그 배경에는 지형적인 것보다는 문화적 역사적인 배경이 더 컸던 듯하다.

하일랜드와 로랜드로 나누기 시작한 것은 중세에서 근세로 넘어오는 시기였고, 지형학적인 면에다가 문화적, 역사적인 면에서의 다름에서 구분하기 시작했다. 서해안 던바튼(Dumbarton)에서부터 동해안 스톤헤이븐(Stonehaven)까지 선을 그어 그 남동쪽의 지역을 로

랜드, 그 북서쪽의 지역을 하일랜드로 불렀다. 그런데 어떤 구분 지도는 그 경계선이 일직선으로 가다가 동해안(북해안)에 가까워질 때 갑자기 굽어져 인버네스 가까이까지 그어 끝나 하일랜드 지역이 스톤헤이븐을 넘어 훨씬 위로 축소돼 표시된 것도 있다. 왜 이런 현상이 벌어졌

축소된 지도

냐하면 지형학적 구분도 존재하지만 문화적, 역사적, 관습적인 면도 존재하기 때문일 것이다. 전통적으로는 로랜드는 지방 사투리에 의해 구분되었다. 로랜드는 사용 언어가 상대적으로 잉글랜드어(영어)에 가까웠던 반면, 하일랜드에서는 켈트어의 일종인 스코틀랜드 게일어가 사용되었다. 오늘날에도 여전히 게일 풍습과 언어가 남아있는 곳이 하일랜드 인 것이다.(Wikipedia, Britannia.com)

그런데 바로 전에 설명한 것, 다시 말하면 지형

위스키 지도

적, 문화적, 관습적인 것에 기인하여
하일랜드와 로랜드가 구분된 것만은
아니다. 위스키업계에서는 또 다른 구
분법을 가지고 있다. 이 지도를 보면
하일랜드의 범위가 많이 넓어졌다. 어
제 멀리서만 보고 지나온 로랜드의 글
렌고인 양조장이 만든 위스키는 넉끈
히 하일랜드산이 될 수 있는 것이다.

Moray 포함지도

이제는 지방자치단체나 지방의회
별로 하일랜드라 말하는 또 다른 지도
들을 볼 수 있다. 머리(Moray)도 관습
상 하일랜드 지방에 포함되지 않을까
생각된다.

물론 스코틀랜드 전체 지자체별
지도도 있다.

정확히 오전 8시 17분에 어제 西
하일랜드길을 이탈했던 바로 그 장소
에 도착한다. 같이 왔던 드리민야영장
3人 세 사람을 먼저 보내고 이제 혼자
서 잠시 숨을 가다듬고 나름 기념사
진도 찍고, 동영상도 찍고 출발한다.
오늘을 시작하는 기념이고, 찾고자
하는 오늘의 시작 지점을 드디어 찾

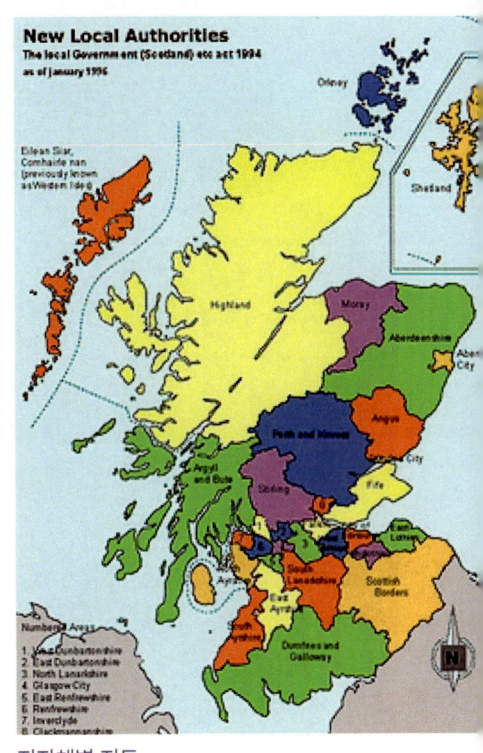

지자체별 지도

왔다는 기념일 것이다. 길은 스털링 도로(Stirling Road)라는 A811 도로를 오른쪽으로 가까이 두어 자동차 소음이 들리지만 西하일랜드길 좁은 양편에 무성한 나무로 동굴처럼 만들어진 길이라 기분 좋게 걸어 처음을 시작한다. 이런 나무숲 동굴을 10여 분 걸어 나오면 하늘과 자동차도로가 보이고 왼쪽으로 글렌날바(Glenalva) B&B를 지나 바로 길 왼쪽으로 울타리 문을 만난다. 이 울타리 문을 지나 西하일랜드길은 진행된다. 울타리 문이 너무 뻑뻑해 열리지 않아 뒤따라오는 도보여행자들을 잠시 기다렸다가 같이 열어젖히고 통과한다.

길은 평평하여 걷는 데 편하다. 길가에는 들꽃들이 피어있고 샛노란 금작화도 여기저기 있다. 오른쪽은 철조망 울타리가 쳐져있고 그 너머 초원이고 왼쪽은 숲인 길을 잠시 걷다가 이내 더워 빨간 윗옷 점퍼를 벗어 배낭 뒤에 붙이고 걷는다. 8시 50분경에 좀 더 큰길과 만나는 삼거리길 목제 길 안내 푯말 밑에서 배낭과 지팡이를 세워두고 잠시 휴식을 취한다. 물도 마시고, 친구에게 전화도 하고, 카톡에 사진도 올린다. 좋은 세상이다.

9시 5분 쯤 다시 걷기 시작한다. 여전히 길은 좋고, 주변은 오래된 숲으로 조용한 가운데 새소리만 들린다. 9시 25분경에 비포장 큰길과 만난다. 길 안내 푯말을 보면 비포장 큰길은 롭로이길(Rob Roy Way)이고 西하일랜드길은 이제 가라반포리스트(Garadhban Forest) 숲으로 들어 갈 것이다. 롭로이길은 드리민에서 피틀로크리(Pitlochry)까지 연결된 127km 또는 154km의 또 다른 장거리 둘레길이다. 롭 로이는 사람 이름으로 롭 로이 맥그레거(Rob Roy MacGregor 1671~1734)를 말하며 과거 스코틀랜드에서 꽤 유명했던 사람이다. 앞으로 그에 관한 이야기를 좀 더 할 기회가 있을 것이다.

롭로이길을 가로질러 西하일랜드길을 찾아 들어가면 바로 숲속에 주차장이 있고 西하일랜드길에 자유롭게 통과할 수 있는 잠글 덧문이 없는 터진 큰 울타리 문이 있다. 길은 숲속으로 들어가는데 울타리 문 앞에 안내간판 두 개가 있다. 큰 것은 숲에 대한 것과 야영

하일랜드의 로몬드 호와 트로삭스 국립공원으로 들어서다

지이용에 대한 것이고, 작은 것은 오로지 반려견 주의 사항이다. 큰 간판 제목은 영어와 게일어로 달았지만 내용은 순전히 영어다. 야영(Camping)하면서 西하일랜드길을 걷고자 하는 독자에게는 도움이 될 내용인데 한정된 지면으로 번역 소개를 생략하고, 대신 필요 정보와 허가 예약을 위한 로몬드 호와 트로삭스 국립공원 당국(Loch Lomond & The Trossachs National Park Authority)의 홈페이지와 전화번호를 소개한다.

『www.lochlomond-trossachs.org/camping 또는 전화번호 01389722001』

내가 앞으로 걷고자 하는 길은 로몬드 호 호반길이라기보다는 로몬드 호와 트로삭스 국립공원 길인 것이다. 지도는 국립공원의 전체 범위를 나타낸 것이고, 그중에서 트로삭스라는 곳은 로몬드 호 오른쪽을 말하는데 숲과 계곡으로 유명하고, 특히 월터 스콧, 워즈워스 남매의 작품에 언급되어 유명해진 면이 있다. 지도를 자세히 살펴보면 내가 서있는 가라드반포리스트 숲도 이 국립공원에 들어가 있으며, 나는 이제는 로랜드를 완전히 벗어나 하일랜드로 진입했을 것이다.

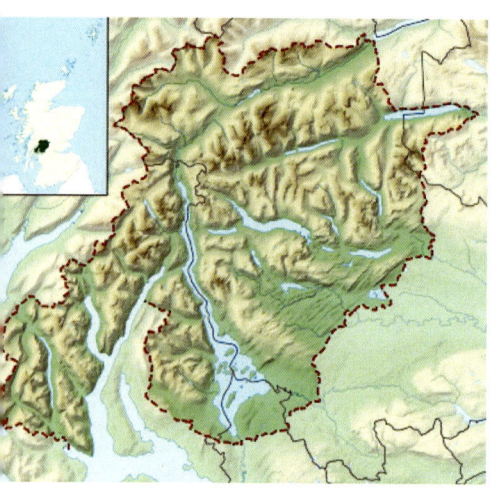

로몬드 호와 트로삭스 국립공원 지도

9시 30분경에 가라드반포리스트 숲 입구를 통과하고 길은 여전히 자동차 한 대가 지나갈 정도 넓이의 비포장 길이고 자주 비스듬히 오르락내리락을 반복하여 진행된다. 중간에 쉬면서 천천히 걷는데 곧 왼쪽 저 멀리에 있는 로몬드 호를 처음으로 본다. 시간은 9시 59분이다. 내일부터는 호수를 지척에 두고 걸을 것이다. 나는 지도를 보며 가기로 한다. 현재의 내 위치가 헷갈리면 누구에게 묻기도 하면서 가는데, 현지인 외에는 잘 알지 못한다. 길은 단순해서 분명 西하일랜드길 위인 줄은 알지만, 현재 나의 위치가 길에서 어디쯤 인지는 알면서 걸어야 할 것 아닌가?

가라드반포리스트 숲을 한참 벗어나 길이 90도로 만나지 않고 불규칙으로 만나는 사거리에 도착한다. 세워진 목제 푯말에도 표시가 돼 있듯이 西하일랜드길이 두 개로 갈라진다. 짧고 편하며 쉬운 길로 남쪽 밀턴오브뷰캐넌(Milton of Buchanan) 마을을 지나 B837 도로를 걸어 발마하로 가는 대체 길(Alternatie Route)과 북서쪽을 향해 코닉힐(Conic Hill) 산을 돌아가는 힘들고 멀지만, 볼거리가 많은 표준 길(Standard Route)로 갈라진다. 물론 망설임 없이 표준 길을 선택한다. 가라드반포리스트 숲의 경계 표시가 안내서 지도와 구글 지도가 서로 정확히 일치하지 않지만, 이때는 가라드반포리스트 숲에서 완전히 벗어나 보인다. 하일랜드와 로랜드의 경계가 자로 재듯이 명확하지는 않듯이 가라드반포리스트 숲도 마찬가지로 구글 지도에서나 안내서 지도에서나 모두 대충 표시한 면이 있다. 중요한 것이 아니니까......

　　10시 35분경에 사거리를 출발 표준 길에 접어든다. 곧바로 큰 울타리 문을 지나 숲으로 들어간다. 중간에 나무 구루터기에 앉아 물을 마시며 잠시 쉬기도 하면서 천천히 걸어 11시경에 돌담과 철제 울타리 문을 통과하여 황야 지대로 들어선다. 숲은 사라지고 앞이 훤히 보여 왼쪽으로 멀리 로몬드 호가 보이고 또한 걸어 돌아가야 할 코닉힐 산이 민둥산으로 다가온다. 코닉힐 산을 넘어 내려가면 곧바로 오늘의 목적지 발마하다. 코닉힐 산을 향하여 황야를 걷는 이때 어제 만난 미국인 세 사람을 다시 만난다. 그들이 먼저 출발한 줄 알았는데 뒤에서 나타난 것이다. 우리는 반갑게 인사하고 잠시 같이 걸으면서 대화를 나눈다. 내가 지나가는 것을 그들은 미리 야영지에서 보았다고 한다. 나를 멀리서 알아보았다는 말에,

　　나　　　아니, 날 보았다고? 옷을 갈아입었는데도? 아하! 모자 때문이었
　　　　　　군요, 아니지! 키가 작은 사람이라 알아보았군요?

　　미국인들　하 하 하......(유쾌하게 웃는다)

미국인들이라 그런지 나의 어설픈 유머가 통한다. 그들은 여자가 몸집이 좀 있어 빠르게 이동할 수가 없다. 그래서 아주 천천히 가는 나와 자주 만나게 된다. 사진도 그중 한 사람에게 부탁한다. 남자들도 나이에 비해 좀 비실대는 것 같아 내가 한마디한다.

나	군대는 갔다 왔수?
미국인	아니요.
나	한국인 같았으면 그 나이에 펄펄 나는데…… 징집이라서요. (나도 모르게 한국인임을 말해버린것이다.)
미국인	아하!
나	미국 군인들은 이동 중에 험비인지 뭔지 하는 탈것을 타고 이동하잖나요?
미국인	그렇다고 하데요.
나	어제는 내 국적이 어딘지 상상해 보았나요?
미국인	아니요. 전혀 생각해 보지 않았습니다.
나	아하! 관심이 전혀 없었군요. 그냥 인간(Human Being)이다 라고만 생각했다 이거지요?
마국인	(약간 어색해하지만, 미소를 지으며) 그렇지는 않았지만……

그들과 보조를 맞추어 갈 수는 없다. 그들 중 여자가 너무 못 걷고, 남자들도 여전히 비실대긴 마찬가지다. 50여 년 전의 구축함 상에서 용감했던 김수병金水兵은 지금은 70대지만 그들보다는 더 잘 걷는다. 마 개울(Burn of Mar)을 다리로 건너고 울타리 문을 지나고 다시

마 개울을 만나 다리로 건너고 안내서에 없는 울타리 문을 지나고 바로 열 개쯤 되는 남루한 돌층층대를 만나 오르막길로 접어든다. 안내서에 없는 울타리 문은 아마 내 안내서가 최신판이 아니라 반영이 안되었을 것이다. 이제 코닉힐 산을 오른쪽으로 도는 오르막길이다. 돌아가면 로몬드 호가 보인다. 12시 25분경에 산 정상(해발 361m) 밑에 이른다. 안내서는 정상에 오를 것을 권하고 있다. 옮겨보면,

「정상까지 걸어서 5분-로몬드 호와 남쪽으로는 글라스고까지, 북쪽으로는 벤로몬드 산과 아로커 알프스까지 보이는 전망이 대단하다.」

이런 문구는 항상 과장이 있는 법이고, 정상을 바라보면 내 걸음으로는 5분은 어림도 없고 내일 22km 이상을 걸어야 한다는 생각이 들어 아쉽지만, 정상에 대한 미련을 버린다. 그러나 적지 않은 사람들이 정상을 향해 오르고 있다. 갑자기 사람들이 많아졌는데 이유는 발마하에 숙소를 정해 휴일을 즐기는 관광객들이 물놀이 후에 뒷산인

코닉힐 산에 올라오고 있어서다. 그들의 목적지는 정상일 것이다.

내려가는 길 일부는 보수공사로 짧지만, 대체길을 만들어 그쪽으로 인도한다. 시원하게 로몬드 호수를 앞으로 보며 내리막길을 걷는다. 돌층층대가 있어 내리막을 걷는데 조심해야 한다. 육중한 목제 울타리 문에 1시 15분경에 도착하고, 여기서 숲길로 평지를 10여 분을 더 걸어 아침에 첫 버스를 탔던 발마하 버스 종점과 주차장에 도착한다. 드디어 걸어서 발마하에 도착한 것이다. 주차장에는 행락객들의 자동차로 꽉 차 있다.

발마하에 도착하자마자 제일 먼저 마을 상점(The Village Shop)이라는 곳에 갔다. 어제 상점에 갔으나 이미 문이 닫혀있어 들어가지 못했다. 슈퍼마켓에 가려면 차 타고 한참을 가야 한다고 한다. 마을 상점은 발마하의 유일한 상점인 셈이다. 이 상점은 오전 8시에 열고 오후 6시에 칼같이 닫는다. 들어가서 혹시 달걀이 있나 하고 찾아보았는데, 그것은 없었지만 놀라운 것을 발견했다. 한국의 농심 신라면이 팔리고 있는 것이 아닌가? 가격은 신라면이 1파운드, 컵라면이 1.40파운드였다. 신라면 3개를 사 들고 숙소에 들어와 늦은 점심으로 당장 하나를 끓여 먹었다. (2024년 1월 우리나라 신문에 농심 신라면이 2023년 매출액이 1조 2,100억 원에 달했다는 기사를 실었다. 이는 전 세계적으로 1초에 53개씩 팔린 셈이라고 덧붙였다.)

저녁때에 몸은 좀 피곤했으나 주변을 돌아보고자 외출했다. 내일이면 이곳을 완전히 떠나 인버스네이드로 가는데 비싼 숙소에서 이틀 동안 잠을 잔 발마하를 좀 더 구경하고 싶었다. 먼저 이곳 광장 같은 넓은 주차장부터 살펴보았다. 주차장이지만 사용료 50페니 공중 화장

실과 국립공원 방문자센터(National Park Visitor Centre) 건물이 있다. 5시까지 문을 여는데, 늦어서 들어갈 수는 없었다. 길을 건너 오크 트리인 호텔을 지나 호텔과 발마하 만 사이에 톰위어스레스트(Tom Weir's Rest) 쉼터가 있다. 작은 공원으로 톰 위어 동상, 소풍 마당, 그리고 호수 조망 장소가 있다. 먼저 톰 위어(Tom Weir 1914~2003)라는 인물의 동상을 구경했다. 동상 설명글에 의하면,

『스코틀랜드에서 가장 사랑받고 있는 산악인으로 스코틀랜드의 자연과 환경을 보호하기 위해 등산인, 작가, 방송인, 자연주의자, 선구적인 운동가로서 모험을 통해 스코틀랜드의 웅대한 자연을 여러 세대를 망라하여 소개한 그의 공을 기념하기 위하여 세운 동상으로, 2014년 12월 29일 그의 출생 100년이 되는 날에 제막했다.』라는 것이다.

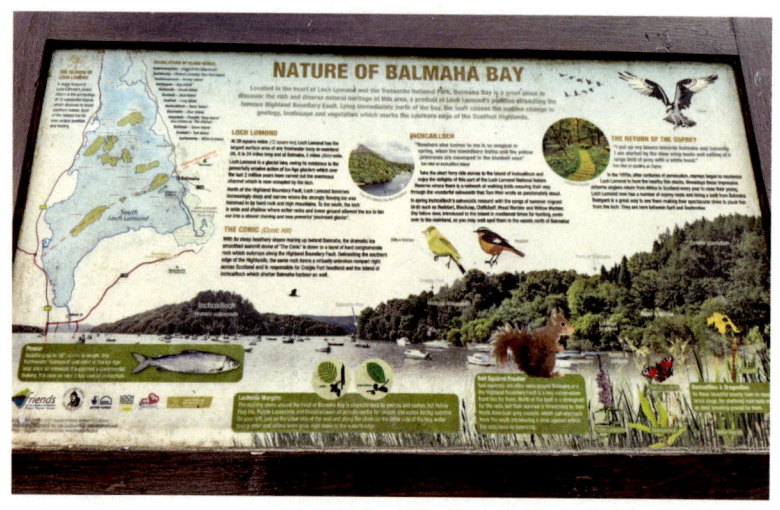

　이 작은 공원에는 관광객들을 위하여 여러 개의 글 간판을 설치해 놓고 있는데 그것들은, 톰 위어와 그의 부인 로나(Rhona)의 업적, 발마하의 역사, 발마하의 자연 등에 대한 글이 적혀있었다. 그중 유달리 내 눈을 끄는 것이 있었는데 한 글간판 오른쪽 위의 웅장하기까지 한 물수리, OSPREY 그림이었다. 가까이 가서 보니 발마하의 자연이라는 제목의 입간판인데 주변 자연을 설명하면서, 로몬드 호수, 코닉힐 산(원뿔산), 인치카일로크 그리고 '물수리(Osprey)의 귀향'에 관한 설명이었다. 인간의 포획으로 몇 세기 동안 자취를 감추었던 물수리가 1970년대에 로몬드 호수를 다시 찾아 먹이 사냥터로 이용하기 시작했으며. 오늘날에는 물수리들이 새끼를 치기 위하여 매년 아프리카에서 스코틀랜드로 돌아오고 로몬드 호에는 현재 수많은 물수리 둥지가 있으며, 물수리는 사월에서 시월까지 이곳에 있다는 내용이었다.

　OSPERY! 오늘도 내일도 날마다 물수리가 그려진 붉은 OSPERY

배낭을 메고 걷고 있는데 이곳에서, 그 웅장한 자태의 그림을 보니 반갑기도 했다. 이곳이 물수리 OSPERY의 고향이라니...... OSPERY는 불과 며칠 전의 사건을 떠올리게 했다. 인천국제공항 출국 때 나를 예비 사기꾼으로 알고 응징하고자 일부러 제일 불편한 좌석을 배정했던 항공사 직원도 내 등 뒤의 구닥다리 OSPERY 배낭에 눈이 갔을 것이고, 순전히 내 추측인데 요즘에는 아무도 사용하지 않을 내 등 뒤의 이 어색하고 남루한 구식 배낭도 내가 예비 사기꾼이 되는 데 일조했을 것이라고 상상해 보았다. (이 등 뒤 오스프리 배낭은 귀국 즉시 폐기 처분 했다. 이 배낭은 2014년 5월 스페인 산티아고 순례길을 위해 구매한 것으로 쓰던 물건을 버릴 때 보통 섭섭한 맘을 갖는데 이때는 속이 다 시원했다. 2024년 4월 스페인 산티아고 순례길을 10년 만에 다시 걸었는데 이때 최신 오스프리 배낭을 사서 메고 갔다. 죄 없는 구식 오스프리 배낭만 근거도 없이 혼나는 형국인데, 내가 그동안 엄청 분했나 보다. 수양이 부족함을 스스로 부끄러워하며......)

쉼터를 돌아보고, 선착장도 둘러보고, 발마하 만(Balmaha Bay)의 이곳저곳을 석양빛과 함께 둘러보았다.

사용한 비용

£2.20 버스 · £3.00 농심 신라면3 · £183.15 숙박

아름다운 강둑 너머, 아름다운 강비탈 너머

3일 차 2023년 5월 28일 · 일요일 · 맑음
도보여행로 발마하 → 인버스네이드 (22.5km)

○
●

조식으로 나름 걸게 즉석밥을 해 먹고, 물론 과일로 후식도 마치고 짐 운반업체 ASM의 규정대로 8시 전에 짐을 정해진 장소에 갖다 두었다. 보통 9시까지 숙소 현관 앞이나, 숙소에서 정해준 장소에 옮겨 놓는데, 1시간 앞당겨 8시까지 옮겨 놓아야 하는 경우가 있다. 인버스네이드(Inversnaid)가 출발지 또는 도착지인 경우다. 인버스네이드에 접근하는 자동찻길이 저 멀리 산을 돌아서 가기 때문일 것이다.

7시 55분에 끵끵대며 바퀴 하나가 고장 난 캐리어 가방을 끌고 지정된 장소에 가니, 운반업체 차는 미리 와서 대기하고 있었다. 업체 자동차 뒤에는 멀가이에서부터 포트윌리엄까지의 길을 주요지점을 연결하는 형식으로 그려져 있었다.

출발부터 로몬드 호(Loch Lomond)를 시종일관 끼고 가는 길

이다. 10여 km 거리인 로와데난 (Rowardennan)에서 숙소 예약에 실패하여 오늘 계속 인버스네이드까지 가야 하고, 인버스네이드에 있는 호텔 등 어떤 숙소에서도 내 잠자리를 구할 수 없어 西하일랜드길에서 약 2.5km 벗어난 아클렛 호(Loch Arklet)에 있는 Axxxxx 호텔까지 가야 한다.

숙소 정문을 나오면 앞에 발마하 이곳에서 끝나는 B837 도로가 있고 도로 건너편으로 로몬드 호숫가의 요트 정박지의 요트들이 푸른 호수 물 위에 떠 있는 모습이 아직은 한가롭게 보인다. 오늘이 일요일이라 곧 부산해질 것이다. 西하일랜드길은 잠시지만 B837 도로를 따라서 나 있고, 처음부터 왼쪽으로 로몬드 호수를 끼고 걷는다. 오늘과 내일은 호수를 처음부터 끝까지 끼고 걷고, 모레가 되어서야 잠시 호수와 같이 걸은 후 결국은 호수와 작별할 것이다.

로몬드 호(Loch Lomond)는 글라스고 도심에서부터 북서 방향으로 23km의 거리에 호수 남쪽 끝을 두고 있다. 호수 최장 길이는 36.4km, 최장 폭은 8km, 표면적은 71km^2로 표면적에서는 영국섬(The Great Britain)에서는 가장 크다. 그러나 수량水量에서는 깊이가 더 깊은 네스 호(Loch Ness)에 못 미친다. 북아일랜드에 있는 네이 호(Lough Neagh)가 표면적이 392km^2로 영국(The United Kingdom)의 가장 큰 호수의 자리에 있다.

허구로 판명되었지만 네시라는 괴물이 출몰한다는 네스 호가 세계적으로는 더 유명하다. 그러나 스코틀랜드인의 사랑은 로몬드 호가 더 많이 받고 있지 않나 생각된다. 예전부터 전해 내려오는 노래까지 있지 않은가? 2005년에 영국 주간잡지 라디오타임스(Radio Times)에서 독자를 상대로 한 투표에서 여섯 번째로 영국의 위대한 자연의 경이로움(Wonder)에 뽑혔다니 영국 국민이 꽤나 관심을 보이는 호수인 것만은 틀림이 없어 보인다.

그럼 예전부터 내려오는 노래 The Bonnie Banks O' Loch Lomond(로몬드 호수의 아름다운 강둑)를 소개한다.

By yon bonnie banks and by yon bonnie braes,

Where the sun shines bright on Loch Lomond,

Where me and my true love were ever wont to gae,

On the bonnie, bonnie banks o' Loch Lomond.

(아름다운 강둑 너머, 아름다운 강비탈 너머,

태양은 로몬드 호수 위를 눈부시게 비추네,

나와 내 사랑이 언제나 갔던 곳,

아름답고, 아름다운 로몬드 호숫가 강둑.)

Chorus(후렴)

O ye'll tak' the high road, and I'll tak' the low road,

And I'll be in Scotland afore ye,

But me and my true love will never meet again,

On the bonnie, bonnie banks o' Loch Lomond.

(오, 그대는 윗길을 걷고, 나는 아랫길을 걸으면,

나는 그대 먼저 스코틀랜드에 있겠지만,

나와 내 사랑은 다시는 만날 수 없겠지.

아름답고 아름다운 로몬드 호숫가 강둑.)

'Twas there that we parted, in yon shady glen,

On the steep, steep side o' Ben Lomond,

Where in soft purple hue, the highland hills we view,

And the moon coming out in the gloaming.

(우리가 헤어진 곳은 그늘진 골짜기,

가파르고 가파른 로몬드 산기슭,

연분홍색 하일랜드산들을 바라보는 곳,

황혼에 달이 솟아오르는 그곳.)

Chorus(후렴)

The wee birdies sing and the wildflowers spring,

And in sunshine the waters are sleeping.

But the broken heart it kens nae second spring again,

Though the waeful may cease frae their grieving.

(작은 새들이 지저귀고, 야생화가 피어오르고,

햇볕 아래 호수 물이 잠자듯 조용한데,

슬픔은 가셨을지언정,

상처받은 이내 마음은 다시 온 봄을 모르겠네.)

Chorus(후렴)

Bonnie는 스코틀랜드, 특히 하일랜드 민중의 가슴속에 여전히 남아있는 망명 왕 제임스 7세/2세의 손자 Bonnie Prince Charlie(꽃미남 찰리 왕자)가 생각나는 말이다. 오늘은 위 노래에서 반복 언급하는 '로몬드의 아름다운 강둑'을 따라 걷기 시작한다. 그 시작은 숙소 정문을 나오자마자 시작된다. 왼쪽에 호수를 두고 B837 도로를 따라간다. 이 도로는 곧 끝나고 대신 작은 길로 연결되는데 그 끝에는 부지런한 낚시꾼들이 차를 몰고와 낚싯줄을 호수에 담그고 있다. 그곳 호수에 이르기 전에 오른쪽으로 약간 가파른 산언덕으로 우리길, 즉 西하일랜드길이 나 있다. 고사리와 보랏빛 블루벨 꽃이 뒤섞여 서식하는 곳을 지나는데 나는 혼잣말로 "고사리가 참 맛있는데......"라고 읊조린다. 물론 고사리가 장대만큼 커서 식용하고는 거리가 멀다. 오름이 있었으니 다시 내리막길에 접어들어 바싹 강둑(Bank)에 이른다. 도보여행자에게는 귀찮은 자전거여행자 세 명이 속력을 내어 지나간다.

9시 45분경에 호숫가 주차장에 도착하고 그곳에 있는 벤치에 잠시 앉아 휴식을 취한다. 일요일이라 차와 사람이 많다. 다시 길을 나서 걷는데 안내서와 실제 길이 약간의 차이가 있어 헷갈리는데 곧 이해하게 된다. 차이 나는 것 중 하나는 호숫가 백사장과 西하일랜드길

이같이 겹치는 부분이 지도에서 보다는 길다. 이곳의 지명은 밀라로키(Milarrochy)고 뒷 배경은 밀라로키 만灣(Milarrochy Bay)이다. 주변에는 밀라로키 명칭이 붙은 야영장, 시설물, B&B 등이 있고, 모래사장, 호반 그리고 강둑에는 야영 천막이 심심치 않게 있다. 10시 10분경에 밀라로키를 출발하여 캐쉘포리스트(Cashel Forest, Cashel Woodland) 숲으로 진입한다. 이 숲은 3,000에이커가 넘은 땅으로 옛 숲을 복원한 것으로 유명하다. 복원된 숲에는 너도밤나무, 자작나무, 사시나무, 오리나무, 향나무, 개암나무, 서양 감탕나무 그리고 스코틀랜드 고유 소나무가 있다고 안내서는 소개하고 있다.

캐쉘포리스트 숲의 길은 걷기 좋고, 햇볕이 좀 더 짙어지는 시간이 돼서 그런지, 또는 호수 물에서 좀 더 거리가 있어서 그런지 몰라도 귀찮게 구는 각다귀(Midge)는 아주 드물다. 이름과 번호를 크게 붙이고 앞에서 마라톤으로 뛰어오는 사람들이 있는데, 한 사람을 붙들고 물어보니, 자기들은 무슨 친목 단체인데 18명이 어제 포트윌리엄을 출발점으로 멀가이까지 가는 경기를 하고 있다는 것이다. 그럼, 어젯밤을 꼬박 새워 뛰어왔다는 말인가? 또 다른 신기한 것으로 이번에는 자연현상인데, 똑바로 자란 큰 나무가 뿌리째 넘어져 있는데 그 뿌리 부분이 얕게 흙과 함께 원형으로 돼 있고 여전히 나무는 아직은 살아 있는 현상인데 처음 보는 것이라 신기하고 기이까지 하다. (西하일랜

드길 뒷부분에서 더 심한 현상을 보게 되고, 글라스고행 기차 속에서 옆 사람과 이것에 관해 이야기하게되어 그때 이 현상에 관해 이야기를 마저 할 것이다.) 숲에서 목조 다리 세 개를 건너고, 다시 자동찻길을 건너 캐쉘팜(Cashel Farm) 농장 입구에 도착한 것은 11시 10분 경이다. 캐쉘팜 농장은 자선 회사로서 숲 복원, 숲길 조성 관리, 기부금 모금 등을 한다. 입구에는 돌에 환영한다는 하얀

글이 쓰여 있다. 입구 돌의자에 앉아서 물과 간식을 먹으며 10여 분 동안 휴식을 취한다.

길은 캐쉘번(Cashel Burn) 개울 위 제법 긴 목조 다리를 지나고, 그 왼쪽에는 자동차도로가 있고 도로 건너편에 캐쉘캐러밴 차박/천막 야영장이 있고 그 건너에는 호수가 있다. 한참을 더 가면 길은 다시 자동차도로를 건너 호수와 도로 사이로 좁게 가는데 여기서 가슴에 루이스(Louise)라는 이름과 번호를 크게 달고 앞에서 오는 젊은 여자를 만난다. 블랙번 출신의 루이스라는 요즘은 뜸하지만, 전에는 서로 자주 소식을 주고받았던 지인이 생각났다. 이름도 친밀해서 바로 앞 루이스에게 말을 던진다.

나	당신! 왜 이리 늦었나요? 설마 맨 끝이 아니길 바래요.
루이스	(갑작스러운 질문에 처음은 얼떨떨하다가 내 농담을 알아차리고) 그래요. 호호호...... 늦었네요. 그런데 걱정은 마세요. 내 뒤에도 더 있답니다. 호호호.....
나	그럼 총 참석인원이 18명이 아니라 80명이군요.
루이스	그렇습니다. 84명일 거예요.
나	나머지 코스 조심하기 바래요. 행운이 있길!
루이스	당신도요!

그래, 처음 남자가 80명이라고 말한 것을 18명으로 잘못 알아들었으니......상식적으로도 18명일 리가 없지. 내 한심한 귀는 언제나 뚫리려나? 루이스와 헤어지고 조금 더 걸으니 도로 건너편에 하얀 앵커

리지 오두막(Anchorage Cottage)이 나타난다. 건물 벽에 장식으로 선박의 닻을 걸어 놓아 건물을 운치 있게 해준다. 안내서에 숙박시설로 표시돼 있으나 구글 지도에는 아무런 표시도 없다.

앵커리지 오두막에서 30~40분을 더 걸으면 살로키캠프사이트(Sallochy Campsite) 야영장을 만난다. 물론 유료 야영장으로 스코틀랜드 삼림위원회(Forestry Commission Scotland)에서 운영한다. 주차장, 화장실 그리고 상수도시설을 갖추고 있다. 입구에 여러 알림판을 세워 살로키 숲과 살로키캠프사이트 야영장에 관해서 여러 정보를 알려주고 있다. 西하일랜드길을 걸을 때 여건이 된다면 야영하면서 걸으면 매우 경제적이고 아주 편리할 것이다. 야영은 유료 야영장에서도 하지만, 사유지만 아니면 어디든 할 수 있지 않을까? 유료 야영지가 어떤 것인지 현장 정보 팻말을 읽어보면 알 수가 있다. 팻말 내용은 낮 시간대에 현장관리인이 상주하고, 음주를 금지하며, 소음수준을 낮춰달라는 것 등이고, 일이 생기면 스코틀랜드경찰서 101번으로 연락하라는 문구다. 현장 팻말과 내 안내서가 약간 차이가 있지만 대동소이하다. 12시 40분경 살로키 지역을 벗어나 목조 다리를 건너서 다시 숲으로 들어간다. 마라톤으로 힘차게 앞에서 뛰어오는 두 남자가 있는데 그들은 어제 포트윌리엄에서 84명 단체로 출발한 무리는 아닐 것이다. 너무나 팔팔하게 뛰어오는 것으로 봐서 출발점이 가까운 곳이고 더구나 이름과 번호도 부착하지 않았다.

안내서에는 석조 건물(STONE BUILDING)과 로스의 방앗간(Mill of Ross)이라는 건물을 차례로 길 왼쪽에서 보여주고 있으나 석조 건물은 폐허 건물로 보이고, 로스의 방앗간은 팻말에서 짐작해 보면 밥을 스스로 지어 먹는 여행자 숙소로 보인다.

오후 2시 15분경에야 로와데난 마을 초입에 있는 로와데난 호텔(Rowardennan Hotel)에 도착한다. 호텔내 더클랜스먼바(The Clansman Bar)에 빛의 속도로 들어갔는데 주문대 앞에는 여행자들의 대기 줄이 길게 늘어져 있었다. 복잡한 분위기 속에서 소란스러웠다. 차분히 점심을 먹으며 휴식을 취할 분위기는 아니었다. 줄을 서며 무엇을 주문할지 고민할 때 눈앞 벽 칠판에 분필로 주요 음식 이름을 써놓았다. 내 눈에 들어온 것 중에 본식(Main)으로 가격이 8.50파운드의 '카레가루로 요리한 서해안 게 샐러드와 쿠루트 빵'이 있어 그것으로 주문했다. 주문한 음식과 비상식량 일부를 휴대한 뜨거운 물과 함께 먹었다. 바삐 호텔 바를 나온 시간은 2시 55분이었다.

오던 길만큼 더 가야 오늘 밤 숙소가 있다. 이곳 로와데난에 숙소를 예약하기 위해 석 달 전에 얼마나 노력했었던가? 이곳에는 로와데난 호텔을 비롯하여 숙박시설이 몇 개 더 있는데 요즘 성수기에 내 침대는 없었다. 오늘 갈 길이 여전히 멀다. 발마하에서 로와데난까지 약 11km, 로와데난에서 인버스네이드까지 약 11km, 길을 벗어나 숙소까지 약 2.5km, 오늘 총 24.5km 여정이다. 나의 이번 西하일랜드길에서 가장 긴 여정이다.

여행준비 순서에서 날짜가 정해지면 처음 항공편 확정 → 숙소 확정 → 짐 운반업체 확정 이런 순서로 진행했는데 마지막에 짐 운반업체를 알아보는 과정에서 짐 운반업체는 업무 특성상 여러 숙박업체 정보를 알고 있고, 업체가 편리한 숙박 시설을 소개도 할 수 있을 것이라고 느꼈다. 숙소 확정 전에 먼저 짐 운반업체를 접촉했더라면 좀 더 경제적이고 편리한 숙박시설을 찾아 예약했을 것이다. 앞으로 혹시 영국의 다른 장거리 둘레길(장거리 도보여행길)을 걸을 기회를 만든다면 중간에 마을과 숙박 시설이 있는데도 불구하고 하루 종일 24.5km를 걷는 일은 다시는 없도록 할 것이다.

길은 일부분에서 두 개가 있는데 하나는 호수에 바짝 붙어 가는 것과 좀 더 떨어져 가는 것이 있는데 숲속이고 그래도 항상 호수가 왼쪽으로 보이기에 좀 더 떨어져 가는 길을 택한다. 두 길은 곧장 합류된다. 4시를 넘어가니 이제 맘을 편하게 먹고, 도착 시간을 8시 정도로 느긋하게 잡는다. 시간이 흐른다고 강박관념을 가질 필요는 없고, 늦게 도착한다고 큰 문제는 아닐 성싶어서다. 오른쪽 발의 끝에서 두 번째 발가락이 부르트기 시작한다. 이번 여정에서 발 부르튼 것에 관해서는 생각을 미리 못했다. 발까지 탈이 나니 숙소 도착시간을 한 시간 더 늘여 9시로 잡는다. 그때까지도 어두워지지 않을 테니까…… 자주 쉬면서 천천히 천천히 걷고, 주변 구경할 것은 다 한다. 가끔 나타나는 야생화는 눈을 즐겁게 하고 마음을 안정시킨다.

6시 55분경에 카일네스번(Cailness Burn) 개울에 도착한다. 스코틀랜드 말로 번(Burn)은 불火과는 관계가 없고 그 반대가 되는 물水과 관계되는 개울을 뜻한다. 이 개울을 건너는 목조 다리는 다른 곳에서는 보기 드문 돌벽 받침도 있어 西하일랜드길에서 가장 육중하고 우람한 목조 다리로 생각된다. 안내서에도 많은 목조 다리 중에 유독 이 다리만 다음과 같이 설명을 달아놓았다 : 개울물보다 확실히 높은 목조 다리(WOODEN BRIDGE REASSURINGLY HIGH ABOVE STREAM)

다리 직전에는 소박한 목제 추모비가 역시 소박한 케른(Cairn 돌

무더기)와 함께 있다. 빌 로반(Bill Lobban)이라는 사람의 추모비인데 설명으로 '그는 친구의 생명을 구하며 대단한 희생을 했다'라는 간단한 글귀뿐이다. 이 글귀로는 지나가는 나그네의 호기심을 해소해 주지는 못한다. 사진과 동영상을 찍어두고 오늘은 그냥 지날 수밖에 없다.

귀국 후 차분히 인터넷 자료 이곳저곳을 뒤져보았다. 어렵게 관련된 글 한곳을 찾았다. 영국인으로 보이는 한 도보여행자의 블로그에 올린 글로, 그의 2012년 10월 1일에 올린 글에 의하면 2011년에 西하일랜드길 일부인 이곳을 걷다가 나처럼 이 추모비와 비문에 관심을 갖고 이곳저곳에서 알아보았으나 결국 어떠한 정보도 구하지 못한 상태에서 인터넷 블로그에 이 추모비에 관해서 글을 올렸는데 이글에 단두 개의 댓글이 달렸다. 한 댓글은 매우 영양가가 있었다. 빌 로반 사망에 관한 기사가 실린 1975년 9월 25일 화요일 자 글라스고 헤럴드지紙 사진을 첨부했기 때문이다.

http : //news.google.com/newspapers?nid=2507&dat=19751125&id=D_0-AAAAIBAJ&sjid=XE0MAAAAIBAJ&pg=5422, 5294607

글라스고 헤럴드지紙 해당 기사 제목은 '개울물에서 구조 작업하다 급류에 휩쓸려 교사 사망(Teacher swept to death in burn rescue)'

이다. 기사 내용을 간추려보면,

두 아이의 아버지인 41세 기술 교사 윌리엄 로반(빌은 윌리엄의 애칭) 씨가 이틀 전 일요일에 로몬드 호수 카일네스번(Cailness Burn) 개울에서 물에 빠진 두 명의 동료 교사와 한 명의 학생을 구조하다 급류에 휩쓸려 사망했다. (신문은 좀 더 구체적으로 설명을 하는데) 경찰학교 생도 멜빌 양이 물속에서 허우적거리자 그는 배낭을 급히 벗어 던지고 물에 뛰어들었다. 두 사람이 손을 잡았는데 센 물살 때문에 손을 놓치고 빌 로반은 물살에 휩쓸려 급류 속으로 사라지고 말았다. 그는 10년 전부터 기술 교사지만 전직 경찰관으로 수영에 능숙하고 경험 많은 산악 둘레길 도보여행 전문가였다. 먼저 개울물에 빠진 3인은 살아 구조되었는데, 한 명이 호수로 통한 구멍으로 휩쓸려 들어갔고, 줄로 연결된 다른 2인도 따라서 같이 호수로 휩쓸려 들어간 후 호수에서 각각 구조되었다. 중앙경찰잠수반은 일요일에도 월요일에도 계속 수색했는데, (신문 발행일인) 화요일 오늘도 수색을 재개할 것이라 했다. 지난밤부터, 그의 아내 40세 메이(May), 딸 14세 모이라(Moira), 아들 10세 앨리스터(Alistair)를 친척들이 와서 위로하고 있다는 기사였다.

당시 신문 기사만 봐도 안타깝기 그지없다. 나중 시신을 찾았겠지만, 화요일 현재 시신을 못 찾아 수색 중인 것으로 이해된다. 또 다른 하나의 댓글은 빌 로반의 손자며느리의 아버지가 쓴 글이다. 글의 내용은 "이 이야기는 진실이고, 이타적이고 영웅적인 빌 로반의 피가 딸의 피를 통해 흐르게 됨이 자랑스럽다"라는 생물학적으로는 다소 헷갈리게 하는 글인데 찰떡같이 알아들은 나의 해석으로는 '외손자가 빌 로반의 피를 이어받아 자랑스럽다'라는 뜻일 것이다. 결국 나중에야 이해한 것이지만, 카일네스번 개울의 목조 다리가 다른 목조 다리에 비하여 더욱 육중하고 우람한지를 알았다. 이 슬픈 사고 후에 놓은 다리일 것이다.

◆ ◆ ◆

길은 나그네가 추모비로 인하여 더 이상 우울해지는 것을 걱정하여 기분 전환해주려고 그러는지, 5분쯤 걸으니 자줏빛깔의 아름다운 야생 블루벨 들꽃밭과 고사리가 어울린 곳으로 안내한다. 기울어지는 태양 빛에 자줏빛깔의 꽃이 너무 아름답다. 카일네스번 개울에 도착 직전부터 블루벨 들꽃밭을 보았으니 카일네스 지역에는 유독 이 들꽃이 많은듯하다.

블루벨 꽃(Bluebell Flower)은 영국에서 먹물이 조금 들었다는
사람들은 이 꽃이 야생 히아신스이기 때문에 그리스신화의 아폴로와
미소년과의 사랑을 생각할지 모르지만, 영국의 소박한 보통 사람들
은 이 꽃을 요정의 꽃(Fairy Flower)이라는 별칭으로 부르기 때문에
요정을 생각할 것이다. 예부터 전해 내려오는 요정과 관련된 여러 가
지 이야기가 있지만 한 TV 프로에서 스코틀랜드 방송인 폴 머튼(Paul

Murton)으로부터 들은 이곳 스코틀랜드인들
의 전설에 의하면 누군가 이 꽃을 꺾으면 요
정에 의해서 길을 잃어 헤맬 수도 있다는 것
이다.

　블루벨 꽃에 관해 현실적인 이야기를
해보면, 2004년에 야생식물 자선단체 (the
wild plant charity) 플란트라이프(Plantlife)
가 영국에서 가장 좋아하는 꽃을 찾기 위한

설문조사를 실시했을 때 결과는 블루벨 꽃이 단연 1위를 차지했으니 이 꽃에 대한 영국인들의 사랑이 남다르다고 생각된다. 사실 영국에서는 이전부터 특별대우를 받고 있는 보호종이다. 1981년에 Wildlife and Countryside Act(야생과 지방 국토법)를 제정하고, 1998년에 더 강화하여 블루벨을 보호하고 있다. 땅 주인이라 할지라도 자기 땅에 서식하는 블루벨을 파내거나 제거할 수 없다. 야생 구근球根이나 씨앗을 거래하는 것도 위법이다. 가정에서 재배할 수 있는 구근을 구매하려면 허가된 곳을 이용하면 된다.

시간이 넉넉하다면 눈부신 블루벨 꽃밭에서 요정을 만나보고도 싶지만, 아쉽게도 오늘은 요정에 홀리기 전에 나의 길을 재촉한다. 다시 몇 분을 천천히 더 걸으니 다음 목조 다리가 나오고 다리 오른쪽에 빛바랜 팻말로 이제부터 크레이그로스탄우즈(Craigrostan Woods) 숲이라고 안내한다. 고대부터 존재했던 떡갈나무 숲으로 과거 가죽 무두질용 땔감으로 벌목하여 숲이 황폐했으나 유럽연합 자연

살리기 계획(European Union LIFE-Nature Programme)의 재정적 지원을 받아 복원되었다는 내용의 정보도 팻말이 알려준다. 호수 오른쪽으로 바싹 붙어 떡갈나무 사이로 나 있는 길을 한참 걸어 8시경 해가 서산에 뉘엿뉘엿 저갈 때 세찬 물소리와 함께 폭포가 나타나고,

길 정면 바위 너머 건물이 나타난다. 드디어 인버스네이드 호텔에 도착한 것이다. 나는 드디어 인버스네이드에 도착했다는 기쁜 사실에 잠깐 판단력을 잃어버린다. 직진하여 바위에 올라탄다. 건너뛰어 앞 건물로 가려고 한다. 아차! 바위 위에서 미끄러질 뻔 삐끗하는데 균형을 재빨리 잡아 바위 밑으로 넘어지지는 않는다. 정신이 바짝 들어 주변을 보니 길을 잘못 들었고, 바른길은 오른쪽으로 돌아 다리를 두 개 건너서 호텔에 접근하게 돼 있음을 인지한다. 안내서에도 분명히 그렇게 그려져 있다. 재빨리 바른길로 해서 인버스네이드 초입에 있는 인버스네이드 호텔에 도착한다. 호텔 마당에는 투숙객으로 보이는 사람들이 많이 나와서 호수를 바라보고 있고, 호텔 옆으로 나 있는 큰길이 아클렛 호(Loch Arklet) 쪽으로 가는 길로 보이지만, 아는 길도 물어가란 속담대로, 늦었으니 길을 잘못 들면 여유시간이 없을 것이기 때문에 호텔

건물로 들어가서 접수대 직원에게 그 길이 맞다는 확인을 받는다.

오늘 걸은 西하일랜드길 끝은 인버스네이드 호텔 앞마당이 되었다. 이곳에서 西하일랜드길을 벗어나 숙소인 Axxxxx 호텔까지 가야했다. 이 숙소는 사실 B&B인데 왜 나는 항상 호텔로 부르고, 남들에게도 호텔이라고 말할까? 아마 130파운드라는 비싼 하루 숙박비 때문일 것이다. 혹시 인터넷 숙박구매사이트에서부터 실수로 호텔로 표시했다가 나중에 고친 경우일지도 모르겠다. 지금 나타난 정식 명칭으로는 호텔이 아니라 하우스다. 기왕 호텔이라 불렀으니 그냥 끝까지 호텔이라 부르겠다. 호텔까지는 西하일랜드길에서 약 2.5km를 자동차가 다닐 수 있는 포장도로를 걸어서 더 가야 했다. 오르막도 있고, 이미 22km를 걸은 후라 녹초가 된 상태였다. 생애 처음으로 히치하이킹을 시도해 보았다. 길이 얼마 안 남은 막판 길인데도 남의 차를 얻어타고 싶었다니 내가 무척 피곤했던 모양이다. 두 차가 멈춰 주긴 했으나 이 핑계 저 핑계를 대며 태워주지는 않았다. 내 영어 설명이 2% 부족해서 호소력이 부족했을 것이다. 나중 생각해 보니 내가 목적지가 호텔이라 말했고, 그들의 기억으로는 그 근방에 호텔이 없기 때문이었을 것이다. 왜 B&B 등, 다른 표현으로 말하지 않았을까? 길 중간쯤에 인버스네이드 벙크하우스(Inversnaid Bunkhouse)라는 숙박시설이 있다. 이곳은 식당도 같이 운영하고 있다. 이곳도 내방이 없어 더 멀리 갔던 것이다.

8시 50분경에 드디어 내숙소 Axxxxx 호텔에 도착했다. 비싼 숙박비와는 상관없이 전형적인 B&B다. 물론 내 짐은 미리 와 있었고, 60대 초반 정도로 보이는 여주인은 너무 늦기에 이메일을 보냈는데 답이 없었다면서 종이 한 장을 주면서 뭘 작성하라고 강요했다. 내일 아침밥 음식 선택지였다. 다음에 하면 안 되겠느냐? 나는 지금 배가 몹시 고픈데 식사를 할 수 없겠느냐? 빵이라도 없느냐? 라고 사정했으나 인정머리 없이 아무것도 없다며 식사를 하려면 오던 길에 있는 인버스네이드 벙크하우스에 가서 하라고 했다. 그곳 문 닫는 시간이 몇 시냐고 물으니 9시인지 10시인지 잘 모르겠다고 했다. 문닫을 시간 전에 가야 하니 그곳에 가서 저녁을 먹고 와서 종이를 채워 넣으면 안 되겠느냐고 사정해도 우선 음식 선택지 종이에 먼저 채워 넣고 가라고 윽박지르다시피 했다. 참 인정머리 없는 사람이었다. 조식 희망시간, 커피, 음료수, 토스트, 해기스 등등 좋아하는 것에 표시하는 종이었다. 그것을 바탕으로 내일 아침에 내 음식을 준비할 것이다. 그 밥 서류를 끝내고 부랴부랴 밖으로 나와 다시 오던 길을 걸어 음식점을 향해서 걸었다. 9시가 넘었어도 아직도 훤했다. 조금 걷다가 현명하게도 생각을 고쳐먹게 된다. '아니, 내가 왜 1km이상의 거리를 다시 걸어 가야 하나? 음식점 마감 시간이 지났으면 밥도 못 먹고, 또다시 왕복 2km 이상을 걸어야 하잖아?' 생각이 늦었지만 여기까지 미치니 발걸음을 돌려 숙소로 되돌아오게 된다. 저녁 식사를 준비된 비상식량으로 해결했다. 이 숙소가 손님에게 불친절한 것은 또 있었다. 와이파이 비밀번호였다. 번호를 주는데 결코 연결이 안 되었다. 침상, 침구, 화장실, 욕조 및 샤워 시설, 그리고 전기히터는 양호했다. 오늘 내방은 넓지는 않지만, 영국인들이 자주쓰는 영국식 의미의 불어로 '앙스위트(EN SUITE)' 였다. 욕조 목욕 후 11시경 잠자리에 들었다.

사용한 비용

£8.50 점심 · £130.00 숙박

롭로이의 동굴을 놓치고,
물수제비도 시원찮고, 넘어져 손가락도 삐고

4일 차 2023년 5월 29일 · 월요일 · 맑음

도보여행로 인버스네이드 → 아들리쉬 (8km)

○
●

간밤에 잠든 후에는 깊이 잠들었지만 잠드는 데 시간이 걸렸다. 무슨 상념이 있는 걸까?

어제 내가 희망한 대로 아침 7시 30분에 식사를 시작했다. 먼 길을 가야 하니 일찍 먹어야 했다. 나 말고 젊은 남녀 한 쌍이 숙박하고 있었다. 아침에는 어제 나를 접수했던 안주인은 안 보이고, 인상이 부인보다는 좋은 남편이 손님 조식을 준비하고 서비스했다.

음식은 호텔 수준이었다. 그런데 후식으로 과일이 없었다. 내가 과일을 찾으니 나중에 사과 하나를 가져왔다. 아침 식사로선 소식인인 나에게 너무 많았다. 먹다 남은 토스트, 사과 반 조각을 점심으로 챙겼다.

와이파이는 아침까지도 연결을 못 하고 KT에서 구매한 모바일 데이터를 사용하고 있는데, 주인 남자는 내가 묻지도 않았는데 와이파이 잘 되냐고 자꾸 물었고, 아직 연결을 못 했다고 하니, 조금 지나서 이제 될 것이라고 통보했는데 즉시 비밀번호 상관없이 연결되었다. 이렇게 쉽게 연결되는데 왜 이제까지 안되었을까? 어젯밤에 부인이 알려준 와이파이 비밀번호는 심술궂기 그지없었다. 최악의 글자만 골라 넣어놓았다. 비밀번호가 〈Iolairo0257〉인데, 대문자 아이(I), 소문자 오(o), 소문자 엘(l), 숫자 영(0)은 헷갈리기 딱 좋은 글자와 숫자다. 왜 그렇게 꼭 해야만 했을까? 어젯밤에 나를 대했던 안주인의 얼굴이 생각나는 글자 조합이었다.

짐을 현관 앞에 내놓고 Axxxxx 호텔을 나온 시간은 오전 9시 20분 경이었다. 근처 아클렛 호수(Loch Arklet)를 나무 사이로 구경하고 오늘 길을 나섰다. 날씨는 맑고 새소리가 즐겁게 들렸다. 어제저녁 西하일랜드길을 이탈하여 걸은 2.5km를 다시 걸어 인버스네이드 호텔 앞까지 와서 西하일랜드길에 다시 진입하니 10시가 되었다.

오늘 원래 계획된 일정은 인버스네이드에서 호수 북쪽 끝을 지나 인버라난(Inverarnan)까지 12km를 걸은 후에 그곳에서 호수 건너편 도로를 이용하여 버스를 타고 남쪽으로 내려와서 로몬드 호수 건너편에 있는 아들루이(Ardlui) 마을 아들루이 호텔에 투숙하는 것이었다. 인버라난에서 숙소를 구할 수 없어 고육지책으로 호수 건너편 호텔을 예약했던 것이다. 그런데 원래 일정을 변경하여 8km를 걸은 후 도중에 아들리쉬(Ardleish)라는 곳에서 호텔에서 운영하는 나룻배(Ferry)를 타고 호수 건너편으로 이동하여 호텔에 투숙하기로 했다. 오늘 덜 걸은 5km는 내일 나룻배를 타고 다시 건너와 시작되는 내일 일정에 포함될 것이다.

이 짧은 오늘 길은 매우 험했다. 안내서에서도 인버스네이드에서 인버라난 사이의 10km 길이, 근래에 길을 잘 개선해서 손보았다고는 하나 여전히 西하일랜드길 중에서 가장 힘든 길중 하나(one of the hardest sections of the Way)라고 소개하고 있다. 바위와 돌 사이에 매우 옹색하게 만들어진 길이 많았다.

인버스네이드 호텔에서 시작되는 오늘의 길은 오전 10시가 조금 지나 시작된다. 길은 시종일관 호수에 바짝 붙어있어 나의 오른쪽에는 숲, 왼쪽에는 호수를 두고 걷는다. 방향이 뻔한 길이지만 오래된 나무 화살표는 로몬드 호수를 배경으로 두고 나에게 길을 안내한다. 몇 분

못 가서 목조 다리가 나오고 건너편에 역시 좀 오래된 목제 입간판이 길 오른쪽, 즉 숲 쪽에 있다. 왕립조류보호협회에서 설치한 입간판으로 보이는데 사진과 글로 이루어져 있다. 앞으로의 숲이 왕립조류보호협회 자연보호지역(RSPB NATURE RESERVE)임을 알리는 게시판이다. 지역 소개, 일반 정보, 둘레길 소개 등에 대한 글과 그림이 있다. 둘레길은 西하일랜드길 외 숲속 오솔길, 고지대 오솔길 그리고 옛 군사도로 이렇게 세 개가 더 있고, 西하일랜드길은 앞으로 길이 험하여 튼튼한 신발을 신어야 한다는 충고도 하고 있다.

바쁘니까 이 간판의 정보를 대충대충 읽었는데, 튼튼한 등산화를 신었으니 간판의 충고를 크게 마음에 둘 것은 못 되고, 매우 험한 길이라든가, 높은 낭떠러지라는 말은 이런 류의 간판에서 흔히 말하는 과장법으로 크게 신경을 쓰지는 않는다. 그런데 조금만 더 가보면 이 문구가 결코 과장이 아니라는 것을 알게 된다. 그리고 사전에 여럿 편 보았던 유튜브에 왜 이런 곳을 강조하여 소개하지 않음을 탓하며 걷게 된다. 이렇듯 가장 험한 곳임에는 틀림이 없다.

입간판을 뒤로하고 천천히 숲길로 들어선다. 출발해서 50여 분까지는 평화롭다. 청명한 날씨, 한두 마리의 각다귀가 내 얼굴에 맴돌지만 큰 문제는 아니고, 길 왼쪽 나무 사이로 푸르고 잔잔한 호수, 숲 쪽에서 청량하게 들리는 새소리, 주변에는 자줏빛 블루벨 꽃도 있다. 그런데 아직은 좋은 흙길이 계속되는데 갑자기 땅속에 숨어있는 회색 바위 머리가 자주 길 가운데에 나와 있는 것은 앞길이 항상 이렇게 편할 수는 없다는 것을 미리 말하고 있는데, 당분간은 크게 신경 쓰지 않고 걷는다. 조금 더 걸으니, 길은 그 본성을 나타낸다. 바윗길이다.

자전거여행자는 이제 나 같은 도보여행자를 부러워 할 것이다. 그는
자전거를 들고 가야 한다.

　　11시쯤에는 바위에 걸터앉아 이메일을 살펴본다. 내가 호텔에 가
는 방법으로 나룻배 시간과 식사에 관해 물었는데 그 답신이 온 것이
다. 내용은, 일요일에는 근무자가 없어 답신이 늦었다는 것과, 나룻배
는 아들리쉬(Ardleish)에서 출발하는데 오전 9시부터 오후 7시까지
10분마다 운행한다고 한다. 단 오후 1시 30분에서 오후 3시까지는 운
행하지 않는다고 한다. 저녁 식사는 오후 5시에서 오후 8시까지인데
매 30분을 끊어서 예약을 받아 손님을 받는데, 나는 언제 식사할 거
냐고 묻고, 아침 식사는 8시로 예약했다고 한다. 즉시 답신을 보내는
데, 저녁 식사는 오후 7시로 하고, 조식은 아침 7시나 7시 30분으로 해
달라고 한다. (결국 조식은 8시부터 주니, 예약했다는 대로 8시를 고
수할 수밖에 없었다.)

안내서에 붉은 펜으로 표시까지 해가며 오늘 잊지말고 꼭 들러 보아야 할 곳은 롭로이의 동굴(Rob Roy's Cave)이다. 가면서 그 안내 팻말을 놓치지 않으려고 신경 쓰며 걷는다. 그러나 가도 가도 안 나와서 현지인인 듯한 도보여행자에게 물으니, 롭로이의 굴은 이미 지났고, 얼마 전까지 팻말이 있었으나 누군가가 새것으로 바꾸려고 인지 그 팻말을 가져간 후 아직 재설치를 안 했다는 것이다. 그는 유창한 스코틀랜드말과 억양으로 말하기에 그의 말을 완전히 알아들을 수가 없어서, 내 짐작대로 이러이러 하다는 말입니까? 라고, 되물으면 그가 그렇다고 확인해주는 식의 좀 답답한 대화방식을 취할 수밖에 없다. 이래저래 그 진위는 100% 맞다고 단언을 할 수 없는 것이다. 스코틀랜드 사투리와 억양을 배워야 그들과 소통이 더 원활할 텐데 하여간 아쉬운 점이다. 내가 지금 스코틀랜드인을 만나 대화하는 것은, 한국 표준어에도 완벽하지 못한 외국인이 전라도, 경상도 등 지방 사투리에 접할 때의 경우와 같을 것인데, 이번 경우를 경상도 사투리 판(버전)으로 재구성해 본다. 물론 대화 내용은 정확히 일치하지 않겠지만, 분위기만은 거의 같다.

나　　　　롭 로이의 동굴이 어디에 있습니까? 팻말이 아직 안 보여서요.

스코틀랜드인 한참 지났고, 또 판떼기가 없어진 지 좀 오래 됐씸더. 머스마, 가스나 둘이 오더니, 금마들이 낭구 판떼기 떼어 갔씸더. 쌈빡한 신삥으로 개비 한다코 하더만, 만다꼬 멀쩡한걸…… 삶아 묵었는지 꼬실라 버렸는지 아직 무소식이네예.

나　　　　아네, 그러니까 얼마 전까지 팻말이 있었단 말이지요?

스코틀랜드인 맞씀더.

나　　　누군가 새것으로 바꾸려고 가져간 후로 아직 설치하지 않았다
　　　　는 말씀이지요?

스코틀랜드인 맞다카이.

　하여간, 나는 그들의 말을 100% 확신을 가지고 이해하지 못하니, 미심쩍은 이해 부분을 되물어 확인해야만 한다. 다시 되돌아 찾아가기에는 너무 멀리 왔기 때문에 롭로이의 굴 구경은 포기할 수밖에 없다. 그런데 롭 로이는 과연 어떤 사람일까? 안내서 등 여러 자료를 살펴보았는데 일생을 매우 복잡하게 산 사람답게 그에 대한 설명이 너무나 어지럽다. 그중에서도 안내서가 자코바이트(Jacobite) 관련 사항을 생략하는 등 단순화시켜 이해하기 쉽다. 안내서 것을 소개한다.

『롭 로이 맥그리거(Rob Roy MacGreger)

롭 로이 맥그리거는 하일랜드 로빈 후드다. 1671년에 씨족장의 셋째 아들로 태어났다. 당시 다수의 하일랜드 인들처럼 가축 거래를 생업으로 했는데 합법, 불법을 가리지 않았다. 때에 따라서는 로랜드의 가축을 약탈하는데 가담하기도 했다. 40세가 되어서 꽤 많은 땅을 갖게 되었고, 또 성공한 상인이기도 했다. 이제 스코틀랜드 전역에 걸쳐 공정한 실업가로, 훌륭한 검객으로 알려졌다. 잘생긴 외모와 야성적인 붉은 머리칼 때문에 붉다는 의미의 Ruadh(Roo-Ah로 발음)라는 게일어 별명을 얻게 되었다. 이를 나중에 영어식으로 변해 Roy가 되었다.

그가 도적으로 오명의 생애가 시작되는 때는 한 번에 큰돈이 걸린 거래를

할 때부터였다. 큰 거래를 성사시키기 위해서는 거금이 필요했고, 이에 몬트로즈 공작(Duke of Montrose)으로부터 거금 1,000파운드를 빌렸는데, 그의 충직했던 가축 몰이꾼이 그 돈을 집어 들고 종적을 감춰, 롭 로이도 수배자가 된 것이다. 몬트로즈 공작은 그의 땅을 압류하고 그를 범죄자로 공포하게 된다. 이때 먼 친척이 되는 아가일 공작(Duke of Argyll)이 롭 로이를 격려하고 피난처를 제공했고, 롭은 그들의 공동적인 몬트로즈 공작을 수없이 습격했다. 그는 10년간 활발하게 활동했고, 그러는 사이 몇 번을 체포당했으나 그때마다 대담한 방법으로 탈출했다. 그때마다 그에 대한 명성이 올라갔다. 결국 그는 자진 출두하였다. 국외추방의 위협이 있었으나, 최종적으로는 왕이 그를 사면했다. 그 후 그는 가정에서 아내와 비교적 평온한 여생을 살다가 63세의 나이에 집에서 죽었다.

19세기 스코틀랜드 작가 월터 스콧 경(Sir Walter Scott)은 1818년에 매우 낭만적인 소설 <Rob Roy>를 출간했는데 이는 롭의 명성을 높이 올려주었다. 이 소설은 독자에게 이야깃거리를 주었을 뿐만 아니라, 하일랜드 여행에서 로몬드 호가 주요 관광 명소가 되게 하였다. 1822년 윌리엄 워즈워스(William Wordsworth)의 여동생 도로시 워즈워스(Dorothy Wordsworth)가 롭로이의 동굴을 방문할 때까지만 해도, 소년들이 기념품을 팔고, 하일랜드 백파이프 연주자(Highland piper)라는 이름의 호수 증기선의 선상에 완전한 관광 체계가 갖춰있었다. 오늘날에도 관광객들이 있지만, 굴은 더 조용한 장소가 되었다.」

다른 현지 도보여행자에게 내 안내서 지도를 들이밀면서 현재의 우리 위치가 어디쯤인가 묻고 그는 현명하게도 호수 쪽을 바라보고 보

이는 섬을 손가락으로 가리킨 후 다시 안내서의 지도상 우리 위치일 성싶은 곳을 가리키며 말한다. "저 섬을 우리가 볼 수 있으니 이쯤이겠지요" 롭로이의 굴로부터 한참 더 멀리 온 지점이다. 되돌아갈 수 없을 만큼 멀다. 계속 걸어 좋은 흙길이 나오고 주변에 하얀 야생 마늘꽃 사이를 지나고 조금 더 가서 호수의 파란물과 자줏색 블루벨 꽃이 어울리는 길을 걷는다. 배가 고파오니 호숫가 모래 자갈밭에 찾아든다.

호숫가 모래 자갈밭에 앉아 호수를 바라보면서 아침 식사에서 남은 토스트와 사과 반쪽을 먹었다. 보온병에 담아온 뜨거운 물로 봉지 커피까지 마시니 나름 호화 점심이다. 무슨 생각이 들었는지 점심 도중에 갑자기 일어났다. 어릴 때 친구들과 같이 했던 물수제비 놀이가 갑자기 생각났던 것이다. 일단은 시도를 해보았으나 소년 시절의 실력은 나오지 않았다. 당시 시골 촌놈들이 물수제비라는 서울말은 몰랐고 우리들은 그것을 물방개 친다라고 했던가? 기억 속에서 가물거렸다.

걷다 보면 들쥐를 가끔 보게 되는데 어제도 보았고, 오늘도 보았다. 나처럼 호숫가에서 점심을 먹거나, 아예 천막을 치고 야영을 할 때 음식 부스러기와 쓰레기가 들쥐를 부를 것이다. 계속 걸어야 하는 도보여행자에게 우려되는 점은 들쥐로 인해 얻게 되는 병이다. 유행성출혈열, 쓰쓰가무시병 등인데 들쥐나, 이런 병에 대한 경고성 문구가 있는 팻말을 전혀 발견하지 못했다. 내 편의대로 해석해서, '아마 기후가 한국과는 달라 그런 병이 문제가 된 적이 없는가 보지! 심각하다면 안내서, 입간판으로 경고하지 않았겠어?'라고 맘편히 생각했다. 그러나 어쩌다 보는 들쥐지만 그 영악한 행동이 얄밉고 징그러웠다.

점심을 먹고, 물수제비 놀이까지 하고, 또 푹 쉬고 나서 1시 25분경에 다시 걷기 시작한다. 어제와는 달리 오늘은 시간적 여유가 많다. 역시 험한 돌바윗길을 한참 걸은 후 이제 완전한 흙길은 아니지만 그래도 비교적 편한 바위 사이 흙길을 걷는다. 그런데 이때 일이 벌어진다. 아아~~악!!! 넘어지면서 내는 소리다. 미끄러져 넘어지는 순간이 아찔하다. 바위에 앞이마가 부딪치고 오른손 가운뎃손가락이 굽어지지 않는다. 재빨리 왼손을 이마에 대 보는데 상처는 없다. 슬쩍 부딪친 것으로 판단되어 안심하고, 오른쪽 엄지손가락이 살짝 벗겨졌는데, 가장 큰 문제는 가운뎃손가락이다. 아픈 와중에 손가락이 완전히 부러지지 않는 것을 감사하게 생각하고, 다행으로 생각한다. 엄지손가락이 쓰겨 피가 좀 나는 것을 지나가던 프랑스 여자가 반창고를 꺼내 붙여주어 해결한다. 가운뎃손가락은 삐었는데 처음에는 별로 안 부었는데 조금 지나니 더 붓는다. 느린 팽이가 쉽게 쓰러지듯 바닥 환경에 따라 천천히 걷는 것이 오히려 화근이 된듯하다.

이 사고는 나에게 심리적으로 큰 부담으로 다가오게 된다. 이제는 트레킹, 즉 걷기 여행을 삼가야 한다고 생각하게 된다. 젊을 때도, 중년에도, 노년에도 다 넘어질 수 있다. 그런데 젊은이의 사고는 곧 회복될 수 있으나 노인에게는 그것으로 끝일 때가 많다. 장거리 걷기 말고 그냥 관광하는 것으로만 여행해야 하나 하고 고심하게된다. 만약 앞으로 해외 둘레길 도보여행을 멈춘다면 이번 사건이 주요 이유가 될 것이다. (손가락 삔 것은 오래 갔다. 몇 개월 후에나 정상적으로 돌아왔다. 그렇다고 도보여행을 멈추지는 못했다. 이후 스페인 산티아고 두 번째 순례길을 걸었고, 험한 중미 코스타리카의 길도 걸었다.)

걸으면서 자주 호숫가에서 야영하는 천막(텐트)을 보았다. 아들

리쉬에 거의 도착 직전에도 블루벨 꽃은 호수와 같이 있고 잔잔한 호수의 물가에는 하얀 꽃이 만발한 나무 밑의 풀밭에 여러 개의 야영 천막을 보고, 맘속으로 부러워 한다. 참 아름답고 평화롭게도 보인다. 뭐든 그렇듯 사진처럼 한적하고 평화로울 수만은 없는 것이 자연이다. 스코틀랜드 특유의 각다귀(Midge) 때문에 야영자들은 고생깨나 할 것이다. 그리고 들쥐도 몰아내야 할 것이다. 영국섬에 곰 같은 맹수가 없는 것이 야영 여행객들에게는 다행일 것이다.

3시 5분경에 아들리쉬에 이르러 나룻배 부두를 찾아 접근하니 나를 기다렸다는 듯이 나를 태우러 나룻배가 오고 있다. 초로의 부부가 미리 부두에 와있어 승객은 나 포함 세 명이다. 바로 출발하는데 아들루이 부두까지는 6~7분이 소요되었다. 여행객들에게는 아쉬운 거리다. 적어도 15분쯤은 걸려야 나룻배의 매력을 느끼고 선상에서 주변을 살펴볼 수도 있을 텐데 약간 실망했다.

아들루이 호텔은 부두에서 가까이 있고, 같이 온 부부도 이 호텔

손님이었다. 내방은 2층으로 작지만, 있을 것은 다 있었다. 예약한 대로 7시경에 아래층 식당에 가서 고심 끝에 선택한 음식은 '으깬 감자, 제철 채소 그리고 위스키 소스로 만든 해기스로 채워진 닭가슴살'이었다.

저녁을 잘 먹고 20파운드짜리 지폐를 꺼내 주니 옛날 돈은 안받는다고 했다. 5년 전 북잉글랜드에서 쓰다남은 돈인데 받을 수 없다니 또 돈이 말썽이냐? 기가 막혔다. 왜냐하면 5년 전에도 멀쩡한 동전을 안 받는다고 해서 당황했던 기억이 있기 때문이었다. 그때는 주변에 내 동전을 자기들의 새 동전과 교환해주겠다는 신사들이 많아 흐뭇한 경험을 했는데 20파운드 지폐라면 우리 돈 몇만 원인데 맘씨 좋은 스코틀랜드 신사가 내 등 뒤에 있었다고 한들 쉽게 신권으로 바꿀 수 없었을 것이다. 물론 신용카드로 결제했다. 식당 종업원의 설명에 의하면 신권에는 요란한 홀로그램이 들어가 있어 위조가 어렵다는 것이다. 가지고 있는 700파운드 넘는 금액의 돈이 휴지는 안 되겠지! 조금은 번거롭겠지만 은행에서 바꿔주겠지만 앞으로 걷는 여정에 있는 첩첩산중 시골 마을에 은행이 있을 것 같지는 않다. 걷기가 끝나는 포트윌리엄에 있는 은행에서 바꾼들 무슨 소용이랴! 가는 여정에서는 계속 신용카드를 사용할 수밖에.

저녁을 먹고 호텔 밖으로 나와 호숫가를 산책했다. 지는 해의 햇살을 받아 건너편 산은 황금색이었고, 그 산을 비추는 호수도 덩달아 황금빛이었다. 심호흡하면서 호숫가를 거닐었고, 요트가 정박해 있는 부두를 돌아보았고, 내가 오늘 밤 신세를 질 이곳 아들루이 마을 유일의 호텔 아들루이 호텔도 돌아보았다. 호텔은 1800년대 사냥을 위한 오두막으로 시작하여 1886년 호텔로 개조했고, 1905년 확장하여 오

롭로이의 동굴을 놓치고, 물수제비도 시원찮고, 넘어져 손가락도 삐고

늘에 이르렀다.

위키피디아(Wikipedia)에 따르면

『아들루이는 스코틀랜드 하일랜드 뷰트(Bute)와 아가일(Argyll) 사이에 있는 작은 마을이다. 로몬드 호 머리(head)에 위치해 있다. 크리안라리크와 글라스고 사이의 A82 도로상에 있으며, 아들루이 기차역은 글라스고 퀸스트리트(여왕가역)와 오반(Oban) 또는 포트윌리엄을 잇는 西하일랜드 선線 철도노선에 있다.』

크리안라리크 마을은 내가 내일부터 무려 3박을 해야 할 곳이다.

사용한 비용
£5.00 페리 · £18.45 석식 · £84.70 숙박

로몬드 호와 작별하고 철도, 철탑,
A82 도로, 팔로크 강과 함께 앞으로 앞으로

5일 차 2023년 5월 30일 · 화요일 · 맑음
도보여행로 아들리쉬 → 크리안라리크 (13km)

○
●

4시 15분 눈을 뜸. 5시간을 깨지 않고 계속 잔 것이다. 자기 전에 여분의 큰 이불을 확보해 둔 것이 소용없을 정도로 실내 보온은 양호했다. 5년 전 CTC를 걸을 때의 北잉글랜드와는 사뭇 달랐다. 그때는 8월인데도 B&B든, 호텔이든, 호스텔이든 모든 숙소에서 새벽에는 추웠다. 잉글랜드와 스코틀랜드는 모든 체계가 다르다. 물값, 전기료 등 공공요금이 같을 수가 없다.

오른손 가운뎃손가락은 탱탱 붓고 마디는 멍이 들어있었다. 첫째 걱정은 다친 손가락이고, 둘째 걱정은 구권 지폐다. 혹시나 은행에서 쉽사리 안 바꿔주면 복잡해질 것이다. 나의 치과 주치의고 5촌 조카 사위인 김 원장에게 카톡을 통해 내 손가락 삔 것을 이야기하며 조언을 구했다. 그는 부루펜 같은 소염제나 케트팝 같은 바르는 소염제를

권했다. 즉시 짐 운반업체에게 인계하려고 이미 단단히 싸둔 캐리어 가방을 뒤엎고 감기약을 꺼내서 처방전 내용을 보고 그 속에 있는 해열진통소염제 펜다우드정은 어떠냐고 김 원장에게 되물으니 거의 같은 약이니 그것을 복용해도 된다는 처방이 왔다. 그것을 위장 보호제와 함께 조식 후에 먹었다. 여행 전에 감기기가 있어 의사 큰딸에게 감기약 처방을 받아 약을 먹고 남은 약을 가져왔는데, 그 약속에 펜다우정이 있었던 것이다. 내 사고를 왜 딸에게 먼저 알려 해결하지 않았느냐 하면, 만약 큰딸에게 나의 사고를 알렸다면 즉시 호랑이 아내에게 직보가 될 것임이 명약관화하기 때문이었다. 큰 가방을 3층 내 방에서 아래층으로 옮길 때 마침 바닥 청소 중인 젊은 흑인 여자 미화원에게 부탁하여 도움을 받았다.

조식 식당 이야기를 하자면, 처음 그냥 뷔페식인 줄 알았다. 콘플레이크를 우유에 타 먹고, 토스트를 네 조각 굽고 있는데 한 여자가 나에게 오더니 처음에 내방 번호를 물었다. 24번이라 말하니 그냥 갔다. 이제 자리에 앉아 내가 구운 토스트를 막 먹으려고 하는데 아까 그 여자 종업원이 이미 식탁에 꽂아있던 종이를 집어 들더니, 뭘 먹겠느냐? 뭘 빼겠느냐?고 물었다. 나는 깨알 같은 그것을 읽는 데 시간이 걸릴 것 같았다. 나는 그녀에게 묻기를 음식을 시키는 것은 추가로 돈을 내야 하느냐고 물으니 그렇지 않고, 호텔비에 다 포함되어 있다는 것이다. 나는 아주 바쁘니 '스코틀랜드 조식'으로 빨리 달라고 했다. 그녀의 대꾸는 다른 사람들을 가르키며 이 사람들도 모두 다 그 배를 탈것인데, 당신만 바쁜 것은 아니다라고 했다. 내가 만일 영어가 유창했다면, 특히 스코틀랜드 억양에 강했다면 농담과 해학을 섞어 어색하지 않게 이렇게 말했을 것이다. "나는 밥 먹고 꼭 화장실에 가야 한단 말입니다. 이도 닦아야 하고요. 저 사람들 하고는 달라요. 그들은 밥 먹고 바로 출발할 거잖아요?" 이 말을 할 수 없었던 것이 매우 안타까웠다.

내 밥은 다른 사람들 것보다 제일 늦게 나왔다. 달걀 프라이 두 개, 베이컨 두 조각, 소시지 하나, 검은 푸딩 한 조각, 구운 토마토 반 개, 감자 스콘 과자, 그리고 해기스였다. 검은 푸딩은 사실은 검지 않고 갈색이고 검은 것은 해기스다. 조식 차림표에는 없으나 해기스를 추가했다. 해기스는 스코틀랜드 고유의 음식이다. 차림표에 있는 버섯은 생략했다. 급히 먹고, 주문 전에 내가 가져온 과일, 요구르트, 구운 토스트는 냅킨에 싸서 점심으로 챙겼다. 버릴 수는 없지 않은가?

식후 내방에 돌아와 이 닦고, 화장실 가고, 약 먹고 예정대로 8시 50분에 방을 나왔다. 배에 오니 이미 여러 사람들이 타 있었다. 배는 9시가 채 되기도 전에 출발했다. 나중에 보니 아침에는 연속으로 왔다 갔다를 반복하면서 단시간에 몇 탕을 뛰었다. 9시 첫 배를 타야겠다는 강박관념을 가지고 서두를 필요가 없었던 것이다. 나는 배 선장에게 선비 5파운드를 준 후 'Ardlui'와 'Ardleish'의 현지인 발음을 부탁했다. 앞에 강세를 둔 '아들루이'와 '아들리쉬'라 했다.

　아들리쉬에 내려 로몬드 호수 주변 화창한 날씨의 청정한 공기를 마시며 천천히 걷기를 시작한다. 시간은 오전 9시 10분이다. 곧바로 허름한 돌담을 넘고 작은 개울 위 다리를 통과한다. 이제 로몬드 호와 작별할 시간이 다가온다. 9시 40분경에 호수가 마지막으로 보이는 곳에 이른다. 이다음은 곧바로 산허리를 돌아가는데, 이때 호수와 작별

을 해야 한다. 이곳에는 누구나 아쉬
움을 가지고 호수를 바라보며 잠시
머물다 간다. 이곳에는 큰 목제 말둑
이 박혀있다. 처음에는 호수 마지막
전망대 표시인 줄만 알았는데 사람
이름인 듯한 글자가 위에서 아래로
새겨있다. 글은 Dario Melaragni
63-09다. 분명 중요한 사람 이름일
것이다.

◆ ◆ ◆

　　나중 알아본 바에 의하면, 다리
오 멜라라그니는 西하일랜드길 마라
톤대회(West Highland Way Race)에 참가하여 세 번이나 완주했고,
한 때는 대회 조직 임원으로 활약했고, 대회 웹사이트를 만들어 널
리 홍보하는 데 기여했다. 2009년 7월 그는 친구들과 산행 중 로크나
가(Lochnagar) 산 정상 부근에서 심장마비로 의심되는 증세로 사망
했다. 그의 장례식에는 西하일랜드길 마라톤대회 유니폼을 입은 사람
들이 대거 참석하여 그를 애도했다. 평소 그가 원했던 대로 그가 가장
좋아했던 西하일랜드길, 특히 로몬드 호수를 마지막으로 볼 수 있는
곳에 그의 재를 뿌렸다. 재의 일부는 마지막 산행을 했던 로크나가 산
정상에도 뿌렸다. 나중 그곳에 목제 추도 말둑을 세운 것이다.

◆ ◆ ◆

이곳에서 당연히 사진과 동영상을 찍는다. 주변 도보여행자에게 부탁하여 마지막으로 보이는 로몬드 호수를 배경으로 내 사진도 찍는다. 이 사진은 〈내가 마지막 본 로몬드 호수〉라는 다소 통속적인 제목을 달아서 친구들에게 거의 실시간으로 보낸다. 이렇게 한참을 멀리 떨어진 로몬드 호수를 아쉬워하며 이곳에서 꾸물거리고 있는데 60대로 보이는 여자가 구형 사진기로 여기저기 주변을 찍어가며 혼자 나 있는 곳으로 다가온다. 서로 의례적인 인사를 하는데 나는 그녀의 첫마디에 잉글랜드인이라는 것을 알아챈다. 대부분 스코틀랜드 억양의 영어로 귀가 답답해왔는데 잉글랜드 억양의 영어는 그 답답함을 가시게 한다. 내심 반가움으로 말을 건다.

나   당신, 잉글랜드인이군요? 억양으로 당장 알 수가 있지요.

여자   그래요. 잉글랜드에서 왔어요.

나   어디세요?

여자   런던 근처 랜딩이라는 곳입니다.

나   이곳이 로몬드 호를 마지막으로 작별하는 장소인데 본인이 들어가는 사진 한 장 찍으셔야지요. 제가 찍어드리겠습니다.

여자   그래 주실래요?

그녀가 들고 있는 구형 사진기를 주려니 했는데, 주머니에 담고 있는 휴대전화기를 꺼내 준다. 그렇지! 휴대전화기로 찍어야 친구들에게 당장 보낼 수 있지. 나는 휴대전화기를 받아 정성을 들여 로몬드 호수를 배경으로 그녀를 찍어준다. 그녀는 사진을 보고 매우 만족스러워한다. 그녀는 사진에서 눈을 떼면서 말한다.

여자   당신도 한 장 안 찍으세요? 제가 찍어드릴게요.
나   (나는 조금 전에 이미 다 찍어서 망설이다가) 그래 주실래요? 고맙습니다.

이렇게 여러 장을 더 찍게 된다. 여자는 인사 후 먼저 떠나고, 그후 나는 천천히 천천히 혼자 걷기를 시작한다. 불과 얼마 전까지만 해도 나는 말이 통하는 도보여행자를 길에서 만나면 같이 어울려 걸었다. 그 상대가 누구든 간에, 남녀노소 가리지 않고 같이 걸었다. 그러나 이제는 아니다. 물론 그렇게 걸을 수는 있겠으나 체력상 그 후과가 두려워 일부러 홀로 천천히 천천히 걷고 있는 것이다.

9시 45분경에 천천히 다시 걷기 시작한다. 곧바로 진창길 위 건널판을 지나고 출발한 지 5~10분 후에 그래도 로몬드 호를 뒤에 두고 가기가 아쉬웠든지 뒤를 돌아보게 된다. 이제는 안보여야 할 호수가 멀리 손톱만큼 여전히 보인다. 그럼, 이곳이 마지막 전망 장소가 맞는 말 아닌가? 하지만 키가 작은 어린이와 반려견은? 다시 아까 장소가 맞다고 마음속으로 승복하며 스스로 피긋히 웃고 계속 걷는다. 혼자 계속 걷다 보면 별의별 쓸데없는 생각이 꼬리에 꼬리를 잇는다. 이런 이번 생각도 그중 하나일 것이다.

내리막길로 접어들고 울타리 문 하나를 지나고 새소리 속에 자동차 소음이 들리기 시작하니 A82 도로와 가까워짐을 느낀다. 물소리도 같이 들리니 팔로크 강(River Falloch)과도 가까워짐을 느낀다. 팔로크 강의 지류인 벤글라스번(Ben Glas Burn) 개울을 만나 목조 다리를 건너 바로 10시 55분경에 인버라난(Inverarnan)에 위치한 베인글라스 농장 야영장(Beinglas Farm Campsite)에 도착한다.

인버라난은 글렌팔로크(Glen Falloch) 골짜기 초입에 있고 훨씬 전부터 근거리에서 같이 가던 하일랜드선 철도(Highland Line Railway), A82 자동차도로 그리고 로몬드 호의 지류 팔로크 강 이렇게 세 개의 긴 여정에 西하일랜드길이(정확히는 내가) 뒤늦게 합류하는 곳이 인버라난이기도 하다. 이곳 인버라난에는 베인글라스 농장 야영장 말고 나그네를 위한 숙소가 몇 개 더 있는데 A82 도로를 끼고 있다. 이들 숙소 중에는 귀신이 나온다는 곳이 있는데, 안내서에는 드로버스로지(Drovers Lodge)라는 숙박업소가 귀신 출몰 장소라고 하지만,

다른 곳에서는 드로버스인(Drovers Inn)이라는 호텔이라고 한다. 이 두 곳이 A82 도로를 사이에 두고 바로 이웃에 있으니, 귀신의 능력으로는 두 곳 다 함께 영역으로 삼기는 식은 죽 먹기일 것이다. 사실 영국에서 잉글랜드나, 스코틀랜드나, 웨일스나 모두 귀신 출몰이 너무나 많아 이곳 인버라난의 숙박업소의 경우가 그리 큰 이야깃거리는 못될 성 싶다. 나처럼 다들 그냥 그러려니 하는 정도의 관심을 가질 성 싶다.

나는 성큼성큼 베인글라스 농장 야영장으로 들어선다. 이곳은 엄청 넓은데 여행자를 위한 온갖 시설이 다 있다. 야영 천막을 칠 수도 있고, 차박도 할 수있고, B&B도 있다. 입구 간판에 EN SUITE ROOMS라고 쓰여 있는 것을 보면 다 갖춘 호텔급 방도 있는 모양이다. 화장실과 샤워 시설은 무료고, 푼돈으로 세탁기와 건조기를 쓸 수 있다. 역시 푼돈으로 조리도구를 사용할 수 있는 부엌 시설과 요리한 음식을 먹을 수 있는 장소도 있다. 돈을 내고 잘 수 있는 오두막도 있고, 침낭을 빌릴 수도 있다. 영국인에게는 없어서는 안되는 펍(Pub)이라는 선술집이 있고, 가게, 음식점도 있다. 사정에 따라서 이용할 수 있는 시설들이 여기저기 자리 잡은 넓은 캠퍼스다. 나는 이것저것 구경할 여유는 없고, 먼저 어디서 편히 좀 쉴 수 있을까 가지고 온 요구르트와 바나나를 어디서 먹어야 할까를 잠시 고민한다. 적당한 곳을 찾아 앉아 간식을 하고, 일기장을 꺼내 기록도 한다. 이제 일기장을 가지고 와서 시간 날 때마다 그때그때 잊기 전에 적어놓으려 한다. 28일 날처럼 숙소에 도착해서 녹초가 되면 과장된 표현이지만, 우선 살고 봐야 하니 일기고 기록이고 다 내팽개치고 '만사가 귀찮다!'를 외치며 침대 위에 드러눕기 마련이다.

11시 50분경에 베인글라스 농장 야영장을 떠난다. 앞서 언급했던 대로 이곳에서 하일랜드선 철도(Highland Line Railway), A82 도로 그리고 로몬드 호의 지류 팔로크 강 이렇게 세 개의 긴 여정에 西하일랜드길이 합류하는데, 여기에 높은 고압선 철탑도 이 여정에 합류하여 같이 간다. 더불어 나도 합류하여 천천히 글렌팔로크 골짜기로 들어선다. 하일랜드선 철도는 기차 소리로, A82 도로는 자동차 소음으로, 팔로크 강은 물 흐르는 소리나 폭포 소리로 나에게 그들의 존재를 알려주고, 고압선은 혹은 멀리 혹은 가까이에서 큰 키를 과시하여 존재를 나에게 알린다. 나는 혼자지만 오늘은 편하고 이렇게 외롭지 않은 길이다.

　　처음 20여 분간은 옛 군사 도로로 자동차 한 대는 갈 수 있는 넓은 길을 편하게 걷는다. 西하일랜드길은 이제 골짜기 숲 오솔길다운 샛길로 접어든다. 그 안내판은 다 망가져 글 일부만 남아있다. 바닥이 다소 거친 길을 잠시 걸은 후 개울을 건너는 두 개의 다리를 연속으

로 건넌다. 개울물 소리는 크게 들려 그
쪽을 바라보니 물길이 바위 사이가 되
어 급경사를 이루니 물소리가 커질 수
밖에. 이런 곳을 우리말로는 여울이라던
가? 안내서에는 Beautiful Rapids라 하
니 아름다운 급류라 해석되어 여울이라
는 우리말과는 다소 차이가 있다. 숲속
바위 사이 여울을 지나 사방이 터진 길
을 15~20분 동안 맑은 하늘 아래 햇볕
을 쬐며 걸으면 다시 숲길에 개울이 나오고 개울 세 개를 각각 세 개
의 다리를 이용하여 건너는데 유난히 강 쪽에서 들리는 물소리가 크
다. 이제 팔로크 강에 있는 팔로크 폭포(Falls of Falloch)에 가까워짐
을 느낀다. 안내서에서도 말하듯이 西하일랜드길에서는 폭포수가 안
보인다. 일부러 폭포수를 보려고 시간을 소비할 수 없고, 그냥 소리로
만 들어 느끼고 지나간다. 이윽고 내 길이 높아져서 강과 자동찻길이
골짜기 아래 숲속에 묻혀버리고, 물소리, 자동차 소리만 들리는 높은
길을 걷다가 다시 아래 숲속으로 내 길이 들어가 개울을 만나고 또다
시 다리를 건넌다. 이때가 벌써 오후 1시 15분이다. 여기서 물을 마셔
목을 축이고 잠시 쉰다. 베인글라스 농장 야영장에서도 그랬지만, 쉬
든, 간식을 하든, 점심을 먹든, 야외에서는 장소를 요령껏 골라야 한
다. 각다귀, 즉 미쥐(Midge) 때문이다. 요즘 날씨에 대낮에 햇볕으로
나가면 덥고, 그늘로 들어가면 조금 지나 각다귀가 공격하기 시작한
다. 나는 프로 도보여행자답게 금방 요령을 터득했다. 햇볕과 그늘의

경계선에 내가 있어야 한다. 스코틀랜드 각다귀는 그 경계선에는 그늘일지라도 접근을 꺼린다.

오늘은 식수가 조금 문제가 된다. 230ml와 350ml 두 개의 물병이면 천천히 걸으니, 이제까지는 충분했다. 그런데 오늘은 아니다. 식후 진통 해열제를 복용했기에 물이 더 당긴다. 물을 아껴 마셔야 한다. 왜 그것을 생각 못 했을까? 캐리어 가방에 500ml짜리 페트병 물이 두 병이나 있는데...... 아껴 마시니 큰 문제는 없으나 그래도 걷는 동안 맘이 편하지 않다.

다시 걷기 시작하고, 바로 울타리 문을 지나고 실개천을 가로질러 널빤지 다섯 개를 붙인 다리 위를 지난다. 아직은 왼쪽에서부터 철도, 자동차도로, 강, 西하일랜드길 그리고 철탑 순서로 모두 같이 간다. 내 옆 철탑만 나에게 모습을 보여주고, 나머지들은 소리로만 '당신과 같이 간다'라고 알려준다. 휴식 후 이렇게 10분쯤 걸은 후 또다시 울타리 문을 지나 곧바로 개울 위 다리를 건넌다. 이때부터는 오솔길인데 소형차가 지나갈 정도 넓이의 길로 바뀐다. 넓어진 길은 옛 군사 도로(Military Road)다. 여러 줄로 모여 행진하는 보병과 기병, 또는 마차가 충분히 다닐 수 있는 넓이다. 조금 더 걸으니 내 오른쪽에 있던 철탑이 고압선과 함께 내가 가는 西하일랜드길을 가로질러 내 왼쪽으로 가기 시작한다. 나는 계속 옛 군사 도로를 걸어 데리다로크(Derrydarroch)라는 글을 문 위에 붙여놓은 오래된 하얀 단층 건물을 지나 곧바로 팔로크 강을 만나 다리를 건넘으로 이제 나는 철도와 강 사이에 끼어든다. 길은 다리를 건너 좁은 오솔길로 이어진다. 오늘 길에서 철도와 강을 짧은 시간이지만 가장 가깝게 두고 걷지만, 숲에

숨어있기에 그들은 나에게 자태를 보여주지는 않는다. 2시가 넘었으니 점심을 먹을 장소를 물색하며 걷는데 좀처럼 적당한 자리를 찾을 수 없다. 길은 좁은 토끼 굴 지하도로 인도하는데 철도 아래 지하도로를 빠져나가 이제 나는 자동차도로와 철도 사이에 끼어든 것이다. 이제는 시간이 너무 지나 어디서든지 점심을 먹어야 한다. 길옆 나무 그늘과 햇볕 사이의 경계선에 앉아 점심을 먹은 시간은 너무 늦게도 2시 30분경이다. 숲 너머 철길에 기차가 지나가는 것을 보며 나무숲 그늘과 햇볕 사이에서 아침에 호텔에서 구운 토스트를 처음에는 서서, 나중에는 앉아서 먹는다. 이곳에서는 들쥐가 보여도 상관없다. 유행성출혈열에 걸렸다는 소리는 없으니까. 호텔에서 가져온 작은 사과의 맛은 최고다. 물론 장소와 처지 때문이지 집에서 먹던 사과와 비교해서 당도가 훨씬 낮으나 환경이 그렇게 만들어준 것이다.

점심 후 곧바로 아까보다도 더 넓고 긴, 깨끗한 둥그런 굴을 통해 자동차도로를 건넌다. 굴을 나오면 시멘트 층층대가 있고, 층층대 왼쪽에 영국의 선도 건설업체인 모건신들(Morgan Sindall)의 공사 예정을 알리는 입간판이 있다. 국립공원과 글렌팔로크 골짜기와 슬로이 지역의 지상 고압선과 전선을 지하화 공사를 한다고 하며 불편할 것에 미리 양해를 구하는 입간판이다. 글렌팔로크 골짜기에서, 나와 같이 같은 방향으로 진행하고 있는 고압선과 철탑도 얼마 후에는 지하화하여 지상에서는 볼 수가 없을 것이다. 나는 시멘트 층층대를 걸어 올라 고압선도 가로질러 오솔길에서 다시 넓은 옛 군사 도로로 진입하는데, 西하일랜드길상의 나와 여정을 같이 했던 친구들과 이제 헤어질 때가 가까워짐을 느낀다. 그러나 여전히 왼쪽에서 오른쪽으로 나(西하일랜드길), 철탑, A82 도로, 하일랜드선 철도 그리고 팔로크 강 이렇게 나란히 10~15분쯤 같이 가다가 西하일랜드길은 나머지 네 친구들과 점점 멀어진다. 이때쯤이면 글렌팔로크 골짜기도 북쪽으로 그 끝에 가까울 것이다.

3시 30분경에 내 오른쪽에서 돌담이 나타난다. 나는 여전히 옛 군사 도로상에서 오른쪽 돌담과 함께 걸어가고 정들었던 네 친구들, 고압선 철탑, 자동차도로, 철로 그리고 강과 점점 더 멀어진다. 마지막에는 돌담과 옛 군사 도로와도 동시에 이별하고 오솔길을 잠시 걸어 드디어 큰 울타리 문을 넘어 오후 3시 55분에 오늘의 종착점인 크리안라리크(Crianlarich)로 가는 샛길과 西하일랜드길이 만난다. 왼쪽으로 계속 가면 西하일랜드길의 연속이고 오른쪽으로 가면 숙소가 있는 크리안라리크 마을이다. 그리고 이 지점이 西하일랜드길 총길이의 중간지점이라고 한다. 내일 아침에 다시 이곳까지 와서 길을 계속 걸어야 할 것이다.

　오늘 내 길동무였던 팔로크 강은 크리안라리크 마을 훨씬 전에 오른쪽으로 거의 90도로 꺾어 돌아 제일 먼저 우리들로부터 이탈하여 사라졌고, 하일랜드선 철도와 A82 도로는 그들의 숙명대로 사람 사는 마을로 들어왔고, 철탑은 마을 오른쪽 외곽으로 빠져 저 멀리 사라졌다. 철도와 자동차도로는 멀리서 들리는 작은 소음으로 유스호스텔에 있는 나에게 여전히 그들의 존재를 알리고 있다. 끈질긴 친구들이다.

　유스호스텔에 4시 45분에야 도착했다. 건물은 단층으로 숲속에 있어 아늑한 느낌을 주었다. 이곳에서 오늘부터 연속으로 세 밤을 묵어야 한다. 직원 조엘(Joel)과는 나는 여러 번 이메일 메시지를 교환했다. 식사 가능 여부를 알고 싶었기 때문이었다. 마지막 메시지로는 손가락이 삐었으니 침대 윗층이 아닌 아래층에 내 침대를 미리 잡아달라고 했다. 먼저 접수처에서 조엘을 만나 인사를 나누고 입실 절차를 밟았다. 카드 열쇠를 받고 숙소 방에 들어가니 창문 쪽 2층 침대 아래 층에 '김병두 예약(Reserved Byoung Doo Kim)'이라는 글이 인쇄된 하얀 A4용지 한 장이 놓여있었다. 조엘의 작품일 것이다. 방은 세 개의 2층 침대로 6인실이고, 화장실과 샤워실이 각각 두 개씩 있다.

내 침대와 마주 보는 침대에는 60~70대로 깔끔하게 보이는 남자 가 있었다. 자기는 두 밤을 예약했는데 오늘 밤이 마지막으로, 승용차 로 이동하며 산을 오르고 있다고 했다. 집은 잉글랜드 맨체스터라 했 다. 먼저 내 국적을 묻길래 맞춰보라고 하니 처음부터 한국인이냐고 되물었다. 나는 감동했다. 이런 일은 좀처럼 없는데, 당장에 맞추다니? 그는 제주도에서 무슨 학회 세미나에 참석한 적이 있었고, 이어서 한 국 남쪽 지방 어느 차밭도 방문했었다고 했다. 대학에 있었다고도 했 다. 교수나 연구원이었던 것으로 보였다. 단박에 나를 한국인으로 말 한 것은 그가 한국을 방문했었기에 한국에 관심이 있어서일 수도 있 고, 이웃 내 침대 위에 있었던 한국식 이름이 써진 A4용지를 미리 보 았기 때문일 수도 있을 것이다.

대화 도중에 내 구지폐에 말썽이 생겼다고 말하며, 왜 이렇게 영 국은 화폐를 자주 바꿔 불편을 주느냐며 불평하면서 어제 아들루이 호텔에서의 이야기를 했다. 그리고 5년 전에도 새 동전으로 바꿔, 구동 전을 못 써 똑같은 불편을 겪어 올 때마다 바뀐 파운드화 때문에 불편 하다고 말했다. 은행에서 구권을 바꿔주겠지만 은행은 西하일랜드길 종점인 포트윌리엄에나 있을 것이기에 할 수 없이 수수료를 떼어가는 신용카드를 써야겠다고도 말했다. 그는 나의 불평을 듣더니 자기가 얼 마간은 바꿔줄 수 있다면서, 차에 가서 얼마를 바꿔줄 수 있는지 알아 보겠다고 하며 차에 갔다 오더니 신권으로 90파운드를 교환해 줄 수 있다고 했다. 나는 안 바꿀 수가 없었다. 그는 90파운드를 바꿔준 후에도 생각을 잠시 하더니 동전도 필요하지 않겠느냐며 다시 차에 갔다 오더니 이번에는 동전으로 10파운드를 바꿔주었다. 1파운드짜리 8개와 필요할 때가 있다면서 2파운드짜리 1개 이렇게 10파운드를 동 전으로 바꿔주었다.

유스호스텔의 세탁기가 고장이고 내일쯤 고칠 수도 있겠으나 장 담을 못 한다는 조엘의 말에 실망하면서, 샤워하면서 오늘 입고 온 옷 을 빨아 건조실에 널었다. 유스호스텔 건조실은 날씨가 고르지 못한 영국에서 도보여행자들에게 아주 편리한 시설이다.

내일과 모레 아침 식사 예약을 했다. 글피는 혹시 더 일찍 출발할 수도 있어, 천천히 결정하기로 했다. 조식은 7시부터다. 저녁 식사를 하 려고 접수창구 여자 직원에게 주변 음식점에 관해서 물었다. 그녀는 가까운 음식점 위치를 알려주며 10시에 문을 닫는다며 그전에 가면 밥을 먹을 수 있다고 했다. 나는 저녁을 먹으러 그 음식점에 도착한 시 간은 정확히 8시 8분이었다. 음식을 주문하려고 하니, 여주인인 듯한 나이 지극한 여자가 8시부터는 음식 주문을 받지 않는다고 했다. 8분 뿐이 늦지 않았느냐, 좀 봐달라고 사정을 해보았으나 통하지 않았다. 여주인과 내가 대화하는데 딸인지 종업원인지 모를 젊은 여자가 중간 중간에 내 옆구리를 찌르며 여주인의 스코틀랜드 방언을 표준영어로 바꿔주었다. 이번에는 스코틀랜드말과 억양을 우리 전라도 사투리로 바꾸어 당시 상황을 재현해 보겠다. 실제 대화 내용과는 정확히 일치 하지 않겠지만 분위기와 상황만은 비슷할 것이다.

나	8분뿐이 늦지 않았는데 좀 봐주세요.
여주인	아따 먼 소리여! 오메 8분은 시간 아니 당가요? 그리고 모두 시방 몸이 뻐쳐 음슥 못 하겠어라우.
젊은 여자	(내 옆구리를 찌르며 작은 목소리로) 지금 모두가 몸이 피곤해서 요리를 못 하겠다네요.
나	그래도 부탁드립니다. 너무 배가 고파요.
여주인	기칙은 기칙이제!
젊은 여자	(옆구리를 찌르며) 규칙은 규칙이지요.
여주인	오메 징한거 소가지 한 번 사납소. 정지 창고도 쇠때로 잠가버렸땅게요.
나	…….
젊은 여자	(다시 옆구리를 찌르며, 이번에는 웃으며) 성질이 사납다고 하네요..호.호.호.. 부엌 창고를 이제 열쇠로 잠가버렸다고 하는군요. 요리할 시간이 지나면 잠근답니다.

젊은 여자가 오죽 답답했으면 내 옆구리를 찌르면서까지 통역을 했겠는가? 숙소에 돌아와서 마지막 남은 라면을 끓여 저녁 식사를 때웠다. 이웃 침대 영국인과는 여러 가지 대화를 많이 했다. 10시 30분쯤에 잠자리에 들었다.

마을 이름 Crianlarich(크리안라리크)는 게일어에서 유래되었는데 황폐한 땅(Wasted Site), 아니면 사시나무(Aspen)를 뜻한 말에서 이름 지어졌다고 추측하고 있다. 西하일랜드길 중간지점에서 멀지 않아 이 길을 걷는 나 같은 도보여행자들이 찾아들고, 또한 주변에 산들이 많아서 오른 봉우리 숫자를 늘이는데 취미를 둔 산악인들이 찾아들어 숙박하는 마을이다. 스코틀랜드에서는 도장 깨기식으로 산봉우리를 차례로 오르는 것을 Peak Bagging 또는 Munro Bagging이라 하고, 그 산악인을 Peak Bagger 또는 Munro Bagger라 하는데 직역하여 '봉우리를 자루에 담기'로, 그 산악인을 '봉우리를 자루에 담는 자'로 말할 수 있겠다. 좀 다듬어 번역하면 '봉우리 수집' 그 산악인을 '봉우리 수집가'라 하겠다. Munro는 스코틀랜드에서 해발 3,000ft(914.4m) 이상 높이의 산을 말하는데, 휴 먼로 경(Sir Hugh Munro 1856~1919)이 1891년에 봉우리 수집가(Peak Bagger)를 위해 산을 처음으로 목록화했고, 그것을 먼로의 목록(Munro's Tables)이라 했는데, 현재는 스코틀랜드 등산클럽(Scottish Mountaineering Club)의 공식 목록에 열거된 282개의 산을 일컬어 먼로(Munro)라 한다. 내 옆 침대의 친절한 잉글랜드 맨체스터 신사는 지금 도장 깨기식으로 봉우리를 수집 중이니, 전형적인 봉우리 수집가로 Peak Bagger 또는 Munro Bagger라 부를 수 있을 것이다.

(나중에야 그의 이름이 콜린 올터(Colin Walter)임을 알았는데 후에 그는 나에게 사진을 보내왔는데 손자와 반려견과 함께 오른 벤혼지(Ben Chonzie) 산 위에서 찍은 사진을 보내왔다. 벤혼지 산은 해발 3,054ft(931m)로

당당히 먼로 목록에 올라와 있는 먼로 중 하나다.)

계속 크리안라리크에 관해서 이야기 하자면, 자동차 도로 A82와 A85가 교차하고, 특히 철도노선 西하일랜드선이 지나가는 교통요지다. 西하일랜드선은 글라스고에서 말레이그(Mallaig)까지 가는 264.3km의 노선인데, 오반(Oban)까지가는 163.3km의 지선도 있는데 이지선이 이곳에서 갈라져 크리안라리크를 금상첨화의 교통요지로 만들어주고 있다. 西하일랜드길 중간에서 기차역으로 딱 세 마을과 만나는데 순서대로, 크리안라리크 → 타인드럼 → 브리지오브오키다. 나는 수많은 구상과 고민 끝에 숙소를 그 첫 번째 역 마을인 이곳 크리안라리크 유스호스텔에 3박을 예약하고 날마다 걷기가 끝나는 마을 역에서 기차로 크리안라리크 유스호스텔로 되돌아오는 것을 반복하는 여정으로 짰다. 이 세 마을에 차례대로 그 날짜에 마땅한 숙소가 있어 예약할 수만 있었더라면 이런 복잡한 여정을 계획하지 않았을 것이지만, 세상은 꼭 내 맘대로 되는 것이 아닌지라 숙고한 끝에 이런 복잡한 여정을 계획할 수밖에 없었다. 내 이웃 침대의 산악인 같은 도장 깨기 식 봉우리 수집가(Peak Bagger/Munro Baggger)들도 여럿, 나처럼 이곳에 여러 밤을 묵는 것을 보면 몇 달 전 서울에서 내가 숙박 문제로 고민했던 것과 똑같은 고민을 했음이 분명하다.

사용한 비용

£5.00 페리 · £1.00 팁 · £26.0 숙박

성자 필란(St. Fillan)과
로버트 더 브루스(Robert the Bruce)의 흔적을 보며

6일 차 2023년 5월 31일 · 수요일 · 흐린 후 맑음
도보여행로 크리안라리크 → 타인드럼 (10km)

○
●

4시경에 눈을 떴으나 비몽사몽 상태 후 다시 잠들었다. 일어난 것은 6시 이후였다. 아침 식사는 그런대로 가격 대비 양호했다. 먹다 남은 토스트 두 조각과 귤을 점심으로 챙겼다. 발가락 부르튼 것은 문제의 발가락을 화장지로 감싸고 보통 양말을 신고 그 위로 등산 양말을 신었다. 그리고 화장지를 몇 겹 겹쳐 등산화 속 앞부분에 넣어 깔았다. 어느 곳에 높이를 높여 문제의 발가락 부분 주변의 환경에 변화를 주어 닿지 않게끔 하기 위함이었다. 효과가 있는 것으로 느껴졌다. 정성이 깃들었으니까...... 이웃 잉글랜드인은 새벽 일찍 사라졌다. 서로 인사를 못 나누어 섭섭했다. 오늘의 도장 깨기는 어느 산일까?

8시 30분경에 숙소를 출발하는데, 하늘에 구름이 잔뜩 끼어있다. 유스호스텔 마당에서부터 각다귀 몇 마리가 귀찮게 달라붙는다. 햇볕

이 없으니 이것들이 날뛴다. 어제 온 길을 걸어 西하일랜드길과는 9시 5분경에 만나게 된다. 어제 숙소 찾아 크리안라리크를 향해 길을 이탈했던 지점에 도착한 후 잠시 마음을 가다듬고 북서쪽의 숲으로 길 따라 들어간다. 오늘 10km 중 처음 4km는 침엽수 조림지다.

9시 50분경, 허라이브번(Herive Burn) 개울 목조 다리 직전에 처음으로 나보다 더 천천히 가는 두 사람을 만난다. 70대와 60대 정도의 두 여자다. 나이 들어서 느리게 걷는다기보다는 사진 찍느라고 나보다 더 느려지는 것이다. 누군가는 사진 촬영에 미쳐있는 사람을 '사진 귀신'이라 폄훼하던데 지나친 말이고, 하여튼 그들은 사진 찍는데 미쳐 나보다 더 천천히 걷는다. 그들을 사진 귀신이라고 부르는 대신 앞으로 편의상 '사진 요정'으로 부르겠다.

오늘도 개를 풀어 데리고 같이 걷는 사람들이 제법 있다. 심지어 사람들을 보고 짖는 개도 있다. 가끔 나를 보고 짖기도 하는데 모습보다는 냄새 때문일 것으로 생각한다. 그 개가 익숙하지 않은 냄새가 나에게서 날 것이다. 사람 자체에서도 서양 사람들과 다르겠으나 그것보다는 평소 먹는 것, 바르는 로션 등 화장품 냄새가 한국인과 유럽인들과는 매우 다를 것이다. 개는 평소에 맡아왔던 냄새와 다르니 반응을 보인 것으로 생각된다. 그런데 그 커다란 개를 풀어놓아도 괜찮은가? 개들은 덩치는 크더라도 주인들이 잡도리를 얼마나 해놓았던지 대부분은 양순하게 보이고 또 그렇게 행동한다. 말이 나왔으니 말인데, 유럽과 미국 아이들과 우리나라 아이들 중 누가 더 부모와 어른들로부터 구박을 받을까? 단언컨대 내 생각으로는 서구 아이들이 어른들로부터 잡도리를 더 당한다고 생각한다. 내 보기에는 그렇다는 것이다.

숲길에서 한 남자가 나를 지나치면서 알은체하며 인사를 한다. 그는 나에게 드리민에서 같이 시작하지 않았느냐고 말하며 나의 기억을 되살려준다. 나는 그때서야 드리민야영장3人을 기억하고 나머지 두 사람은 어디 있느냐고 물으니 뒤따라온다고 한다. 곧장 그들이 뒤따라와 나와 인사를 나눈다. 버스에서 내려 길을 헤맬 때 만나 길 찾아 같이 걷던 무리다. 그들은 어젯밤을 어제 내가 잠시 들러 간식을 먹으며 휴식을 취했던 인버라난의 베인글라스 농장 야영장에서 잤다고 한다. 그곳은 샤워장 등 시설이 좋아 '때 빼고 광을 낸' 터라 장시간 걷고 있는 도보여행자의 더러운 행색이 아니어서도 내가 처음에 몰라보았을 것이고, 한 세트(Set) 세 사람이 아니고 한 사람이라 몰라보았을 것이다.

침엽수 숲길이 끝나가는 때 하늘이 맑아졌다. 10시 30분경에 숲길을 빠져나오니 먼산 봉우리와 산허리에 구름이 낀 것이 맑은 하늘 아래에서 아름답게 보인다. 남에게 부탁하여 내가 들어가는 사진도

찍고, 그 사진을 서울의 이곳저곳에 거의 실시간으로 전송한다. 이런 작업에 미쳐 결국 西하일랜드길에서 잠시 벗어나 다시 옳은 길로 돌아오는 데 족히 40분을 허비한다.(이번 여행에서 길을 헤맨 유일한 경우였다) 올바른 길을 걷던 한 쌍의 도보여행자들은 멀리서 나의 이탈을 주시하며 혹시나 그들이 잘못 판단하지 않았나 하는 심정으로 가던 길을 멈추어 서서 내가 오는 것을 한참 동안 기다리기도 했다. 내가 민폐를 끼친 것이다.

옛 석조 다리 밑을 엉겁결에 통과해서 철로와 A82 도로 사잇길로 들어와 10여 분 걸은 후, 11시 30분경에 차가 쌩쌩 달리는 A82 도로를 무단횡단 한다. 안내서에도 무단횡단 길을 염려해서 횡단 시 조심하라는 문구를 넣어 놓았다(TAKE CARE CROSSING MAIN ROAD). 곧바로 철제 울타리 문을 지나 숲길을 걷는다. 왼쪽으로 필란 강(River Fillan)을 만나 울타리 문을 지나 목조 다리를 통해 강을 건넌다. 이때 다시 사진 요정 두 여자를 만난다. 요정 중 한 분이 혼자 걷고 있는 내가 그들과는 달리 내 모습을 사진에 담지 못함을 안쓰럽게 생각했던지 내 사진을 찍어주겠다고 고집을 부려 장소가 내 맘에는 썩 들지 않지만, 다리 위에서 부득이 한 장 찍게 된다. 이때 나는 사진 요정들에게 사진을 인터넷에 올리느냐고 묻는다. 요즘 인터넷에 올려 여행 자랑을 많이 하는 사람들이 흔히 있어 물은 것이다. 대답은 나의 추측과는 달리, 자기들은 인터넷 같은 것은 모르는 구식이고 그냥 앨범에 정리해서 본다고 한다. 옛날 사람임을 강조한다. 복장은 꽤 신식인데 의외다. 나는 그들에게 잉글랜드에서 오지 않았느냐고 물으니 내 짐작대로 잉글랜드 런던 부근에서 왔다고 한다. 그들과 앞서거니 뒤서거니 하면서 커턴팜(Kirton Farm) 농장 앞에서 왼쪽으로 꺾어 바로 울타리 문을 지나 개울 위 다리를 건너면 또 바로 울타리 문이 있어 그것을 통과하면 시야가 확 트이고 앞으로 길이 세 개가 있는 사거리 공터에 이르게 된다. 이곳저곳에 설명 판을 설치해 두었는데 오래된 것이라 낡아 훼손된 것도 있다. 왼쪽에 있는 것은 성 필란 小수도원(St. Fillan's Priory) 유적지인데 울타리 너머 풀과 이끼가 뒤덮인 담장이 보인다. 내 눈에는 그냥 방치된 상태로 보인다. 설명 간판, 안내서 등을 종합해서 이곳 유적지에 관해서 요약해 본다.

『성 아우구스티누스 수도회 소수도원으로 13세기에 처음 지어진 것으로 추정되며, 1317년에는 스코틀랜드 왕 로버트 더 브루스(Robert the Bruce, Robert I 1274 ~1329)가 이 소수도원을 지원했다.(혹은 세웠다) 그는 배넉번(Bannockburn) 전투에 성 필란의 성물을 가져가기도 했다. 현재 소수도원 유적지와 부속 묘지터는 고대 기념 건조물(Scheduled Ancient Monuments)로 지정되었다. 성자 필란(St. Fillan)과 관련 있는 성물들은 1607년 헨리 8세가 내린 수도원 해체 조치 후 대부분 사라졌지만 살아남은 성물 두 점은 에든버러의 스코틀랜드 국립박물관에 소장 돼 있다. 성자 필란(St. Fillan)은 7세기에 어머니와 삼촌과 함께 아일랜드에서 스코틀랜드에 왔다. 스코트인(게일인의 한 종족)과 픽트인에게 기독교 교리를 전파하기 위해서였다. 어머니와 삼촌은 다른 곳으로 갔고, 그는 이곳에 정착하여 기독교를 전파하며 백성들을 보살폈다.』

이 유적지에 들를 때는 나와 사진 요정들 외에도 대여섯 명의 도보여행자들이 함께 있었는데 사
진 요정들과 나 외에는 거의 모두
이곳 유적지와 환경에 관심이 없
어 보였고, 그들은 이곳을 지나치
듯 통과했지만, 사진 요정들과 나
는 여행 취향이 비슷했던지 오래된
설명 판을 읽어보고 유심히 주변을
살피기까지 한다. 성자 필란 관련
유적지 설명 외에도 주변 산, 자연
생태계, 야생 꽃 등을 소개하는 입
간판이 이곳저곳에 세워져 있다. 양
들이 사람을 무서워하지 않고 주변
에서 거닐고 있는 것이 인상적이다.
　西하일랜드길은 유적지 앞으
로 나 있고 가장 왼쪽 길로서 이 지
역에서 마지막 울타리 문을 벗어나 폭이 넓은 편한 길을 따라 2~3분
을 걸으면 앞을 가로막는 돌담을 만나고 울타리 문을 통하여 돌담을
통과한다. 거기서 다시 5분쯤 걸으면 또다시 만나는 울타리 문을 지
나면 필란 골짜기 천막 오두막(Strathfillan Wigwams) 아크터타이어
팜(Auchtertyre Farm) 농장이라는 나그네를 위한 숙박 시설물로 접
근하게 된다. 이곳의 지명에는 성자 필란의 이름이 들어가 있어 그의
발자취를 느낄 수 있다. 시설물로 들어가는 길 오른쪽에 환영 문구와
시설물을 설명하는 간판이 있다. 아크터타이어(Auchtertyre)는 이곳

지명인듯하다.

　　시설물들은 길 오른쪽에 있다. 갈 길이 바쁜 나그네로선 할 일 없이 이곳에서 시간을 소비할 수는 없다. 아무리 숙박시설이 매력 있다 한들 나에게는 그림의 떡이다. 미리 숙박지를 정해놓고, 짐 운반업체에게 항상 짐을 맡기고 편하게 걷는 나 같은 귀족(?) 도보여행자들에게는 지나가면서 만나는 매력이 넘치는 숙박지를 발견한들 이용은 불가능하다. 무거운 짐을 항상 짊어지고 걷는 젊음이 있다면야...... 무거운 짐을 지고 앞서 걷고 있는 젊음을 부러워한다.

　　정오에 필란 골짜기 천막 오두막(Strathfillan Wigwams)(아크터타이어 농장) 구내에 진입하고, 주변 시설물들을 눈으로 살펴보고, 식수(Drinking Water)라고 쓰여있는 수도꼭지를 발견하고 물맛이 어떤지 궁금하여 마셔본다. 약간 짠맛이 있는듯하여 내 입맛에는 맞지 않다. 농장 구내 끝 에서 필란 강을 만나고 다리를 통과하는데 다리 밑에서 흐르는 필란 강 물소리가 좋다. 다리 건너서 두 길이 있다. 오른쪽은 러브로즈웨이(Loverose Way) 길이고 내가 가야 할 길은 왼쪽 길이다.

10분쯤 걸으니 열려있는 울타리 문을 만난다. 이것은 흔히 보는 울타리 문과는 달리, 문이 열려있지만, 가축은 못 가도록 바닥에 격자 모양의 넓은 큰 쇠판이 깔려있다. 추측건대 자동차가 수시로 다녀야 해서 울타리 문대신 만들어놓은 시설로 보인다. 양들이 저걸 못 건너 갈까? 지능이 형편없는 모양이다. 보통 쇠 격자판을 깔아둔 곳은 아래 가 공간인 다리 위가 많아 소심한 사람은 건너가기가 불편한 경우가 많은데 오늘 이곳은 그냥 땅바닥에 쇠 격자판을 깔아 둔것으로 대담한 양이라면 건널 수 있지 않을까? 아마 대담한 양은 없는 모양이다.

영국을 여행하면서 여러 종류의 울타리 문을 살펴보았는데, 가 축을 방목하기 시작하면서부터 수 세기 동안, 가축은 통과하지 못하는 조건에서 인간이 어떻게 하면 좀 더 편하게 통과하느냐에 고심한 흔적을 엿볼 수 있다. 이문은 자동차까지 고려한 시설이다. 이 울타리 문을 지나 4~5분을 걸으면 A82 도로가 지나는 필란 강 다리를 만나 는데, 길은 그 다리 밑으로 나있으니 머리 위에서 나는 자동차 소음 외에는 위험한 것은 없다. 이제 길은 당분간 필란 강 주변의 숲길이라 겉보기에는 그늘져 걷기 편하게 보일 것이다. 그런데 점심때가 가까워 배가 출출하여 잠시 앉아 쉬며 간식을 하는데 이때다 하고 어디서 날 아왔는지 각다귀가 덤벼들어 차분히 오래 쉴 수가 없다. 곧장 일어나 길을 재촉할 수밖에 없다. 그러면서도 타인드럼에 곧 도착하여 따뜻한 점심을 기대하며 걷는다. 중간에 길만 잃지 않았어도 지금쯤은 타인드럼에 도착했을 터라고 나의 부주의를 탓하며......

　　12시 30분경에 타인 드럼 지역사회 삼림지대(Tyndrum Community Woodland)라고 써진 철판을 붙여놓은 커다란 표지석을 만나는데, 지친 나그네에게 이제 곧 타인드럼 마을이라고 말하는 것 같다. 몇 분을 더 걸으면 숲에서 나와 시야가 탁 트이고 오른쪽으로 철조망 울타리가 보이고 긴 돌의자(안내서에 따르면 STONE BENCH)가 있고 이곳을 소개하는 경사진 외기둥 탁자 모양의 글 판이 서 있다. 글과 함께 이곳 지도도 그려져 있는데 이곳의 지명은 데일라이(또는 데일리 Dalrigh)라는곳으로 이곳에서 있었던 데일라이 전투(the Battle of Dalrigh)를 알려주고 있다. 복잡한 이야기는 빼고 간단하게 입간판 내용을 소개한다.

『데일라이 전투(The Battle of Dalrigh)

1306년 여름에 있었던 짧은 전투로, 로버트 더 브루스와 그의 부하들이 큰 전투에서 패하여 이곳으로 도망쳐 와있는데 이곳에서도 맥도골 씨족(Clan Macdaougall)군대에게 매복 당하여 겨우 살아남아 도망쳤고, 2년 후 복수했다. 데일리는 게일어로 왕의 장소(Place of King)다.』

전투 장소가 되는 데일라이라는 곳에서 계속 걷는데 어쩐 일인지 안내서는 명쾌하지 않다. 그러나 길에서 간간이 나타나는 낡은 표지판과 목제 말뚝에 새겨진 노란 길 표시 도형들이 있어 쉽게 길을 찾아 걷는다. 이때 내 카카오톡이 여러 번 울려 열어보니 친구들과 치과 김원장이 나를 격려하는 메시지다. 누구는 부르트기 시작한 내 발가락을 걱정해 준다. 외딴 오지 길에서 서울의 지인들과 실시간으로 대화가 가능한 좋은 세상이다. 보이지는 않지만 오반(Oban) 행 西하일랜드선을 달리는 기차 소리가 들린다. 이렇게 데일라이에서부터 약 20분을 걸으면 또다시 탁자 모양의 글 판을 만난다. 굽어다 보니 바로 전 이야기의 후속편이다. 연못이라는데 물은 없다. 구글 위성지도에서는 희미하게나마 옛 연못이었을 장소가 나타나 있다. 글 판의 내용을 요약하여 옮긴다.

『칼이 버려진 연못(The Lochan of the Lost Sword)

전설: 데일라이에서 패해서 도망쳐온 로버트 더 브루스와 그의 군대는 이

곳 연못에 그들의 무기를 버렸는데, 버린 무기 중에는 브루스의 긴 양날의 검도 포함되었다. 그 검은 오늘날까지 이곳에 누워있다.

사실?: 2015년 7월에 에든버러 소재 맥도날드 무기 제조사(MacDonald Armouries)가 이곳과 주변 연못을 탐지했으나 불행히도 전투의 흔적도 버려진 무기의 흔적도 발견하지 못했다. 고로, 버려진 칼에 대한 진실한 해답은 없다.』

'칼이 버려진 연못'을 지나 숲으로 들어가는데 남녀 한 쌍이 나를 앞질러 간다. 둘 다 등산지팡이를 양손에 쥐고 열심히 걷는데 앞서가는 여자는 반바지 차림이고 뒤따르는 남자는 치마 차림이다. 스코틀랜드인 앞에서 치마(Skirt)라고 말하면 안 된다. 킬트(Kilt)가 맞다. 오래전에 스코틀랜드인이 이것에 대하여 말하는 것을 들은 적이 있다. 지금까지도 귀에 맴도는 그의 지론은, It's not a skirt but a kilt. Kilt is kilt!!!(스커트가 아니라 킬트다. 킬트는 킬트다!!!) 씨족별로 같은 도형

이 되풀이되는 울긋불긋 채색된 도형 무늬의 킬트를 주로 의전용으로 입은 것을 보았지 이처럼 밋밋한 '생활 킬트'는 처음 본다. 안전성은 몰라도 걷기에 시원할 듯은 하다.

(예전에 비해서 요즘에 스코틀랜드인들은 킬트를 스커트라고 말하는 외부인들에게 반감이 더욱 거세진 듯하다. 인터넷에서, 박물관에서 심지어는 티셔츠에 한 문장이 등장했다. 바로 이 문장이다. "Kilt, It's what happened to the last person who called it a skirt." 어려운 단어는 하나도 없지만, 영국인이 아니라면, 영어가 모국어 일지라도 외국인은 무엇을 말하려는지를 단번에 알 수 있는 사람은 많지 않을 듯싶다. 셰익스피어가 자주 사용했다는 말장난(Pun)을 이용한 것인데, Kilt와 Killed가 비슷하게 발음되는 것을 이용해서 만들어낸, 뼈 있는 농담조의 섬뜩한 말이다. 스코틀랜드 억양에서는 특히 더 비슷한 모양이다. 영어의 Pun, 즉 동음이의어同音異議語를 이용한 말장난을

다른 나라말로 번역하기는 불가능하다. 전달하고 싶은 의미는 "죽임을 당하는 것, 이것은 바로 전 킬트를 스커트라고 소리 내 외친 자에게 닥칠 일이다." 일 것이다. 우리는 스코틀랜드인 앞에서는 킬트를 스커트라고 절대로 말하면 아니될 듯싶다. 무서운 단어를 하나도 사용하지 않으면서도, 이렇게 섬뜩한 말을 우리에게 할 수 있는 것도 능력이다. 셰익스피어가 참 많은 것을 가르쳐주었다고 새삼 느끼게 된다.)

연못에서 10~15분쯤 걸으니 다시 타인드럼 지역사회 삼림지대 (Tyndrum Community Woodland) 철판을 붙인 큰 표지석이 나오고 아까는 삼림지대에 들어가면서 본 것이고 이제 나가는 지점이다. 큰 표지석의 철판을 자세히 보니 지도에 파랗게 해당 삼림지대를 표시해 놓았다. 삼림지대를 빠져나와 15분쯤 걸어 드디어 목적지 타인드럼 마을로 들어선다. 시간은 1시 25분경.

타인드럼(Tyndrum)은 오반, 포트윌리엄과 그 주변을 오가는 여행객들이 잠시 머무는 곳으로, 게일어로 '산마루집'을 뜻한다. 글라스고에서 시작하는 西하일랜드선 철도가 바로 앞 정거장 크리안라리크에서 두 갈래로 나뉜 데, 지형의 특성 때문으로 짐작되는데 작은 마을인데도 불구하고 타인드럼은 말레이그행 노선의 上타인드럼 역(Upper Tyndrum St.)과 오반행의 下타인드럼 역(Tyndrum Low St.) 이렇게 두 개의 역이 있다.

타인드럼에서 해야 할 일은 뭐니 뭐니 해도 따뜻한 점심을 먹는 것이다. 점심을 큰길가 대형 음식점 The Real Food Cafe에서 했다. Fish Tea Deal이라는 음식을 선택했는데 음식
점 자체에서 붙인 이름으로 보인다. 식단표의 음식 설명에 의하면 '대구 튀김과 감자튀김, 으깬 완두콩, 타르타르소스와 흰 롤빵, 그리고 필터 커피'다. 우리 식단이 밥과 국 그리고 반찬 김치, 이 세 가지가 중심을 이루듯이 영국에서는 대중적인 음식이라면 무엇이든지 간에 Fish and Chips, 즉 생선 튀김과 감자 튀김, 더 엄밀히 말하면 대구 튀김과 감자 튀김이 중심을 잡고 기타 다른 것이 곁들인 것으로 보인다. 영국 친구들과 피시앤드칩스(Fish and Chips)를 논할 때 나는 "생선과 감자 튀김이라고 말하지 말고, 대구와 감자튀김(Code and Chips)이라고 말해야 더 정확하다."라고 주장한다. 물론 대구도 생선(Fish)이지만 항상 대구를 주면서, 항상 대구 튀김을 주면서 생선 튀김이라고 고집하는 것은 왜일까? 큰 뜻은 없을 것이고 관습일 듯싶다. 배가 고파서도 그렇겠지만 맛있게 먹고, 커피도 잘 마셨다.

이곳 타인드럼에서는 숙소가 있는 크리안라리크와는 달리 큰 수퍼마켓이 있다. 점심을 먹고는 두 개의 슈퍼마켓을 뒤졌다. 발마하에는 있는 농심 신라면은 이곳에는 없었다. 우리나라 햇반 같은 것으로 Veetee Rice를 샀고, 외국 라면을 샀다. 저녁때 유스호스텔 부엌에서 저녁 식사로 해 먹어보니 먹을 만했다.

점심도 먹고, 슈퍼마켓에서 물건도 샀겠다, 이제 숙소가 있는 아침에 출발했던 크리안라리크에 가는 탈것을 타야 한다. 먼저 기차를 타야 하느냐 버스를 타야 하느냐를 묻고, 어디서 타야 하느냐를 또 물어야 했다. 대부분 기차를 추천했다. 그들은 下타인드럼역으로 가라면서, 3시 45분 기차를 타라고 했다. 역은 西하일랜드길 옆에 있어 쉽게 찾을 수 있었다. 역은 역사驛舍도 없다. 팻말에는 승객은 탑승 후 기차 내에서 직원에게 표를 사라고 안내하고 있다. 매우 경제적인 방법으로 생각되었다. 글라스고 가는 남자도 플랫폼에서 기차를 기다렸는데, 나는 그에게 이것저것을 물었다. 조금 전에는 수퍼마켓 직원에게 Tyndrum의 현지 발음이 어떻게 되는지 몰랐다. 타인드럼이라 했다. 글라스고 가는 남자에게는 Rowardennan을 물었다. 로와데난이고 데에 강세를 주었다.

숙소인 크리안라리크 유스호스텔에 도착하여 내 침대 옆은 새 투숙객이 와 있었다. 북잉글랜드 리즈(Leeds)에서 왔다고 했다. 리즈에서는 과거에 두 밤을 잔 경험이 있어 리즈에 대한 약간의 여행경험을 이야기 할 수 있었다. 그는 내 국적을 묻고, 내가 맞춰 보라고 했더니 일본인, 중국인, 홍콩인...... 그 후에도 결코 내 국적을 맞추지 못해서 그동안 삼가왔던 '글라스고 국제공항 입국 심사대 이야기'를 해도, 끝까지 한국을 말하지 못했다. 결국은 내가 한국인이라고 알려줄 수밖에 없었다. 60대로 보이는 남자인데 세상을 몰라도 너무 몰랐다. 뒤늦게 그는 한국에 관해서 알은체를 했다.

잉글랜드인 아하 한국이요? 관심 있게 봤던 한국 영화가 있지요. 거 뭐더라, 패러다이스(Paradise, 천국)였지요.

나 네? 패러다이스(천국)이요? 그런 한국 영화가 있었어요?

이웃침대청년 패러사이트(Parasite 기생충)겠지요.

잉글랜드인 아 맞다!, 패러사이트(기생충)! 패러사이트가 유명했지요.

나 한국 것 중에 유명한 것이 어디 영화뿐입니까? 이곳 주방의 전자레인지도 삼성 것이더군요.

이웃침대청년 (자기 휴대전화를 흔들어 보이며) 제 휴대전화도 삼성 것입니다.

下타인드럼 역 플랫폼에서 기차를 기다릴 때 글라스고행 남자는 내 등산지팡이가 좋아 보였든지 관심을 보였다. 짧아 좋아 보인다고 해서 접고 펴는 것을 보여주어 간편함을 과시했다. 들어보더니 가벼움에도 관심을 보였다. 그에게 한국제라는 말을 잊지 않았는데, 이 등산지팡이 이야기도 이웃 잉글랜드인에게 말해주었다. 한국이 좋은 영화뿐만아니라 좋은 물건도 잘 만든다는 것을 강조하고 싶었다.

유스호스텔은 오늘도 세탁기를 고쳐놓지 않았다. 이제까지 밀린 빨래를 몽땅 손으로 해서 건조실에 넣었다. 더 이상 세탁기 수리를 기다릴 수는 없었고, 오늘 빨래를 해야 오늘내일 이틀간 충분히 말릴 수 있어서다. 모레는 이곳을 떠나야 한다. 저녁밥은 오늘 사 온 외국산 즉석밥과 라면으로 했다. 가져온 고추장에 먹으니 좋았다. 아침에 세수하고 나서 콧잔등 두 곳에서 피가 보였는데, 세게 닦으니 딱지가 벗겨진 것으로 보였다. 넘어질 당시 손가락이 큰 문제가 되었으니 그 밖의 사소한 상처는 눈에 들어오지 않았던 것이다.

사용한 비용

£5.90 조식 · £16.95 점심 · £1.00 라면 · £0.60 사과 · £1.20 바나나 2 · £1.35 즉석밥 · £3.10 기차표

원뿔형 베인도레인 산을 향해 꾸준히 걷다

7일 차 2023년 6월 1일 · 목요일 · 맑음

도보여행로 타인드럼 → 브리지오브오키 (11.5km)

○
●

간밤에 잠이 곤히 들었으나 비몽사몽 중간에 자주 깼듯한데 뭔가에게 물려서다. 빈대인지도 모르겠다. 오늘은 여유롭지만, 교통편 때문에 고민이 있다. 뭔가를 타고 타인드럼(Tyndrum)까지 가서 어제 중단했던 지점에서부터 이어 걸어야 하는데 10시 넘어서야 기차가 있다. 또 걸은 후 브리지오브오키(Bridge of Orchy)에서 오는 것도 문제다. 아침에 한 각오로는 마땅한 버스나 기차가 없다면 히치하이킹이라도 하겠다는 결심은 섰다. 침구 덮개를 벗겨 세탁물 더미에 던져 넣은 후 유스호스텔 직원에게는 어젯밤 뭔가가 물었다고 통보했다.

내일 아침에 다시 가야 할 브리지오브오키까지의 택시비가 약 30파운드라는데 오늘보다는 내일이 고민이다. 아침을 먹고 시간이 넉넉하여 7시 30분이면 문을 연다는 미니 슈퍼에 가서 부르튼 발가락용

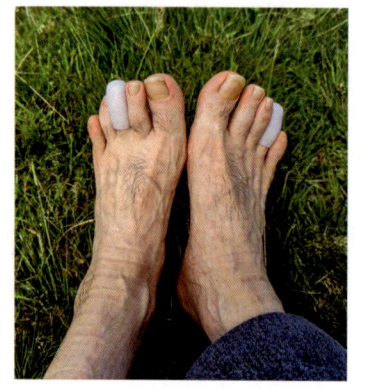

으로 Toe Protectors를 샀다. 숙소에 와서 뜯어보니 골무 같은 모양의 하얀 것이 두 개가 들어 있고 하나는 문제의 발가락에 끼웠고, 나머지 하나는 왼발에서 약간이라도 문제가 될 성싶은 발가락에 끼웠다. 효과는 있었다.

숙소에서 기차역까지는 내 걸음으로 천천히 걸어 3분 거리다. 플랫폼에서 기차를 기다리며 미국 워싱턴에서 왔다는 미국인 남자와 이야기를 나누었다. 그는 나보고 어느 나라 사람이냐고 물어 나는 그에게 맞혀보라고 했다. 그는 나에게 일본인이냐고 묻고, 내가 아니라고 하니 더 이상 진전이 없었다. 그는 동양인으로 일본인뿐이 모르는가? 이때의 레퍼토리 글라스고 국제 공항 입국 심사문을 이야기했다. 그래도 못 맞혀서 슬프게도 내가 내 입으로 한국인임을 밝혀야 했다. 한국인이 이 정도로, 세계적으로 인정받고 있다는 뜻을 전달하고자 하는 소위 내 레퍼토리를 한국인 외 어느 나라 사람이 흥미를 갖겠는가? 나는 혼자 신나서 떠들어대도 말이다. 이 레퍼토리를 듣고도 한국을 말하지 못하는 그들에게 있어서는 내 레퍼토리에는 조금도 관심이 없고 정답을 맞히는 데 도움도 되지 않았다. 어느 어느 나라가 입국 심사 간소화 창구를 통과하는지 뭐 하러 관심을 두겠는가? 나 혼자 신나서 나 혼자 떠드는 꼴이었다.

기차가 10시 18분에 출발하여 10시 31분에 다음 역 下타인드럼 (Tyndrum Lower) 역에 도착했으니 15분도 채 걸리지 않은 짧은 거리고 짧은 시간이다. 이 짧은 시간에 나는 할 일이 있었다. 그것도 단순하지 않은 설명이 필요한 일을 해야 했다. 기차에 탑승 후 승무원으로부터 표를 받아야 한다. 내 설명이 내 팔자처럼 복잡하다. 나는 왜 이리 단순한 삶과는 거리가 멀까? 타인드럼이 바로 다음 역으로 거리가 짧으니, 기차가 곧 멈출 것이니 나는 혹시나 열차 직원이 나에게 늦게 오면 어쩌나 조바심이 났다. 직원은 천천히 왔으나 프로라서 넉넉히 시간을 두고 일 처리를 했다. 나의 기우였다. 나의 오늘 〈기차 이용 계획〉을 정리하자면, (탑승역)크리안라리크 → (하차역)타인드럼 → (돌아올때 탑승역)브리지오브오키 → (돌아올역)크리안라리크다. 그녀에게 나는 말했다.

나　　　 타인드럼에서 내리는데요, 올 때는 타인드럼이 아니고, 브리지오브오키에서 탑니다. 왕복으로 주세요. 계산이 좀 복잡한가요?

열차원　 (그녀는 웃으며) 다 이해했어요.(I'v got it)

　이렇게 그녀는 나의 소심증에서 나온 반복적 설명을 멈추게 했다. 사안이 복잡하기도 하지만, 내 발음에 대한 그녀의 이해도도 확신이 안 서기 때문에 내 입장에서는 반복 설명을 하게 되는 것이다. 조금만 복잡해도, 더구나 스코틀랜드 억양에 주눅들어서도 뭘 설명하기가 두려운 것이다. 그녀는 5.40파운드를 내라고하고, 휴대한 기계에서 나온 긴표(27.2cm×8cm)를 주었다. (그 당시에는 표를 자세히 보지 않고, 나중에 자세히 보니 크리안라리크, 타인드럼간의 왕복열차표였다. 돌아올 때 탑승 역 브리지오브오키는 적혀있지 않았다. 그녀가 내 말을 이해 못 했던가 아니면 실수였던가, 그도 아니면 이해했더라도 이렇게 끊는 것이 관례였을 것이다.)

내 옆자리에 앉은 같이 탄 그 미국인과는 짧은 시간인데도 기차 속에서까지 여러 이야기를 나누었는데 그는 서울에 간 적이 있다고 했다. 그런데도 끝까지 내 국적을 못 맞추는 것이 신기는 했다. 그는 지난주에 걸었던 크리안라리크에서 브리지오브오키 사이를 걸을 때 찍은 사진을 보여주었다. 금방 기차는 下타인드럼(Tyndrum Lower, Taigh an Droma Iochdrach)에 도착하여 그 미국인과 인사하고 내렸다. 기차에서 내리면 편리하게도 곧바로 西하일랜드길과 만난다. 역 표시 간판에는 게일어가 병기돼 있다.

길은 타인드럼을 벗어나기 전 수퍼마켓 옆을 지나는 데 그곳에 들러 라면 하나를 산다. 길은 마을을 금방 벗어나 넓은 길로 이어지고 11시경 잠금장치가 고장 난 긴 울타리 문을 지나 계속된다. 곧 부부로 보이는 남녀 한 쌍의 도보여행자를 만난다. 여자가 양을 좋아해서 방목된 양을 보느라고 걸음이 늦어진다는 것이다. 나는 당신들 나라에는 양이 없나요? 하고 물으니 로랜드(Lowlands)에서 왔다고 한다. 남자는 나를 보더니 일본인이냐고 묻는다. 아니라고 하니 즉시 한국인 인가요?라고, 다시 묻는다. 이렇게 두 번째로 정답을 맞히는 경우는 매우 드물다. 내가 한국인임을 밝히니 남자는 크고 좋은 기업으로 한국 기업 삼성을 언급한다. 나는 더 나아가 한국에는 삼성만 있는 것이 아니고, 현대, 기아, LG도 있다면서 한국회사들을 홍보한다. 그들과는 오늘 몇 번을 다시 만나고 헤어지고를 반복한다. 그들은 매고 있는 장비로 봐서 야영장에서 야영을 하며 西하일랜드길을 걷고 있는 듯 보인다.

　오늘 걷는 길은 몇 가지의 특징을 가지고 있는데 그중 하나로 A82 도로와 西하일랜드 철도노선이 서로 이웃으로 함께 간다. A82 도로는 타인드럼에서 나와 헤어진 후로는 한 번도 나와 만남이 없이 나의 오른쪽으로 멀리 거리를 두고 가는 반면, 철로는 오늘의 목적지 브리지오브오키 가기 전에 나와 세 번을 만나는데 철로가 내 밑으로 두 번을, 나머지 한번은 내가 철로 밑으로 가로지르기도 하면서 이렇게 철로가 A82 도로 보다는 나와 더 가까이에서 같이 간다. 그래서 A82 도로는 어쩌다 먼발치로 길 위를 달리는 자동차들을 보여주지만, 西하일랜드 철도노선은 나에게 객차들을 끌고 가는 기차를 가끔 보여주는데 마치 철도가 "A82 도로보다는 내가 당신과 더 가까이에 있다"라고 알려주는 듯하다. 걷는 내내 자동차 소음이나 기차 소리 때문에 귀에 거슬리는 일은 절대 없다.

　오늘 길의 또 다른 특징으로는 거의 처음부터 끝까지 내가 보는

각도에서만은 미학적으로 균형 잡힌 원뿔형 산으로 해발 1,076m의 베인도레인(Beinn Dorain) 산을 보면서 간다. 그리고 타인드럼을 출발해서 브리지오브오키에 도착할 때까지 거의 넓고 평평한, 시종일관 일직선을 지향하는 길을 걷는다. 이는 옛길을 이용하고 있기 때문이기도 하다. 이 역사적인 옛길에 관해서 좀 더 설명한다.

　西하일랜드길은 다른 길과는 달리 유독 역사적인 이동통로를

많이 이용하는 면이 있다. 그 대표적인 것은 옛 가축 몰이 길(Drove Road)과 옛 군사 도로(Military Road)다. 17세기와 18세기에 하일랜드에서 기르는 가축의 숫자가 크게 늘었고, 이는 산악지대를 통과하는 가축 몰이 길의 도로망이 발달하게 되었다. 스카이(Skye)섬 같은 북쪽 지방에서부터 큰 가축 시장이 있는 폴커크(Falkirk)와 크리프(Crieff)까지 연결되었는데, 가축은 이곳 시장에서 로랜드(Lowlands)와 잉글랜드(England) 가축 상인들에게 팔려나갔다. 이 시기에 가축 몰이 길을 따라, 가축 몰이꾼과 이동하는 가축들을 위한 여인숙과 목초지가 급격히 늘어났다. 이번 내가 걸어 지나왔던 인버라난, 타인드럼, 인버로란(Inveroran)과 앞으로 지나갈 브리지오브오키와 킹스하우스에서는 당시 매년 10만 마리의 양과, 1만 마리의 그외 가축이 지나갔다.

내가 엊그제 지나왔던 인버라난(Inverarnan)에서부터 북쪽으로 꽤 먼 거리까지의 西하일랜드길은 18세기에 건설된 포장된 옛 군사 도로로, 망명 왕 제임스 7세/2세를 지지했던 자코바이트(Jacobite)가 일으킨 1715년과 1745년의 반란 후에 건설되었다. 반란을 진압하기 위해 정부군을 신속히 이동시킬 더 좋은 길이 필요했다. 웨이드 장군(General Wade)이 1725년 급하게 서둘러 처음 건설하기 시작했기 때문에 이 길에 그의 이름이 붙여졌지만, 사실은 현재 나 같은 도보여행자들이 밟고 있는 하일랜드로 관통하는 대부분의 힘든 길은 웨이드 장군 후임자 윌리엄 코필드 소령(Major William Caulfeild)이 완성지었다.

내가 오늘 이용했던 철도에 관해서도 언급을 아니 할 수 없는데, 西하일랜드 철도노선(The West Highland Line) 중에서 글라스

고에서 포트윌리엄까지의 노선
은 1880년에 착공하여 1901년에
완공되었다. 이 철도는 하일랜드
에 거주하는 고립된 많은 마을들
을 스코틀랜드의 나머지 지역들
과 연결시켰다. 가축 시장과의 접
근성이 좋아져 농부들이 양치기
를 맘 놓고 특화할 수 있도록 했
다. 또한 산업화된 도시인들이 하
일랜드의 산을 걷거나 오르는 관
광의 길을 열었다. 기차는 크리안

라리크, 브리지오브오키 등과 먼 황야 지대의 역 라노크 역(Rannoch
Station), 코라우어 역(Corrour Station) 등에 내려 손쉽게 산악 여행
을 할 수 있게 했다. 지도에서 볼 수 있듯이 종점(혹은 시점)은 세 곳
이다. 글라스고, 오반 그리고 말레이그다. 크리안라리크에서 갈라져 下
타인드럼을 거쳐 오반까지 가고, 上타인드럼을 거쳐 말레이그까지 간
다. 해리포터 시리즈가 유행할 때 우리가 영화에서 보았던 호그와트행
기차는 포트윌리엄에서 말레이그까지 가는 중 글렌핀난(Glenfinnan)
쉬얼호 부근을 달리고 있었다. 2009년 영국에서 발행되는 방랑벽
(Wanderlust)이라는 여행 잡지에서 독자들을 대상으로 지구상에서
최고의 기차여행 노선은 어디인가를 묻는 투표를 했다. 결과는 러시
아의 시베리아 횡단철도 노선(Trans-Siberian Line)과 페루의 쿠즈코
마추피추간 노선(Cuzco to Machu Picchu Line)을 제치고 西하일랜

드 철도 노선이 가장 많은 표를 얻었다. 내 생각으로는 숫자가 많은 영국 국내 독자들의 몰표가 상당한 영향을 주었을 것으로 생각되어 불공정한 투표로 보이지만, 나에게 영국 내 다른 여러 철도노선만을 놓고 투표하라면 나는 주저함 없이 이 西하일랜드 철도 노선에 투표할 것이다. (앞서 언급된 영국 잡지 Wanderlust를 나는 방랑벽으로 번역했는데, 역마살이라 번역함이 우리 한국인 정서에는 맞을지 모르겠다. 2024년 2월 26일 동아일보에 이 잡지 관련하여 짧은 기사가 났다. 짧아서 기사 전문을 소개한다.)

『영국 최대 여행전문잡지 '올해의 여행지'로 韓 선정

영국 최대 여행 전문 잡지 원더러스트(Wanderlust·사진)가 '올해의 여행지'로 한국을 선정했다. 25일 한국관광공사 영국 런던지사에 따르면 원더러스트는 이날 발간된 8, 9월호 표지와 지면에 한국을 집중 소개했다. 1993년 창간된 이 잡지는 발행 부수가 영국 독립 여행 잡지 중 최다인 13만  8,000부다. 조지 키푸로스 편집장은 "한국이 최근 수년간 한류로 점점 더 조명받고 있는데도 실제로 올해 4월 한국의 멋진 곳들을 방문했을 때 서구권 여행자를 거의 볼 수 없었다"며 "북적이지 않고 사람들은 친절하며 가격도 훌륭했다"고 전했다.』

사실 하일랜드의 옛길에 대한 이야기는 많아서 하고 싶은 이야기가 좀 더 남아있다. 편리한 가축 몰이 길을 선량한 농민뿐만 아니라 도둑들과 밀수꾼들도 이용했는데 농민의 합법적인 가축 몰이가 낮에 행해진 반면, 장물 가축의 이동은 밤에 이루어졌다. 가축 도둑을 하일랜드에서는 산적이라는 의미로 캐터란(Cateran)이라 불렀고, 로랜드에서는 리버(Reiver)라 칭했다. 캐터란과 리버 즉 도둑들은 손쉽다는 이유겠지만 만만한 동일한 클랜(Clan 씨족, 문중)의 가축을 반복적으로 훔쳐 클랜 차원의 해묵은 원성으로 굳어지는 경우가 종종 있었다. 또한 도둑간에 서로 훔쳐서 결과적으로 '가축 장물의 주거니 받거니'가 반복되는 현상도 비일비재했다. 당시의 가축 몰이 길은 낮에는 바쁜 길이었지만, 밤에도 그리 한가한 길은 아니었을 것이고, 폭력적이고 살벌했을 것으로 상상되어 西하일랜드길을 걸으면서 아름답고 평화로움만 머리에 그릴 수는 없었다.

　　영어단어에서 공갈과 협박이라는 의미의 blackmail은 옛 스코틀랜드에서 유래된 말로, 일반적으로 모든 것이 그렇듯 이것도 딱 한 가지 설명만 존재하는 것은 아니다. 먼저 내가 본 사전(New Ace)에서의 설명은, mail은 스코틀랜드에서 소작료나 세금을 의미하는데 은으로 지불하면 white mail이고, 농작물로 지불하면 black mail이었는데, 농작물에는 가격이 정해져 있지 않아 지주가 소작인을 협박하여 더 많은 농작물을 갈취하는 사태가 종종 발생했고, 여기서 blackmail이 공갈, 협박의 뜻으로 굳어졌다는 것이다.

　　다른 설명으로는 Scottish Rights of Way & Access Society의 웹사이트에 의하면 이를 달리 설명하고 있는데 좀 더 복잡하다. mail은

옛 스코틀랜드어로 소작료나 공물貢物을 의미하는데 보호비 명목으로
금품을 요구하는 행위의 희생자인 농민이 금품 대신에 주로 기르던
소를 내주었다. black이 앞에 붙은 것은 보호비 명목으로 주는 소의
품종이 보통 스코틀랜드 고유 품종인 검은 소(Black Cattle)였기 때문
이었다. 해당 검은소들은 공공연히 하일랜드의 가축 몰이 길을 따라
새로운 장소로 이동했을 터인데 이것을 바라보는 농민들의 심정이 오
죽했을까? 이렇게 西하일랜드길의 일부분은 스튜어트왕조의 본류라
고 생각되는 망명 왕의 복원을 염원해서 반란을 일으킨 자코바이트의
진압용 길, 계절 따라 목초지를 찾거나 가축 시장으로 향하는 소 떼
몰이길, 도둑들과 밀수꾼들이 밤에만 이용했던 길, 그리고 조직폭력배
에게 보호비 조로 마지못해 넘겨야 했던 검은소가 새로운 장소를 향
해서 걸어야 했던 길 등으로 이루어졌다.

　　이제 로랜드 부부를 앞으로 보내고 북쪽으로 멀리 보이는 원뿔
형 베인도레인 산을 향해 꾸준히 걷는다. 저 산 아래 어딘가에 오늘의
목적지 브리지오브오키가 있다. 한참을 걷고 있는데 오른쪽으로 빨

간 플라스틱 통이 보인다. 가
까이에서 살펴보니 방목 양
을 위한 영양제 통이다. 영국
목초지를 걸을 때 가끔 플라
스틱 통을 발견할 때가 있다.
내용물은 단지 물일 수도 있
고, 텁텁한 죽 같은 액체일
수도 있다. 대부분 방목 양들

을 위한 것이다.

12시 10분경에 갑자기 내리막길로 접어들더니 좁은 토끼 굴을 통해 철도 길을 가로지른다. 토끼 굴 굴다리를 나와 경사로에 작은 쇠울타리 문을 나오면 멀리 산허리에 걸쳐있는 A82 도로 위에 자동차가 분주히 달리는 것이 보이지만 도로는 점점 더 멀어진다. 이내 나는 A82 도로와 철도 사이에 끼어든 것이고, 당분간은 철로와 가까이에서 걷는다. 원뿔 모양의 베인도레인 산은 좀 더 가까이 보이지만 여전히 멀다. 12시 25분경 길은 샛노란 가시금작화가 널려있는 곳을 지나는데, 아름다운 가시금작화는 시종일관 베인도레인 산을 앞에 두고 거의 일직선의 길을 걷는 단조로움을 잠시나마 가시게 해준다.

과거 에든버러(Edinburgh)나 인버네스(Inverness)에서 투숙하면서 스카이(Skye) 섬과 하일랜드 이곳저곳을 여행할 때 자유여행이면 공공 버스를, 당일치기 패키지 여행이면 여행사 미니버스를 탔다.

지금 생각하면 그때 버스들은 A85 도로와 A82 도로를 많이 이용했을 성싶다. 이때 버스 차창 너머로 도보여행자들을 가끔 보았는데 西하일랜드길이 아니면 大협곡길(Great Glen Way)을 걷는 도보여행자들이었을 것이다. 그때 나는 그들을 매우 부러워했었다. 그렇다고 시간이 많이 걸리고 험한 스코틀랜드 도보여행길을 홀로 걷겠다는 결심을 하지는 못했다. 그런데 어찌어찌 맘이 변해 쉽지 않은 西하일랜드길을 지금 걷게 된 것이고, 오늘은 A82 도로로 버스가 지나가면, 또는 철로 객차가 지나가면 지난날 버스 속의 내모습을 상기해 보곤 한다. 당시 도보여행자들을 동경했던, 지금보다는 더 팔팔하고 건강했던 더 젊었던 내 모습의 여행자를 상기해 보기도 한다. 여행은 즐거운 것이고 물론 여행자인 나는 그때도 행복했고, 지금도 행복하다.

곧 길 오른쪽에 바짝 붙어 철제 울타리가 시작되고 그것은 육중한 돌다리 근처까지 이어지고, 길 왼쪽으로도 길과 떨어져 어느새 철조망으로 보이는 울타리가 나타난다. 오른쪽에 있는 철로는 西하일랜드길에서 점점 멀어지더니 멀리 고가교(Viaduct)를 보여준다. 육안으로는 잘 안보이는데 안내서를 보면 A82 도로가 西하일랜드길에서 멀어질 때 마치 그것을 대신하는 듯이 오우트킨글라스(Allt Kinglass) 개울이 길 왼쪽으로 바싹 붙는다. 개울은 나와 당분간은 바싹 붙어있으나 육중한 석조 다리를 지나서는 점점 멀어져 브리지오브오키까지 같이 간다. 스코틀랜드말로 Allt는 '오우트'라 발음하는데 개울을 말한다. Burn도 개울인데 어떻게 다른지는 알 도리가 없지만 짐작건데 크기가 아닐까? 아니면 지방에 따라 다른 걸까? 1시 5분경에 철제 울타리 문을 넘어 바로 석조 다리를 건너는데 다리 아래 오우트킨글라스 개울 물소리가 제법 크게 들린다. 길은 다리를 건너자마자 확 열린 큰 울타리 문을 통해 왼쪽으로 나 있다. 몇 분을 더 걸으면 이번에는 아주 단단히 잠긴 울타리 문을 힘들게 열고 통과해야 한다. 이제까지는 멀리 있던 전신주가 다리 근처부터는 내 가까이에 와있다. 근처의 오두막집에 전기를 공급해야하기 때문이리라. 이제는 내가 어느새 베인도레인 산 바로 아래에 와있다.

1시 45분경 길옆 반반한 돌 위에 앉아 바로 앞 베인도레인 산을 올려다보며 점심을 하고 후식으로 사과를 먹고, 2시 15분경에 다시 걸음을 재촉한다. 길은 여전히 베인도레인 산의 시야를 벗어날 수가 없고, 산을 오른쪽에 두고 계속 걷는다. 전신주는 내 오른쪽 베인도레인 산 아래에서 같이 브리지오브오키까지 갈 것이다.

2시 25분경에 오랜만에 나타난 울타리 문을 지나 바로 석조 다리 위를 걸어 철로를 가로지른다, 다리 위에서 젊은 도보여행자들과

함께 다리 아래 갈색 철로 길을 구경한다. 이제부터 나는 철도를 왼쪽에 베인도레인 산을 오른쪽에 두고 걷는다. 철로를 가로지르자마자 왼쪽으로 길가에 단순한 단층집이 있는데 벽의 팻말에는 'McDougal's Private(맥두걸의 사가私家)'라는 글이 쓰여있다. 길은 여전히 넓고 한적하다. 길에서 왼쪽으로 울타리 문을 지나 굴다리로 내려가 다시 지상으로 올라오면 브리지오브오키 기차역 플랫폼에 이르게 된다.

브리지오브오키 기차역에 오후 3시 10분쯤에 도착해서 보니, 이 기차역은 매우 독특한 특징을 가지고 있었다. 처음에는 잘 몰랐는데 볼수록 신기한 역이었다. 승객용 화장실이 없다는 고지문이 이곳저곳에 붙어있고, 타인드럼 기차역처럼 기차표는 기차에 올라탄 후 끊으라고 되어 있었다. 그런데 사람들, 특히 여행자들이 기차 시간이 되지 않았는데도 플랫폼 벤치에서 책을 보며 한가하게 있었다. 그리고 역 관리인인 듯한 사람도 있었다. 플랫폼에 있는 건물 문이 열려있어 안을 들여다보니 2층 침대가 여럿 놓여있었고, 사람들이 들락거렸다. 나는 결국 사정을 알게 되었다. 오호라! 역사를 합숙소(Bunkhouse)로 이용하고 있구나! 투숙객인 듯한 사람에게 물으니 내 생각이 맞다고 확인해주었다. 여행자 숙소로 개조하여 돈을 받고 영업을 하고 있는 것이다. 또 그것을 관리하는 사람이 필요할 것이고, 화장실이 필요할 것이고, 원래 화장실을 기차 승객은 못쓰게하고 새로운 영업에 전환 이용하게 한 것이겠지. 가게가 있냐고 물으니 있다고 했다. 혹시 살 것이 있나 하고 가보니 아주 작은 무인가게였다. 1파운드짜리 즉석 쌀밥을 샀다. 시골 역이 조촐한 여행자 숙소가 된 것이다. 기차 시간이 많이 남아있어 혹시 주변에 상점이라도 있나 하고 마을 쪽으로 내려가 보니, 주변에는 없고 물어보니 6마일은 가야 있다고 했다. 다시 기차역으로 와서 기차를 기다리는데 숙소 관리하는 사람은 역무 일도 보는 모양인데 나보고 버스를 타라고 조언했다. 왕복으로 추가된 기차 요금은 환불 가능하다고도 했다. 마을에 내려가 볼 때 마침 버스가 멈춰 서 있었는데, 그것을 탔어야 했는데 기차 기다리는 시간을 1시간 덜 잡는 착각 때문에 그냥 보내고 말았다.

　　기차역에 화장실이 없으니, 아니 있지만 숙소 이용객 외에는 사용할 수 없으니 어떤 현상이 벌어질까? 어떻게든 해결해야 했다. 역을 벗어나 왔던 西하일랜드길로 다시 걸어가 자연을 벗 삼아 해결하는 수밖에 없었다. 다 그것을 감안한 것이겠지? 플랫폼에서 장시간 기차를 기다리니 오랫동안 땀 흘리며 걷고 난 후라서 그런지 몸에 약간 추운 기가 감돌았다. 이때 비상용으로 지니고 있던 열팩 하나를 깠다. (이번 여행에서 숙소 침실의 온도를 의심해서 열팩을 몽땅 가져왔으나 이때 딱 하나 썼다. 스코틀랜드 침실의 온도는 어디든 잘 조절되고 있었다. 과거 잉글랜드 여행 때와는 매우 달랐다.) 나중에 플랫폼에 붙어있는 고지문을 자세히 보니 열차 승객은 기차에서 볼일을 보라고 돼 있었다.

만약 내가 미리 내 안내서를 아주 꼼꼼히 살펴보았다면 브리지오브오키 역이 여행자들의 숙소라고 알았을까? 안내서는 역 표시 옆에 STATION으로 표시하고, 멀리 West Highland Way Sleeper Bunkhouse라고 쓰고 화살표를 역까지 그어놓았다. 기차역이 나그네

숙소를 겸할 수 있다는 생각을 추호도 하지 않은 내가 이 표시만으로는 미리 사정을 알 수는 없었을 것이다. 그러나 뭔가 의심을 하고 누구에게 물어서 알았더라면 이곳에 투숙 예약을 시도했을 것이다. 숙소 문제가 뜻대로 안 되었기에 크리안라리크 숙소에서 3박을 하면서 걸은 후 기차로 되돌아가기를 반복하고 있지 않은가? 기차역 플랫폼에는 숙소 광고로 전화번호와 웹사이트를 벽에 소개하고 있다. 자세히 살펴보지만 않는다면 브리지오브오키 역은 그냥 시골 기차역이다.

오래 기다린 끝에 오후 7시 4분에 기차에 탑승, 13분 후(7시 17분)에 上타인드럼에 도착하고 1분 후 출발하여 다시 10분 후(7시 27

분) 크리안라리크에 도착했다. 차창 밖으로, 내가 걸었던 길과 베인도
레인 산을 비롯하여 주변의 산을 빠른 속도로 바라보는 것은 또 다른
재미였다. 기차에서 내리자마자 뛰어 미니슈퍼에 갔더니 7시에 이미
닫았다. 7시 30분에 닫는 것으로 잘 못 알았던 것이다. 7시 30분도 간
신히 맞춘 것인데...... 숙소에 와서 4호실 내 방에 들어오니 한두 사람
외에는 모든 사람이 다 바뀌어 분위기가 변해 있었다. 키가 나만큼 작
달막한 머리를 짧게깎은 동양인이 나에게 다가오더니 다짜고짜 나에
게 어느 나라 사람이냐고 물었다. 겸손과는 거리가 먼 어투였다. 영어
발음으로 볼 때 중국인이 분명했다.

나   어느 나라 사람 같습니까? 한번 맞혀 보시지요.

남자   (의심 없이 즉시) 일본인?

나   아닙니다.

남자   그럼 어느 나라 사람인지 감을 못 잡겠네요.

나   (앞으로는 삼가려고 했던 레퍼토리가 절로 나왔다.) 이번 여행

때 글라스고 국제공항으로 들어왔지요?

남자　네, 그렇습니다만…..

나　공항 입국 심사 문은 두 개가 있었지요?

남자　그렇습니다. 영국과 ……

나　그렇지요. 영국, 유럽연합, 영연방, 미국, 캐나다, 일본, 스위스 등 특정 나라만이 이용하는 문을 이용했습니다. 우리나라는 영연방국은 아닙니다.

남자　도대체 모르겠는데요.

나　한국인 입니다.

남자　아! 한국인 이군요.

영국인　(이 영국인은 어제부터 있었는데 덩달아서) 아하! 한국인이군요. 저도 한국인이라고는 생각을 못 했습니다.

나　당신은 중국인 같은데 중국 본토입니까?

남자　상하이 근처입니다.

　이렇게 이번 레퍼토리는 끝났고, 그 중국인은 이후 한 번도 내 앞에 나타나지 않았다. 여섯 개의 침대 어느 곳에 자는지도 모르겠다. 아마 문 앞 침대 위층일 듯싶다. (나중에 이 중국인을 다시 만났는데 무례하다는 선입관과는 다소 달랐다.)

　어제는 어디 갔다가 다시 돌아와 오늘은 내 이웃에서 자게 된 영국인이 미소지으며 인사했다. 오늘 또 오게 되었다면서 우리는 이제 구면이라 몇 마디 대화를 했다. 그는 북잉글랜드 요크셔출신이다. 그는 내가 꾸리고 있는 캐리어 가방이 내 몸집에 비해 크고 무겁다는 것에 관해 신경이 좀 쓰인 모양이었다. 대뜸 내 가방을 내일 아침 내 목적지인 브리지오브오키까지 자기 차로 실어다 주겠다고 제안했다. 이전에 내가 브리지오브오키에 가는 내일 아침 기차 시간을 아느냐고 물었더니 그는 자차로 여행하기 때문에 관심 밖이라 모른다고 했었다. 이때 그는 내가 내일, 이어서 걷기 출발지인 브리지오브오키에 가는데 골몰을 앓고 있다는 것을 감지 한 것이다. 그래서 무거운 짐을 운반 해 주겠다고 한 것이다. 나는 걱정하지 마시라, 짐 운반업체 ASM에서 날마다 운반해주고 있다고 말하며 업체가 캐리어에 매달아 놓은 넓적한 꼬리표를 보여주었다. 그의 나에 대한 동정심은 이제 끝난 줄 알았는데 그게 아니었던 모양이다. 조금 있다 다시 와서 그는 뜻밖의 제안을 또 했다. 나중 알았는데 그의 이름은 마크(Mark)다.

마크	내일 아침 제가 브리지오브오키까지 선생님을 실어다 드릴까요?
나	(화들짝 놀라며) 아하! 그렇게 해주시겠습니까? 아휴~~ 기차냐? 버스냐? 택시냐? 어느 것을 이용할지를 몰라서 사실은 골머리를 앓고 있답니다.
마크	그렇게 해드리겠습니다.
나	아휴! 감사합니다. 선생님은 제 구세주입니다. 그런데 몇 시에 출발하시는데요?
마크	9시쯤이요.
나	(실망하며) 새벽에 택시를 이용할까 어쩔까 고민 중에 있습니다. 내일 킹스하우스(Kingshouse)까지 21km 이상을 걸어야 합니다. 저는 아주 천천히 걷거든요. 안 되겠습니다. 9시는 너무 늦어요.

이후, 기억이 잘 안 나는데, 내가 그에게 제의했는지, 그가 말했는지 내일 아침 8시에 같이 떠나기로 했다. 그는 자가용으로 다니기에 여유 있게 천천히 다니는 모양이다. 그가 나를 내 시간에 맞춰 태워다 준다는 것에 뛸 듯이 기뻤다. 기차는 취소와 연착이 다반사기에 불안했고, 버스노선은 아직 모르고, 택시는 적어도 30파운드는 줘야 할 것이고, 그의 선의善意는 나에게는 행운이었다. 그가 아니었다면 아마 일찍 택시를 탈 것이다. 오늘 숙소에 늦게 도착했고, 늦게 샤워하고 내일 떠나 말리는 시간이 적더라도 빨래는 해야 했고, 11시 30분 넘어서야 잠자리에 들었다. 내일 걸어야 할 먼 거리를 살짝 걱정하면서 잠이 들었다.

사용한 비용
£5.40 왕복기차 · £2.00 라면 2 · £1.00 즉석밥 · £11.00 Toe Protectors · £14.95 석식

글렌코 첩첩산중의 작은 오두막(Microlodge)에 투숙하다

○
●

아침은 여전히 흐렸다. 10시부터 서서히 갰다. 스코틀랜드 날씨의 특징인 듯싶다. 8시에 출발이니 서두를 필요가 없었다. 그런데 마크가 내 심정을 꿰뚫고 있었다. The earlier, the better.(이르면 이를수록 좋다)라는 생각을 알고 있었다. 그는 식당에서 밥을 먹고 있는 나에게 와서 8시가 되기 전이라도 준비만 되면 떠나자는 것이다. 좀 일찍 말해주지! 이때부터 엄청 바쁘게 서둘렀다. 그래보았자 겨우 10분 이른 7시 50분에 출발했다.

마크의 차는 눈에 익숙한 A82 도로를 달려 브리지오브오키 역에서 멀지 않은 브리지오브오키 호텔을 지나 강 건너편 주차장에 주차했다. 출발한 지 20분 만이었다. 마크는 이곳에서 산을 오를 듯 보였다. 크리안라리크 유스호스텔에서 본 바로는 산을 골라 오르는 여행을 하는 사람들이 제법 있었다. 마크도 그런 여행 중인 것이다. 베인도레인 산 아니면 그 이웃에 있는 베인앤돗헤이드(Beinn An Dothaidh) 산 일 것이다. 두 산 다 높이가 각각 1,076m와 1,004m이니 먼로(Munro)다. 그래서 마크가 Monro Bagger라면 바쁠 수밖에 없다.

나는 숙소 출발 전에 그의 이메일 주소 두 개를 내 일기장 뒷장 공백에 적어 줄 것을 부탁하여 받았다. 뭐든 하나는 위험하다. 나는 이메일 주소와 휴대전화 번호를 적어주었고, 혹시 서울에 오면 전화해달라고도 부탁했다. 추가하여 마크에게 한 가지 더 부탁했다. 다른 쪽지에 내 이메일 주소와 내 이름을 적고, 이 쪽지를 오늘 밤에 크리안라리크 유스호스텔에 투숙이 예정된, 첫날 내 파운드화 구권 지폐를 신권과 동전으로 바꿔준 이름을 모르는 잉글랜드 신사에게 전달하여 꼭 이메일 메시지를 보내 달라는 말을 전해달라고 부탁했다. 첨가하여, 나는 모레, 글피 이틀간은 글렌코 마을 유스호스텔에 연속 두 밤을 자는데 혹시 마크 당신이나 그가 온다면 같이 저녁 식사를 할 수 있을 거라면서 그에게 말해주라고도 부탁했다. 돈 바꿔준 신사는 내가 오늘 킹스하우스 글렌코 스키센터에 투숙한다는 것을 이미 알고 있다고도 말해주었다. 그는 모레 여행을 끝내고 집에 가기 때문에 나의 초대에 응할 수 없으나 그 신사에게는 잘 전달하겠다고 했다.

　나는 주차장에서 오늘 가야 할 방향의 반대 방향으로 걸어 육중한 석조 다리를 건너 브리지오브오키 호텔까지 갔다. 왜냐하면 어제 호텔까지 걸었고, 오늘 시작점이 그곳이어야 단지 몇백 미터라 할지라도 西하일랜드길 전 구간 걷기에서 빠뜨리는 부분이 없어야 하기 때문이었다. 석조 다리 밑으로는 오키 강(River Orchy)이 흐르고 석조 다리의 이름은 오키 다리, 즉 브리지오브오키(Bridge of Orchy)고, 이것은 마을 이름이 되었고, 호텔 이름도 되었고, 기차역 이름도 되었다. 다리 위에서 어제 걸었던 방향을 바라보니 다리 너머 하얀색의 브리지오브오키 호텔이 있고, 호텔과 나무에 가려 A82 도로 너머의 브리지오브오키 역은 보이지 않았고, 그너머 병풍처럼 서있는 베인도레인 산은 산허리부터 안개에 휩싸여 대부분을 볼 수 없었다.

정확히 8시 18분에 브리지오브오키 호텔 부근에서부터 걷기 시작한다. 다리를 지나 주차장을 지나는데 마크는 여전히 자동차에서 꾸물거리며 오늘의 도장 깨기에 필요한 준비물을 챙기는 데 정신이 팔려 내가 다시 돌아와 지나가는 것도 모르는 것 같다. 西하일랜드길은 주차장과 길 건너 야영장 사이 샛길로 접어드는데 침엽수針葉樹 조림지를 통과하는 길이다. 들어서자마자 곧바로 울타리 문을 통과한다. 10여 분 후 또 다른 울타리 문을 지나고, 숲길을 걷는데 부부 두 사람이 나를 알은체하며 인사한다. 우리가 만났던 때를 부인이 나에게 설명을 한다. 자세히 보니 오늘도 부부가 말끔히 씻은 표가 났다. 드리민야 영장3人 중 부부다. 나는 다른 한 분은 왜 안 보이냐고 물으니 자기들이 느리니 혼자 앞으로 먼저 갔다고 한다.

9시가 되기 전에 침엽수 조림지를 벗어난다. 이제는 하늘이 맑아오고 뒤돌아보니 멀리 베인도레인 산 봉우리는 흰 구름으로 운치 있게 덮여있고 산 아래 숲속 브리지오브오키 호텔의 흰색 건물을 알아

볼 수 있다. 숲에서 벗어나 조금 더 걸으면 오른쪽으로 높은 지대에 돌무더기(Carn 케른)가 있어 그곳에 올라 주변 경치를 둘러본다. 툴라 호(Loch Tulla)와 라노크무어(Rannoch Moor) 황야 쪽으로 바라본다. 툴라 호는 멀지 않지만 라노크무어 황야는 짐작으로만 바라볼 뿐이다. 西하일랜드길은 라노크무어 황야를 관통하지 않고 황야 서쪽을 스치듯 지나가기 때문에 황야의 진수를 느낄 수는 없다. 주변에 도보

여행자 한 사람이 각다귀(미쥐)의 공격을 못참아 양봉 업자 두건을 둘러쓰고도 괴로워한다. 나처럼 한곳에 오래 머물지를 말아야지!

　요즘에 자주 그랬듯 시간이 흐를수록 하늘이 점점 더 맑아진다. 10시경에 인버로란 호텔(Inveroran Hotel)에 도착한다. 이곳에 투숙하려면 최소한 1년 전에는 예약을 해야 할 것이다. 석 달 전에는 어림도 없었다. 안내서는 이곳을 도보여행자라면 반드시 들러야 할 곳처럼 설명하고 있다. 이 호텔은 1708년에 세워진 유서 깊은 곳으로 알려져 있

다. 이로부터 약 100년 후, 1803년 어느 날 도로시 워즈워스(Dorothy Wordsworth)가 이곳을 방문했고, 음식을 먹고 혹평했다면서 안내서는 지금은 음식 맛이 그때 같지는 않을 거라고 소개한다. 도로시 워즈워스가 들렀을 바(BAR)는 문이 닫혀 들어갈 수가 없어 아쉽지만 그녀 흉내를 내는 것을 포기하고 나오는데, 다른 도보여행자들은 옆 미니 슈퍼에서 커피와 먹거리를 사 들고 호텔 앞 숲으로 나와 휴식을 취하고 있다. 드리민야영장3人 부부도 뭔가 사 들고 휴식을 위해 숲으로 가면서 나에게 손을 흔들어 자기들 곁으로 오라는 신호를 하지만 나는 그냥 손을 흔들어 인사만 한다.

　　나는 호텔에서 더 지체하지 않아 오히려 잘되었다고 자위하며 다시 걷기를 재촉한다. 길은 호텔 주변이라 그런지 당분간은 포장까지 된 넓은 길이다. 호텔 주변에는 한두 개의 방갈로가 있고, 호텔에서 몇 분 거리의 커브 길에 석조 다리가 있고, 석조 다리 오른쪽 밑 개울가에 야영하는 천막이 두어 개가 있다. 주변은 목초로 뒤덮인 민둥 야

산이지만 곳곳에 작은 숲도 보인다. 길가 홀로 서 있는 나무 위에 갈까마귀로 보이는 종을 알 수 없는 큰 검은 새가 한참 홀로 앉아 있다가 날아간다. 이렇듯 주변의 삼라만상은 도보여행자들 외에는 한가하게 보인다. 오른쪽으로 툴라 호수가 보이더니 바로 석조 빅토리아 다리(Victoria Bridge)를 건너는데, 주변에 다른 도보여행자들이 여러 명인데 다 낯설지가 않다. 브리지오브오키 합숙소(Bunkhouse) 투숙자들로 어제 지루하게 역 플랫폼에 앉아 기차를 몇 시간 동안 기다릴 때 합숙소를 들락날락했던 도보여행자들로 지루하고 심심한 내 눈을 피할 수 없었던 사람들이기에 쉽게 알아볼 수 있다. 다리에서 몇 분을 더 가면 산장이 왼쪽에 있고 그 앞에서 이제까지의 넓은 포장도로는 끝나고 西하일랜드길은 울타리 문 너머 숲속 오솔길로 들어선다. 오솔길치고는 넓고 자갈로 덮여있어 목적성이 있어 조성된 길임을 짐작할 수 있다. 울타리 문 오른쪽에 그 목적에 대한 답이 있다. 푸른 철판에 새겨진 글의 내용을 소개하면,

『글렌코까지 가는 가축 몰이길. 차량 금지규정을 지켜주세요. 스코틀랜드 도로 권리 협회白』

울타리 문을 지나 몇십 미터 가니 왼쪽에 빛바랜 설명 간판이 있다. 세운 지 오래되어 글자는 곧 우리 광개토대왕비 신세가 될 것 같은 그런 희미한 간판이다. 제목으로 크게 텔포드의 의회議會 길(Telford's Paliamentary Roads)이라고 쓰여있다. 나는 이거 또 무슨 말이냐? 가축 몰이 길이라더니 또 다른 이름이 있다는 거냐?며 고개를 갸우뚱하

지 않을 수 없다.

　(나중 이 간판의 글귀를 비롯하여 다른 자료들을 찾아서 자초지
종을 알아보았다. 토마스 텔포드(Thomas Telford)라는 사람은 유명
한 독학 토목기사인데, 1803년 정부는 그에게 하일랜드의 옛 군사 도
로 정비를 맡겼고, 그는 그 일을 수행했다. 울타리 문에는 가축 몰이
길이라더니, 몇십 미터에 가서 있는 간판에는 옛 군사 도로를 정비한
의회 길이라 언급된 것을 보면, 짐작한 대로 西하일랜드길은, 물론 앞
서 언급한 옛길들과는 무관한 새로 조성한 구간도 분명 있겠지만, 가
축 몰이 길, 군사 도로 등 여러 명칭의 길들이 서로 겹친다는 것을 알
수 있다. 이를테면, 처음 군사 도로였는데 나중 가축 몰이 길로 이용했
다던가, 가축 몰이 길을 군사 도로로 이용했다든가 또는 애초부터 그
두 가지 용도로 이용했다던가 등의 경우를 생각한다는 것은 매우 상
식적일 것이다.)

　　　　　글렌코 첩첩산중의 작은 오두막(Microlodge)에 투숙하다

숲속 오솔길은 뚜렷하고 좋다. 작은 돌로 다져진 옛 군사 도로와 가축 몰이 길일 것이다. 주변 경치는 장관이다. 한참을 가니 졸음이 온다. 피곤해서일 것이다. 적당한 곳에서 조식 때 챙겨 넣은 요구르트와 물을 마시며 간식을 하고 다시 걷는다. 길 오른쪽으로만 숲이 있고 왼쪽은 목초지인 곳을 한동안 걷는다. 잠시만 멈춰도 각다귀가 공격한다. 오른쪽으로 침엽수 조림지가 나타나고 숲 옆으로 20~30분을 걸어 11시 30분경에 숲이 끝나는 곳에 다리가 나타나고, 다리 건너편 나무 그늘에 남자 한 명과 세 명의 여자들이 쉬고 있고, 나는 다리를 건너지 않고 각다귀를 피해 그늘과 햇볕의 경계선에서 휴식을 취한다. 앉아 쉬다가 잠시 하늘을 바라보며 들어 눕는다. 아주 잠시 깜박 잠이 들었는 모양인데 귀는 밝아 뭔가 낌새를 느꼈는지 벌떡 일어난다. 누군가가 나에게 다가오다 내가 벌떡 일어나니 그만 멈추고 돌아간다. 내 앞 다리 건너에서 쉬고 있던 네 명이 내가 드러누어 있으니 쓰러진

줄로 알았던 것이다. 혹시나 해서 한 사람이 확인차 접근 중이었던 모양이다. 내가 멀쩡하게 벌떡 일어나니 오해했음을 알았을 것이다. 나는 상황을 알고 나서 그들을 안심시킨다. 그들은 어제 브리지오브오키 역 숙소의 투숙객이었고 어제 나는 그곳에서 몇 시간 동안 기차를 기다리며 그들의 들락거림을 보았다. 나는 그들에게 "당신들 브리지오브오키 역 합숙소(Bunkhouse) 투숙객이었지요?"라고 물으니 그렇다고 대답한다. 그들과 잠시 걷는데 아까 쓰러진(?) 나에게 다가온 여자가 말하기를, 자기는 호주 태즈메이니아(Tasmania) 사람이고 저 앞에 가는 사람은 아주 먼 호주 대륙 끝에서 온 사람이라 하면서, 모두 호주인이고 지금 호주 날씨는 춥다는 등 묻지도 않은 이야기를 한다. 그들 중 누군가가 나에게 어느 나라 사람인지를 물으니 나는 자주 그래 왔듯 모자를 벗어 얼굴을 들이대며 맞혀 보라고 한다. 한 여자가 "일본!"이라고 외친다. 아니라고 하니 태즈메이니아 여자가 "한국!"이라고 외치니 나는 맞다고 응답한다. 두 번째로 맞히니 이제는 삼가고자 했던 레퍼토리를 꺼내지 않아도 된다. 태즈메이니아 여자가 나이를 묻길래 70대 초중반이라 대답하고, 그 여자에게 "그럼 당신은 몇 살이냐?"고 물으니 61세라 한다. 내가 머리가 흰 노인이니 건강을 염려해서 나이를 묻는 것 같다. 그들은 계속 내 앞으로 걷는다. 나는 천천히 걸어야 한다는 나름 원칙 때문에 그들과 같이 걷지 않고 일부러 뒤로 처진다. 혼자서 천천히 주위를 감상하며 걷는 것도 나쁘지 않다. 침엽수 조림지는 처음 왼쪽에, 다음은 오른쪽에, 다시 왼쪽에 마지막에 오른쪽에 이렇게 길 양쪽에 번갈아 조성돼 있다.

1시 30분경에 바(Ba) 강 다리 부근에서 싸 온 점심을 먹는다. 여러 무리가 옹기종기 앉아 '쉬며 먹으며' 하고, 한 무리가 떠나면 그 자리에 다음 사람들이 채워 앉아 쉰다. 숲과 실개천과 석조 다리가 만나는 곳이 그리 많지 않은데 이곳은 다 갖춰져 있다. 그리고 이곳이 마지막 침엽수 조림지라 더는 숲이 없을 것이기에 좀 더 쉬고 싶은 곳일 것이다. 점심과 충분한 휴식 후 마지막 숲을 떠나 앞으로 가는 길은 거친 초원을 가로지르

는 길이다. 오르막길을 오르면 오늘 가장 높은 곳 445m 지점에 오르니, 먼저와 주변 아래를 바라보며 간식을 하는 사람들이 몇 사람 있다.

길은 걷기 쉬운 내리막길로 접어들고, 멀리 바삐 달리는 자동차들이 보이는데 이제는 낯이 익은 A82 도로 가까이에 있다. 실개천 위 석조 다리를 두어 개 지나고 멀리 그림의 떡인 킹스하우스 호텔(Kingshouse Hotel)이 보이지만 내 숙소인 글렌코 스키센터(Glencoe Ski Centre)는 산에 가려 아직은 보이지 않는다. 나는 갑자기 노래를 부르기 시작한다. '기타아아 주우울에에에~~ 시이르으은 싸아랑~~~ 뜨내에기 싸아라아라라아앙~~ 우울어라 기타타야~~ 나아에 기

이이타아야~~' 주변에 사람이 없고 너무 심심하고 무료할 때 그러나 행복을 느낄 때 이렇게 노래가 터지는 것은 어떤 연유에서인지 나도 모르겠다. 그저 행복해서일 듯싶다. 오늘 하루 힘든 길이 이제는 곧 끝나고 나를 기다리는 아늑한 숙소와 따뜻한 음식을 생각하면 절로 노래가 나오는 모양이다. 이 기분을 그 누가 알까? 그런데 이상하게도 우리 세대 노래가 아닌 부모 세대 때 유행하던 노래를 부르게 뭐람?

　　30여 분을 더 걸어 4시경에 오늘의 숙소 정식 이름은 글렌코 스키센터/산악 휴양지(Glencoe Ski Centre/Mountain Resort)에 도착했다. 이곳은 접수대, 식당, 카페 등이 있는 본부 격인 건물, 야영지, 넓은 주차장, 작은 오두막(Microlodge), 창고, 화장실과 샤워동, 그리고 스

키 타는 사람을 위한 의자 리프트(Chairlift) 시설이 널찍하게 포진된, 어쩌면 황량한 글렌코 산악지대 가운데 자리한 널찍한 시설이다. 겨울에는 스키인들이 오겠지만 지금은 마크 같은 산타는 사람과 나 같은 도보여행자, 그리고 휴양지를 찾는 가족 여행자들이 다 모이는 곳이다. 내 숙소 환경은 상상한 대로였다. 4번 시설을 배정받았다. 5파운드에 침낭을 빌렸다. 창고에 가서 ASM이 옮겨놓은 내 짐을 찾았다. 이

통나무집, 작은 오두막이라는 것은 네 사람이 함께 잘 수 있는 시설이다. 전기포트가 있어 물을 끓일 수 있다. 그러나 음식을 조리할 수 있는 시설은 없다. 음식은 식당에서 사 먹어야 한다. 샤워실, 화장실은 따로 다른 건물에 있다. 샤워는 1파운드 넣으면 물을 5분간 준다. 2파운드를 가지고 갔으나 1파운드로 넉넉히(?) 샤워를 끝냈다. 인간은 다 적응하기 마련이다. 군대 해군 훈련병 시절을 제외하고는 가장 빨리 샤워를 끝냈다. 옛 생각이 나는 싫지 않은 경험이었다. 앞은 거대한 산이 우뚝 서 있고, 글렌코의 자연을 여실히 보여주는 장소다. 저녁 식

사는 닭고기 카레로 했다. 식사 후 음식점에 있는 과일을 샀는데 매우 비쌌다. 이곳이 인가에서 멀리 떨어진 첩첩산중이라는 것을 느꼈다.

샤워 후 빨래를 해서 어딘가에는 널어야 했다. 작은 오두막이 위치한 세 단지가 있는데 내 오두막 단지에는 작은 오두막 다섯 채가 있고, 그 사이에 의자가 딸린 목조 탁자가 있다. 빨래는 그 탁자와 의자에 널어야 했다. 이때 이웃 오두막에서 나온 초로의 남자가 말했다.

남자	이곳은 내 오두막에 속한 것으로 우리 가족이 사용해야 합니다.
나	보세요. 지금 오두막이 다섯 채지요? 그런데 그사이에 탁자가 네 개입니다. 이는 어느 탁자든 특정 오두막에 독점적으로 속해 있지 않다는 의미 아닐까요?
남자	....

그는 아무 말도 못 하고 갔다. 그래도 미안해서 내 오두막 쪽으로 탁자 반만 이용하여 빨래를 널었다. 반대쪽 다른 탁자는 이미 한 가족이 나와서 점령하고 있어서 그쪽으로 옮길 수도 없는 형편이었다.

지명 킹스하우스(Kingshouse)는 A82 도로 너머 북쪽으로 킹스하우스 호텔주변을 말한 듯하다. 킹스하우스 호텔이 먼저 생기고 지명이 나중에 생긴 건지, 그 반대인지는 알 수 없으나 행정구역으로의 지명은 아니다. 킹스하우스 호텔의 주소 Glencoe, Ballachulish PH49 4HY에는 Kingshouse가 없기 때문이다. 그러나 구글 지도와 안내서에는 Kingshouse가 표시되어 있다. 말이 나온 김에 그럼 그 유명한 글렌코는 어디에서 어디까지를 말하는가? 글렌코를 여행할 때마다 품었던 의문이다. 아직도 그것에 대한 정확한 답을 찾지는 못했다. 그러나 대충 어디를 말하는지는 짐작이 간다. 西하일랜드길은 글렌코라는 곳의 외곽을 지날 뿐이다. 안내서가 그것을 잘 설명해 주고 있다. 일반적으로 글렌코의 철자는 Glen Coe와 Glencoe를 병용하고 있다. 'The West Highland Way does not decend into Glen Coe but skirts to the east of its mountain entrance passsing close to Glencoe Ski Centre/Mountain Resort. (西하일랜드길은 글렌코로 내려가지는 않지만, 글렌코 스키센터/산악 휴양지에 가까이 지나면서 글렌코 산악 입구의 동쪽 가장자리를 지난다.)

西하일랜드길 성수기에는 킹스하우스는 극심한 병목현상이 생긴다. 숙소가 적어서다. 야영 장비를 가지고 걷는 사람은 걱정거리가 아니겠지만, 이곳에서 숙소를 갖는다는 것이 행운인 것이다. A82 도로 건너편에 있는 킹스하우스 호텔은 그림의 떡이고, 75파운드라는 적지 않은 돈을 주고 들어온 이 작은 오두막은 매우 고마운 존재다. 여기서 잘 수 없었다면 A82 도로 가에 나가 버스를 타거나 히치하이킹으로 일반 승용차를 타고 14km 거리의 글렌코 마을이나 13km 거리의 킨로크리븐에 가서 잠을 자고 내일 아침에 다시 이곳에 와야 하는 불편함을 겪어야 할 것이다. 이러저러한 행복감을 느끼며, 네 사람용 미니 오두막에서 홀로 문을 단단히 잠그고, 야영장에서 간간이 들리는 사람들의 작은 소음을 들으며 10시 30분경에 잠자리에 들어 잠의 세계로 빠져들어 갔다.

사용한 비용
£75.00 숙박 · £12.50 석식 · £5.00 침낭 · £2.00 과일 2

악마의 계단을 지나 고개를 넘어

9일 차 2023년 6월 3일 · 토요일 · 맑음
도보여행로 킹스하우스 → 킨로크리븐 (13.5km)

하늘은 아침부터 맑았다. 아침 햇살이 좋아 해발 천 미터가 넘은 높이의 부캘에티브모올(Buachaille Etive Mor) 산이 푸른 하늘을 배

경으로 더욱 아름다웠다. 오후가 되니 구름이 제법 있어 걸을 때 구름이 해를 가리면 훨씬 수월했다. 간밤에 2시 못 되어 한 번 깨어났으나 그 후 계속 잠이 들어 충분히 잤다. 조식은 식당에서 8시에 1착으로 주문한 정식 조식(Breakfast)으로 했는데 해기스가 있었고, 토마토 반쪽, 토스트는 없었다. 가격 대비 별로 였다. 과일을 이곳 식당에서 사가지고 가고 싶었으나 터무니없이 비싸서 안 샀는데 걷는 도중 곧 후회했다. 손수건을 아침에 급히 빨아서 건조실에 말렸다. 그 손수건을 킨로크리븐에 거의 다 가서야 생각이 났다. 아침은 이렇게 항상 바쁘기 마련이다. 짐을 싸서 운반업체 ASM이 가져갈 수 있도록 어제 가져왔던 창고에 늦지 않게 갔다 놓아야 하고, 침낭을 식당에 가서 반납해야 하고, 물을 끓여 두 개의 보온병에 담아야 하고, 1분이라도 빨리 출발해야지 하는 마음으로 이렇게 서두르다 보면 손수건 같은 사소한 것은 잊어버릴 수도 있겠으나...... 그래도 다짐한 것은 잊지 않을 줄로 나를 믿었는데, 그래도 나이 탓으로 돌리기는 아직은 싫다!

떠나기 직전 주변을 360도 둘러본 후 오늘의 대장정을 위해 출발한 시간은 9시 22분이다. 어제는 오르막은 별로 없이 거리가 길었다면 오늘은 어제보다 거리는 짧지만 오름이 한참 동안 계속된다. 오늘 가는 길은 내 왼쪽으로 글렌코와 거리를 두고 킨로크리븐까지 갈 것이고, 그곳에서 버스를 타고 글렌코 마을에 가서 2박을 하고 다시 버스로 킨로크리븐에 와서 西하일랜드길을 계속 걷기로 계획되어 있다.

9시 40분경에 A82 도로를 가로질러 울타리 문을 지나 킹스하우스 호텔을 향해 가는데 왼쪽으로 사슴 두 마리가 나타난다. 주인이 있는 사슴인지 야생인지를 궁금해하는 나에게 주변에서 같이 걷고 있

던 스코틀랜드인들이 야생이라고 알려준다. 몇 분을 멈추어 서서 야
생 사슴을 구경한다. 10시 5분경에 킹스하우스 호텔에 도착하고, 그곳
카페에 들러 점심으로 토스트를 가져가고 싶어 혹시 토스트를 만들
어줄 수 있냐고 묻지만 종업원은 고개를 젓는다. 그냥 나와 다시 갈 길
을 재촉한다. 에티브(Etive) 강 위의 오래된 석조 다리를 건너면 타르

포장된 길로 접어들고 길은 ㄱ자 모양으로 왼쪽으로 90도 꺾어진다. 이 타르 포장길을 걸어가면 A82 도로와 만나게 될 터인데 그전에 내 길은 오른쪽으로 철제 울타리 문을 지나 산길로 접어든다. 갑자기 좁아진 西하일랜드길은 자갈길이다. 길은 당분간은 A82 도로를 왼쪽으로 두고 있어 분주하게 오가는 색색의 자동차를 조금 떨어져서 또는 가까이에서 보며 걷는다. A82 도로 너머에는 쿠팔 강(River Coupall)이 흐르고 그 너머에 오늘 아침 숙소에서 찍은 숙소 앞산 부캘에티브모올(Buachaille Etive Mor)은 이번에는 더 가까이 다가와서 아랫부분까지 보여 완전한 피리미드 형상으로 보여준다. 아침에는 금빛 아침 햇살로 불그스름했다면, 이번에는 아래는 오월의 푸른색이고 중턱부터는 짙은 회색이다.

부캘에티브모올(Buachaille Etive Mor) 산은 웅장하지만 그 이름의 의미는 소박하다. 에티프의 목동(The Herdsman of Etive) 또

는 위대한 에티브의 목동(Great Herdsman of Etive)이다. 높이는
1,021.4m(3,351ft)로 당연히 먼로(Munro)에 속한다. 모양이 독특하여
스코틀랜드산 중 가장 눈에 띄는 산중 하나이며, 엽서와 달력에 자주
등장한다. 영화 배경으로도 자주 이용되고, 폭포수가 있는 특정 장소
에서는 요즘 결혼 기념 촬영지로도 인기가 있다. 이렇듯 스코틀랜드에
서 가장 사진이 많이 찍히는 산으로 알려져 있다. 그렇지만 세상의 이
치가 그렇듯 항상 좋고 아름답지만은 않다. 등산 중 주로 산사태, 눈사
태로 사람들이 자주 사고를 당해서 죽거나 다치는 경우가 아주 많다.
과거 단 12개월 동안 13명이 죽은 경우도 있었다. 매우 조심해야 할
산이기도 하다.

　　나의 길 西하일랜드길은 왼쪽에 가까운 차례로 A82 도로, 그다
음에 쿠팔 강, 그너머에 부캘에티브모올 산을 두고있고, 한참을 걸으

면 길은 점점 A82 도로와 바짝 붙게 된다. 쇠울타리 문 두 개를 지나고 개울을 건너는 목조 다리 하나를 건너서 숲이 있는 Altnafeadh(오트나페드)에 11시 50분경에 도착한다. 이곳은 숲이 있어 나무 밑에서 물을 마시고 간식거리를 먹으며 편히 쉬고 싶으나 바짝 붙어있는 A82 도로의 자동차 때문에도 부산한 분위기인데 거기다 교통사고까지 나서 더욱 더 사람들과 자동차로 북적댄다. 나름 잦은 편인 영국 여행때 자동차사고를 본적은 이번이 처음으로 기억될 만큼 영국의 자동차 사고는 매우 드문데 오늘은 예외적인 날이다. 이곳이 A82 국도에서 부캘에티브모올 산으로 가는 자동차 샛길이 있고, 또 주차장이 있으며, 또한 킹스하우스로부터 지적에서 같이 했던 西하일랜드길이 산등선으로 가는 길목이라서도 자동차와 사람들이 북적댈 수밖에 없다. 주차장에 차를 세워두고 부캘에티브모올 산으로가는 사람들과 西하일랜드길을 걷고자 하는 사람들이 같이 만나야 하는 길목이라서 오늘 같은 토요일은 더욱 더 북적댈 것이고 아무리 교통법규를 준수한다고 해도 자동차사고가 나기 쉬운 환경일 수밖에 없으리라.

나는 갈 길이 바쁜지라 어수선한 분위기 따위에 신경 쓸 여유가 없다. 11시 50분경 내가 도착했을 때는 사고 처리가 거의 되었고, 구경하던 도보여행자들도 제 갈 길을 가기 시작했을 때였다. 숲에서 간식을 하면서도 앞에 보인 복잡함을 동영상과 사진으로 담는다. 배경은 여전히 나를 따라온 피라미드형에서 사다리꼴로 변한 부캘에티브모올 산이고, 내 뒤를 따라 이제 막 도착했음 직한 한 도보여행자가 왜 이리도 주변이 어수선한지 의문에 찬 호기심 어린 눈으로 바라보는 모습이 인상적이다.

　12시 5분에, 그러니까 15분을 이곳에서 쉰 후 쿠팔 강으로 합류되는 실개천 위 목조 다리를 건너 출발한다. 다리 입구 좌우 양편에 넓쩍한 목제 팻말이 두 개 세워져 있는데 오른쪽 것에는 西하일랜드길 (West Highland Way)이라 새겨져 있고, 왼쪽 것에는 지금 가야 할 길이 '악마의 계단'임을 알려주는 팻말이다. 여기에 쓰여있는 설명을 옮

기는데, 제목 악마의 계단만은 게일어와 영어가 병기돼 있고, 본문은
영어로만 돼 있다.

『Staidhre an Donais

The Devil's Staircase(악마의 계단)

西하일랜드길 중 이 구간은 애초에는 舊 군사 도로로, 대략 1750년쯤에
건설되었고, 포트윌리엄과 연결되어 스털링으로 이어졌다. 악마의 계단은
550m(1,850ft)에 이르는 최고 지점에 이르는데 갈지자형 설계 공법이 적
용되었다.』

산등선 최고 지점의 숫자가 안내서와는 약간 차이가 있다. 안내
서는 548m(1,797ft)다. 약 10분을 더 걸어 다시 실개천을 두 번째의
목조 다리로 건넌다. 길은 이제까지 경험했던 옛 군사 도로와는 달리
자갈길이지만 좀 더 좁고 험한 편이다. 해가 구름 속에서 나오면 덥지
만, 구름 속으로 들어가면 걸을 만하다. 60대 시절은 이런 길을 뛰어
서도 갔지만, 지금은 몸을 사려야 할 경우라 이곳에서는 더욱 천천히
걷는다. 다른 도보여행자들은 나를 추월해서 지나간다. 길에서는 가
는 사람뿐만아니라 오는 사람도 있기 마련이다. 산악자전거 여행자로
, 내가 여자의 나이, 특히 서양 여자의 나이 짐작에 둔하기에 확신이
안 서지만 50대 후반이나 60대로 보이는 여자가 다리를 긁혀 피를 보
이며 구불거리는 악마의 계단을 내려오고 있는데, 잠시 나와 인사하
고 서로 몸 조심하라는 말과 덕담을 나누며 교차 헤어진다.
　　사실은 이 길이 이름만큼은 험하지는 않다. 힘은 들지만 이보다

더 힘든 길이 西하일랜드길에는 수두룩하다. 그런데 왜 유독 이 길만 이런 무시무시한 이름이 주어졌을까? 군대 생활은 동서고금을 막론하고 힘든 법이다. 18세기 스코틀랜드에서도 힘들었을 것이다. 당시 웨이드 장군(General Wade)의 군사 도로 건설 계획에 따라 이곳에서 도로를 건설해야 했던 군인들이 처음 작명한 것이 악마의 계단이다. 건설 작업 자체 못지않게 건설 자재를 여기까지 운반하는 것도 매우 힘들었을 것이다. 이 명칭을 영속시킨 것은 의외로 산 넘어 킨로크리븐 부근의 블랙워터 댐(Blackwater Dam) 공사장의 일부 인부人夫들이었다. 20세기 초에 댐 공사를 했는데 급료를 받는 날이면 인부들은 산을 넘어와 가장 가까운 술집이었던 킹스하우스 호텔까지 와서 술을 마시고 유흥을 즐겼다. 문제는 밤에 돌아갈 때인데 취중 귀갓길은 올 때보다 몇 배나 힘이 들 수밖에 없었다. 추운 겨울밤에는 '악마는 자기 몫을 챙겼다'. 추운 겨울밤에는 돌아오지 못한 사고가 빈번했다는 의미다. 악마의 계단이라는 명칭은 이렇게 설득력을 얻게 되었고, 그래서 영속성을 얻게 되었다는 것이다. 이 길은 심지어 군사 도로로 정비

되기도 전이라 무명일 때인 1692년 2월 글렌코 학살(Massacre of Glencoe)에서도 이름값을 미리 했다. 증원군대가 투입될 때 충원 군대는 킨로크리븐으로부터 올라와 악마의 계단을 이용하여 글렌코에 신속히 투입되었다.

◆ ◆ ◆

아일랜드 출신 작가 패트릭 맥길(Patrick MacGill 1889? 1890? 1891? 12월 24일~1963년 11월 22일)은 1914년 자전自傳소설 〈막다른 골목의 아이들, 한 인부의 자서전(CHILDREN OF THE DEAD END THE AUTOBIOGRAPHY OF A NAVVY)〉을 출간했는데 작가는 미성년 때부터 주로 스코틀랜드에서 일했던 고된 시절을 책에 담았다. 힘들었던 킨로크리븐의 블랙워터 댐 공사 인부 시절도 많이 들어가 있다. 책 속에 '악마의 계단(Devil's Staircase)'에 대한 색다른 정보를 기대했으나 열악한 거주 시설, 위험천만한 공사 일과 사고, 도박 등이 주내용이다. 고되고 열악한 환경 속의 미성년자가 악마의 계단 같은 통속적인 것에 관심을 둘 여유는 없었을 것이다. 그러나 악마의 계단이라는 언급은 없으나 연관성이 있는 사건은 하나 있어 소개한다.

소설 속 일인칭 나, 더모드 플린(Dermod Flynn)은 글라스고 부근에서 막일을 하다가 중년의 몰스킨 조(Molskin Joe)와 함께 임금을 많이 준다는 블랙워터 댐 공사가 한창인 킨로크리븐(Kinlochleven)으로 떠난다. 댐공사 시기가 1905년부터 1909년까지였다. 나 더모드 플린과 몰스킨 조는 브리지오브오키(Bridge Of Orchy)와 킨로크리븐의 중간지점의 외딴 선술집(Public House) 킹스암즈(Kimg's Arms)에 도착하는데, 킹스하우스에 위치한 지금의 킹스하우스 호텔(Kings House Hotel)일 것으로 짐작된다. 지금도 황야에 홀로 서 있지만, 그때도 외딴 장소였고, 악마의 계단을 지나 고개 너머 킨로크리븐 마을의 일꾼들이 급료를 타면 술 마시러 왔던 선술집임이 분명하다. 몰스킨 조는 틴에이저 나 더모드 폴린을 대리고, 어두어질 때를 기다려 킹스암즈의 닭장에서 닭서리(도둑질)를 했다. 이제 악마의 희생자 짐 말로니(Jim Maloney) 관련 이야기다. 실화로 짐작된 이야기를 그대로 옮겨본다.

짐 말로니(Jim Maloney)는 이성을 잃고 주먹으로 반장의 턱을 갈긴 후 반장이 의식을 잃을 때까지 때려 눈더미 속에 처박았다. 그날 밤 짐은 남은 급료를 지급 받은 후 떠나라는 명령을 받았다. 그는 어둠 속에서 킨로크리븐을 터벅터벅 걸어 떠났다. 그는 분명 가는 도중에 죽었을 것이다. 한겨울 눈보라 속의 짙은 어둠의 밤에 산을 넘을 수 있는 사람은 아무도 없었다.

그 후 어느 날인가, 글라스고 신문지였는데, 이브닝타임즈인가 이브닝뉴스였는데(어느 것인지 지금 생각이 나지 않는다) 그 헌 신문지가 어떤 먹거리에 포장지로 딸려서 우리 오두막 숙소에 들어왔다. 아가일셔(Argyllshire) 산에서 한 구의 시신이 발견되었다는 기사를 읽었다. 양치기가 양을 보살피던 중에 녹아가는 눈더미 속에서 부패한 남자 시신 한 구를 발견했는데, 주변에 반쯤 탄 성냥개비가 다량으로 쌓여있었는데, 불쌍한 사람은 공포스런 마지막 시간을 약한 성냥개비

불꽃으로 몸을 녹이려고 시도했을 것으로 추정되었다. 아무도 그의 신원을 확인하지 않았다. 그러나 신문은 킨로크리븐의 대형 댐공사장을 오가는 길에 길을 잃었을 인부人夫로 추정했다. 내(더모드 플린) 생각으로는, 시신은 몸집 큰 짐 말로니가 확실했다. 인가가 없는 산 위에서 눈보라를 이기고 살아남을 수 있는 사람은 아무도 없을 것이다. 몸집 큰 짐 말로니는 그 후로는 우리 앞에 나타난 적이 없었다.

장비 없이 건설한 스코틀랜드의 마지막 대형 건설 프로젝트 블랙워터 댐의 오늘날의 모습

◆ ◆ ◆

오후 1시경에 악마의 계단을 벗어나 두 개의 돌무더기가 있는 꼭대기에 도착한다. 오트나페드(Altnafeadh)에서부터 거의 한 시간이 소요되었는데, 내가 일부러 천천히 걸어서 시간이 오래 걸린 것이고, 젊은 장정의 보통 걸음으로는 40분이면 충분할 것이다. 반복된 말이지

만 역사성만 빼면 악마와는 거리가 먼 길로 보인다. 꼭대기에 도착하니 어제 만났던 호주인 포함하여 일행 세 명이 앉아 쉬고 있는데 그중 호주인이 대뜸 "코리아!"라고 나를 부른다. 이름을 모르니 그렇게 불렀을 것이다. 다른 친구들은 어디 가고 당신들만 있냐고 물으니, 자기는 호주인이 아니고 미국인이란다. 어제 내 나이를 묻고 자기 나이를 61세로 밝힌 여자다. 옆의 남녀

는 벨기에 사람으로 밝힌다. 그들은 모두 브리지오브오키 역 숙소에서 만나 어제는 두 호주인들과 같이 걸었고 오늘은 호주인들과 헤어져 걷고 있는 것이다. 벨기에 커플은 야영 장비까지 갖춰 걷고 있는 것을 보면 야영도 하는 것 같다. 코리아라고 나를 불렀던 미국 여자는

미국인 답게 내 이름을 묻는다. 미국인들은 어디서나 유럽인들과는 달리 능동적이고 당당한 것이 특징이다.

미국인	당신 이름이 뭔가요?
나	(순간 머뭇거린 뒤) 김. 병. 두.입니다. 성은 김이고, 이름은 병두지요. 발음되겠어요? 병두...
미국인	벼엉 두우....맞나요?
나	어렵지요? 그래서 그냥 비(B) 디(D)라고 부르세요. 이름 약자인데요, 저는 보통 비디는 빅데디(Big Daddy) 약자라 합니다.
미국인	호 호 호.....
나	당신 이름은 어떻게 되세요?
미국인	린다예요.

벨기에 여자는 어제저녁에 나를 보았다고 한다. 자기들은 글렌코 스키센터에서 천막(텐트)을 치고 잤다고 한다. 천막을 치고 야영을 해도, 잠자는 곳만 제외하고 같은 시설들을 사용하니 어디선가 나를 보았을 것이다. 西하일랜드길에서는 꼭대기지만 엄밀히 말하면 산등선인 이곳에서도 그녀는 점심을 준비하면서 버너에 불을 지피고 있다. 나중 생각하면 이곳에서 그들과 같이 나도 점심을 먹어도 좋았을 터인데, 내 맘을 거슬러 내키지 않지만, 왠일인지 나는 먼저 일어나 출발한다. 왜 내가 그녀를 호주인으로 생각한 것인지, 그녀가 그렇게 말했다면 이유가 뭔지가 궁금하지만 그것을 따져 진실을 밝혀본들 아무런 실익이 없을 것이기에 더 이상 묻지도 따지지도 않고 떠난다. 혹시 호

주에서 태어나 미국으로 이민 간 호주계 미국인일 수도 있지 않을까? 그렇다면 편리한 대로 호주인도 되었다가 경우에 따라 미국인도 되었다가 하지 않을까?

　　내리막길을 30분쯤 더 가서 길가 작은 돌무더기가 있는 전망 좋은 곳에서 비상식량으로 점심 식사를 한다. 이때가 2시경이다. '악마의 계단'과도 연관성이 있는 블랙워터 저수지(Blackwater Reservoir)를 멀리 바라보며 하는 식사다. 식사 후 배낭을 뒤지니 놀랍게도 사과 하나가 나온다. 크리안라리크 유스호스텔 조식 때 챙겨둔 것을 잊은 것이다. 비싸더라도 오늘 아침에 식당에서 과일을 살걸, 몇 푼이나 된다고 사지 않은 것을 후회하던 차에 배낭을 뒤지던 손에 사과가 잡히니 얼마나 좋았겠는가? 검은물 저수지(Blackwater Reservoir)를 바라보고 드넓은 글렌코 산들을 멀리 바라보며 사각사각 사과를 씹어먹는 맛이란 뭐에 비길 수 있을까? 돈으로 따질 수 없는 맛이다. 그러는 사이에 린다가 혼자 내려와 나에게 손을 흔들며 지나간다.

2시 25분경 다시 걷기 시작한다. 내리막길이고 구름이 많이 끼어 해를 가려줄 때가 많아 걷기에 큰 문제는 없다. 그러나 목적지 킨로크리븐 마을이 곧 나타날 줄 알았으나 약 두 시간 후에야 도착할 수 있었다. 내 걸음이 느리고, 또 쉬기도 해서지만 나에게는 지루한 시간이었다. 오늘 걷기의 목적지 킨로크리븐 마을은 20세기 초 알루미늄 제련소를 위한 계획된 공장 마을로 탄생했다. 스코틀랜드에 리븐 호 (Loch Leven)가 두 개 있는데, 킨로스에 위치한 담수호 리븐 호와 바다 피요르드 호수인 리븐 호가 있는데, 오늘의 호수는 후자다.

킨로크리븐 마을은 하일랜드의 로크아버(Lochaber) 지방 리븐 호의 동쪽 끝자락에 위치한다. 산악인 작가 머리(WH Murray)는 그가 쓴 1968년도 西하일랜드 안내서에서 이곳에 관해 '하일랜드 1, 250m 해안에서 가장 흉하다(the ugliest on two thousand miles of Highland coast)고 악평을 했을 정도로 볼품이 없는 마을로 유명했다. 20세기 초 알루미늄 제련소와 그곳에 공급할 전기 생산을 위한 블랙워터 댐 공사에 따른 계획된 마을로 탄생했다. 한때는 세계적으로 큰 규모였던 알루미늄 제련소는 20세기 말에 접어들어 경쟁력이 떨어지게 되어 더 이상 존속할 수 없게 되었고, 킨로크리븐 마을도 함께 활기를 잃게 된다. 다행히도 근래에 야외 활동 중심지로 거듭나고 있다.

블랙워터 댐에서부터 시작되는 거대한 수로 파이프라인을 한참 따라가다가 4시 30분경에 마을 입구에 도착한다. 마을 안으로 진입하는데 가끔 도보여행자들이 보일 뿐 대체로 조용하다. 버스 정류장을 찾아가던 중 다시 드리민야영장3人을 반갑게 만났다. 그들은 또다시 세 사람이 되어 있었고, 그들에게 나는 글렌코 마을(Glencoe Village) 가는 버스 타는 곳이 어디냐고 물었다. 그중 남편으로 보이는 남자가 나에게 다짜고짜 따라오라고 해서 따라가 보니 호텔 접수대였다. 내가 영어가 짧은 것을 알고, 특히 스코틀랜드 억양에 약하다는 것을 알고 나 대신 접수대 직원에게 대신 물어 주려는 것이다. "이 분이 글렌코 마을 행 버스를 타고자 하는데 어디서 타야 합니까?"라고 물으니 직원은 유창한 스코틀랜드 억양으로 자세히 그에게 알려주었다. 그는 다시 나를 대리고 한참을 가서 버스 정류장을 찾았고, 거기에 붙어있는 시간표를 보고 버스 시간을 숙지한 후, 오늘이 토요일이라 버스가 많이 없다며 다음 버스 시간은 오후 6시 30분이라며, 두 시간 30여 분이 남아있으니 어디 카페라도 가서 쉬라고 하고 그는 돌아갔다. 너무나 고마웠다. 헤어질 때에야 이름을 물었더니 톰(Tom)이라 했다. (톰과는 이후 만나지 못했다. 내가 글렌코 마을에서 하루를 쉬었으니 톰 일행 즉 드리민야영장3人과 나와의 거리는 하루 이상 더 벌어졌기 때문이다.)

바로 근처 카페에 들어가서 줄을 서 앞 큰 보드에 쓰여있는 메뉴 최상위에 쓰여있는 마늘빵을 주문했더니 5시가 아직 안 되어 주문을 안받는다고 했다. 이때 시간은 5시 10분 전이었다. 그때가 먹거리가 아니라 마시는 것만 주문하는 시간이었던 모양이다. 뒷사람에게 자리를 내주고 실내 어디선가 10분을 더 기다릴까도 생각해 보았으나 그냥 카페를 나왔다.

　　그리고 히치하이킹을 시도했다. 바로 앞 자기 집 앞에 주차하기 위하여 귀가하는 차를 몰라보고 그 차에게 손을 들었는데, 그 차가 내 앞에 설 이유는 없었고, 운전자는 주차장으로 가 차를 세운 후 차에서 내려 나에게 다가왔다. 나이는 80세 가까이 될 성싶은 노신사였다. 그는 나에게 유용한 정보를 전수해 주었다. 그의 견해로는 나의 히치하이킹 하는 손동작이 틀렸다는 것이다. 엄지를 추켜 올려세워야 한다는 것이다. 나처럼 팔을 번쩍 드는 것이 아니라는 것이다. 그리고 적절한 장소는 자기 집 앞 이곳이 아니라며, 네모난 자동차 전자열쇠를 지도 삼아 설명했다. 자동차 열쇠 모서리를 손가락으로 문질러 가리키며, 직진하여 다리를 건너 오른쪽으로 돌면 흰 집들이 나타나고, 버스 정류장이 또 나타나는데, 이 마을에서 버스는 지금 자기 집 근처 이곳에서 한 번, 그리고 다음 두 번째 버스 정류장인 그곳에서 선다는 것이다. 이 두 번째 버스 정류장이 있는 그곳이 히치하이킹의 적소라는 것이다. 버스도 기다리며 동시에 히치하이킹도 시도할 수 있는 장소라는 것이다. 노신사는 나에게 어느 나라 사람이냐고 물어, 어느 나라 사람 같냐고 되물으니 또 역시 일본 사람 같다고 했다. 한국인이라고 했더니 "한국!"하면서 반가워한 척을 해주었다. 사회생활을 많이 해본 예의를 아는 사람일 듯싶다.

그와 헤어진 후 그가 말해준 장소로 한참을 걸어갔다. 거기에는 노신사 말대로 또 하나의 버스 정류장이 있었다. 노신사가 전수해 준 대로 엄지를 세워 올리며 히치하이킹을 시도했다. 그러나 성공하지 못했다. 자동차도 뜸했고. 그중에서 내 앞에서 선 차는 딱 하나였는데 가는 곳이 다르다고 했다. 결국 오후 6시 30분 버스를 탔다. 글렌코 교차로에 있는 정류장에서 내렸는데 글렌코 유스호스텔은 그곳에서 도보로 쉽게 갈 수 있는 줄 알고 A82 도로를 따라가다가 구글 지도를 보니 갈 수는 있지만 더 먼 거리임을 깨닫게 되었다. 되돌아서 다시 하차했던 교차로를 향해 걷기시작했다. 히치하이킹을 시도했고 여기서는 드디어 성공하여 편히 교차로에 다시 왔다. 나를 실어다 준 차에는 젊은 남녀 두 쌍의 스카이섬 여행팀이었다. 한 남자가 운전하고, 옆에 다른 남자가 타고, 뒷좌석은 두 여자가 타고 신나는 노래 속에서 그들의 수다로 왁자지껄한 분위기였다. 그들에게 고맙다고 인사하고 내려 다시 구글 지도를 보며 이번에는 큰 도로가 아닌 다른 길로 마을을 지나는 자동차 길을 따라갔다. 마을을 지나면서 어느 젊은 남자에게 길을 물었다. 그는 자기 집 앞 자동차에서 뭔가 내리고 있었다.

나	실례합니다. 글렌코 유스호스텔을 가는데 이 길이 맞습니까?
리즈	(나중 알게 된 이름은 리즈다) 네 맞습니다. 쭉 가시면 나옵니다.
나	감사합니다.
리즈	(하던 일을 멈추고) 그런데요. 걸어서 가기에는 너무 먼데요. 제 차로 가시겠습니까? 원하시면 제가 태워다 드리겠습니다.

나	그렇게 해주시겠어요? 그런데 얼마를 드릴까요?
리즈	공짜로요,
나	정말 고맙습니다.

　리즈는 길 건너에 주차돼 있는 자기 차에 실려있는 여자 친구의 짐을 내려놓고 그 차로 데려다주겠다고 하면서 집 현관을 나오는 여자 친구에게 가서 뭐라고 말을 했다. 나는 가슴을 졸이며 멀리서 여자 친구의 안색을 걱정스레 살폈다. 순간 여자 친구의 안색이 변했다. 오지랖 넓은 남편을 질책하는 전형적인 아내의 얼굴이었다. 가슴을 졸이고 상황을 살펴보는 나와 그녀가 서로 얼굴을 마주 보게 되는 순간 그녀의 얼굴은 미소로 변했다. 나는 안도했다. 그래 그럼 그렇지 스코틀랜드라고 남자의 오지랖을 여자가 어쩔 수 있겠어?라고 나는 생각했지만, 리즈의 오지랖을 허락해 주는 여자 친구에게도 감사했다. 여자의 허락을 득한 우리는 길 건너에 있는 검은 차에 갔다, 그는 트렁크에 여자 친구의 물건을 내리고 내 배낭을 받아 실었다. 2.5km는 족히 되는 숲길을 운전해서 나를 내려주고 갔다. 그가 아니었더라면 무척 늦게 녹초가 되어 도착했을 것이다.

　접수대에 접수하면서 내일 아침 식사 대를 지불했다. 어제 이메일로 손가락이 삐어 손이 불편하니 침대 아래층을 부탁했는데 그렇게 배정했느냐고 물으니 그런 메시지를 받지 못했다고 했다. 나중에는 내가 추가비용을 지불할 것이니 다른 방 아래층 침대로 바꿔줄 수 있느냐고 물었는데 없다고 했다. 유스호스텔이 고객과 직접 계약하기를 원하지만, 고객관리를 여행 플랫폼을 통하는 것이 더 고객 편에서는 편리하겠다는 생각이 들었다. 숙소 거의 다 Bxxxxxx.com을 비롯 몇몇 여행 플랫폼을 이용해서 예약했는데 거기에 없어서 이 번 숙소는 글렌코 유스호스텔에 직접 국제전화 하여 예약했었다. 중간 소개업체가 사소한 관리를 빈틈없이 잘해주는 것으로 느꼈다. 아마 여행 플랫폼을 통했더라면 이런 일은 없었을 것이다. 라면과 즉석밥을 해서 먹고 냄새 풍기는 김치를 드디어 없앴다. 누구에게 냄새를 들킬까 조마조마 했는데......

크리안라리크에서 본 중국인을 여기서 또 보았다. 그가 날 보고도 모르는 척 함이 분명했다. 연장자인 내가 그에게 말을 걸었다. 이곳에서도 그와 같은 방을 쓰게 되었다. 샤워하고, 빨래까지 다 하고, 오늘 일정 정리하고 늦게 잠자리에 들었다. 내일은 걷지 않기 때문에 여유가 있는 것이다.

사용한 비용
£29.5 숙박 · £2.40 버스 · £10.50 조식

하일랜드의 해묵은 비극 글렌코 학살을 생각하며

10일 차 2023년 6월 4일 · 일요일 · 맑음
글렌코(Glencoe)

○
●

　조식은 시간 맞추어 7시에 했다. 내 밑의 침대 남자가 오늘 떠난 다기에 신경 쓰고 있다가 그가 떠난 후 즉시 밑의 침대를 차지했다. 오늘 밤은 침대 아래층에서 자게 되었다. 10시 넘어서도 내가 식당에 앉아 꾸물 대고 안 나가니 유스호스텔 여자는 10시가 넘었으니 나가라고 독촉했다. 그들의 규칙은 오전 10시부터 오후 4시까지는 고객이 숙소에 없어야 한다는 것이다. 명분은 청소다.
　유스호스텔에서 나와 교차로까지는 2.5km는 넘을 거리를 걷기 시작했다. 우선 교차로까지 가려고 히치하이킹을 시도했으나 번번이 실패했다. 한참을 걷다가 다시 히치하이킹을 시도했다. 드디어 운 좋게도 성공했다. 교차로까지 태워 달라고 했다. 40대로 보이는 여자로 이름은 레베카라 했다. 레베카는 교차로에 내려주겠는데 어디를 가려고 하냐고 물었고, 나는 글렌코 방문자센터에 가려고 한다고 말했다. 그

녀는 다행히 시간이 넉넉하니 가는 방향은 다르지만, 그곳까지 나를
데려다 주고 가겠다고 했다. 가는 도중 짧은 대화에서 그녀는 글렌코
마을의 공공 버스 사정이 안 좋고, 특히 주말에는 더욱 좋지 않으니,
글렌코 마을 주민들은 이곳에 오는 여행객들의 히치하이킹에 친절하
게 응해야한다는 매우 훌륭한 생각을 가지고 있었다. 레베카는 나를
글렌코 방문자센터 정문 앞에 내려주고 갔다. 나는 이미 이름과 한국

What we know | General Roy's map

Turf house trail **3**

Inverigan
Approx. 60 residents

Achtriachtan
Approx. 80 residents

Achnacon
Approx. 70 residents

Did you know?
The first road through the Glen was built nearly 100 years after the Glencoe Massacre.

The earliest map of Glencoe is a military survey done by General William Roy between 1747–55, 60 years after the Massacre of Glencoe.

It shows clusters of buildings or townships at seven locations in the Glen, including three on NTS owned land.

인임을 밝혔다. 내려서는 그녀에게 거수경례로 고마움을 표시했다.

글렌코 학살(The Massacre of Glencoe, The Glencoe Massacre)에 관해서 전부터 나는 정확한 학살 장소를 알고 싶어했다. 알만한 사람들에게 물었지만 그들도 정확한 장소를 나에게 말해주지 못했다. 이곳에서도 정확한 학살 장소라고는 말하지 않지만, 지도에 사건 60년 후의 마을 위치를 표시하여 짐작하도록 하고 있다. 어디에 몇 가구가 살았다는 식으로 표시했다. 글렌코의 옛집을 재현해 놓았다. 그리고 학살 사건 당시를 의미한 듯한 그림과 옛 환경을 설명하는 입간판, 옛 집터 발굴에 대한 입간판, 글렌코 지형모형 등을 살펴볼 수가 있었다. 영상극장(Film Theatre)에 가서 '글렌코 학살'을 포함해서 글렌코의 역사를 말해주는 동영상을 보았다. 그곳을 나와서 글렌코 전망 소(View Point)로 가서 글렌코 골짜기를 바라보고 여러 생각을 했다. 나로서는 이번이 세 번째 방문인데 그때마다 뭔가 새롭게 만들어놓는 것을 보면, 스코틀랜드인들이 얼마나 이곳에 신경을 쓰고 있는지 알 것 같다. 실내에서는 스코틀랜드 산악인들과 모험가들에 대한 사진과 자료를 대충 훑어 보았다.

　글렌코 방문자센터 내 카페의 음식이 내 맘에 들지 않아 더 나은 것을 먹고 싶어 남의 차를 얻어 타고(히치하이킹) 교차로 부근 호텔 레스토랑에 와서 닭고기꼬치로 점심을 단단히 먹었다. 저녁이나 조식에 기대를 할 수 없어 점심을 단단히 먹어야 했다. 다시 묻고 또 물어 숙소 오는 길에 있는 작은 마을 슈퍼마켓에 들러 과일과 즉석밥을 샀다. 바로 옆 글렌코 민속촌은 3시에 문을 닫아 간발의 차이로 구경하

지 못했다. 빨리 닫을 수 있다는 생각을 왜 못 했을까? 걸어 오면서 글렌코 학살 추모비가 있는데 그것도 안보고 숙소에 왔다. 중국인 젊은 이가 어제 내가 말해주었던 글렌코 학살 사건에 관해서 갑자기 관심이 생겨 그가 먼저 가서 보고 사진 찍은 것을 숙소에서 보여줘 대화할 때에야 생각이 났다. 내일 아침 일찍 출발해서 꼭 들러 사진 찍고 자료도 수집할 계획을 세웠다.

저녁 식사는 전번에 사뒀던 싱가포르산 라면과 국적 불명 즉석밥으로 해결했다. 낮에 길가에서 먹다 남은 귤과 커피로 후식을 했다. 짐은 오늘 다 싸놓았다. 자기 차 없이 뭘 취재한다는 것은 쉬운 일이 아니다. 내일 새벽 글렌코 학살 추모비를 꼭 보고 가야 할 텐데...... 못 찾을지 살짝 걱정이 되었다.

스트랫퍼드어폰에이번(Stratford-upon-Avon)에 사는 지인 필립(Philip)이 이메일을 보내왔다. 잘 걷고 있느냐고 묻는 안부 말과, 손자를 보살펴야 하는 할아버지의 의무뿐만 아니라, 얼마 전 자기 심장에 이상이 와서 같이 걷지 못함을 이해해 달라는 내용이었다. 방문자센터에서 그의 메일을 읽자마자 답장과 더불어 글렌코를 배경에 둔 내 사진을 보냈다. 나도 건강이 썩 좋은 편이 아니라는 것, 장거리 걷는 여행은 이번이 마지막일 듯싶다는 것, 그러나 버스나 기차 타고 하는 여행은 계속할 것이라는 말도 덧붙였다. 누구나 다 늙으면 병들고 허약해지는 법.

◆ ◆ ◆

스코틀랜드인의 가슴에 큰 생채기를 낸 글렌코 학살에 대한 자세한 배경 설명과 과정, 미온적인 마무리까지를 살펴본다. 우리는 중고교 때부터 영국의 민주주의를 배우면서 명예혁명을 배웠고, 피를 흘리지 않은 혁명이라서 명예혁명이라고 이름 붙였다고 배웠다. 그런데 사실은 달랐다. 특히 스코틀랜드에서는 명예혁명의 후유증으로 피를 많이 흘렸다. 글렌코 학살은 그중 하나다.

정부는 1692년 1월 1일 이전에, 명예혁명으로 집권한 윌리엄 3세와 메리 2세에게 충성 맹세를 하면 사면하겠다고 공포했다. 이는 다루기 힘든 자코바이트 씨족들에 대한 덫이었다. 옥새를 템스강에 버리고 도망가 프랑스에 망명 중인 제임스 7세/2세의 마지 못한 허락이라도 받고 대부분의 씨족들은 새 왕 윌리엄 3세와 메리 2세에게 충성 서약을 했다. 그러나 듀어트의 맥클린(MacLean of Duart)과 글렌가리의 맥도널드(MacDonald of Glengarry) 두 씨족만은 충성 맹세를 거부한 상태였다. 이 두 씨족은 든든한 성城을 가지고 있었으며 처벌하기에는 너무나도 힘이 센 씨족이기도 했다.

큰 도널드(Donald) 씨족의 한 분파 씨족인 글렌코의 맥도널드 씨족의 수장인 글렌코의 맥아이언(MacIain of Glencoe)은—자료와 비문에 따라 이름이 MacLain, Maclain, MacIan 등으로 달리 표시되기도 한다—스코틀랜드 정부 국무장관 스테어(Stair)가 원하는 대로 충성 맹세를 시도했었다. 그러나 방향이 엉뚱했다. 1691년 12월 31일 마감일 하루 전에 나름 시간을 맞추어 포트윌리엄(Fort William)에 도착했으나, 그곳에 주둔한 수비대 사령관 힐 대령(Colonel Hill)은 충성 맹세를 접수할 권한을 가지고 있지 않았다. 맥아이언은 다시 길을 재촉하여 눈보라를 헤치며 올바른 장소 인버레어리(Inverarary)의 인버레어리 성(Inveraray Castle)에 도착하였다. 그러나 이미 마감 날짜가 지난 1월 2일이었다. 하루가 지난 이날이라도 충성 맹세를 할 수 있었으면 좋았을 테지만, 불행히도 그렇지 못했다. 사법 장관(Sheriff) 캠벨(Campbell of Ardkinglas)이 맥아이언의 충성 맹세를 접수하였을 때는 며칠이 지난 1월 6일이었다. 이렇게 또 늦어진 이유는 캠벨의 숙취 때문이었는데 신년 축하 잔치에서 너무나도 과음을 했던 것으로 알려졌다. 맥아이언이 뒤늦게 도착했다는 소식이 에든버러에 알려졌고, 어쨌든 늦었지만 어렵게 이루어진 이 충성 맹세가 에든버러 상부에서는 인정받지 못했다.

당시 글렌코의 맥도널드 씨족은 응징 대상 본보기로 안성맞춤이었다. 그들의 거주지는 쉽게 도망갈 수 없는 지리적 특성이 있었고, 그들은 제임스 7세/2세에 대한 열렬한 지지자이기도 했다. 당시가 어려운 시기였다고는 하나, 주변 이웃들이 경계할 정도로 도둑질이 잦아 평판 또한 좋지 않았다. 스코틀랜드 정부 스테어 국무장관이 입안한 명령서는 스코틀랜드 최고사령관 토마스 리빙스턴 경(Sir Thomas Livingstone)에게 전달되었다. 물론 미리 런던의 오렌지 공 윌리엄 3세의 재가도 받아놓았다. 명령은 최종적으로 포트윌리엄 수비대 사령관 힐 대령에게 하달되었다.

1692년 2월 1일 아가일 백작 캠벨 연대(The Campbell Earl of Argyll's Regiment)는 글렌코로 이동하여 맥도널드 씨족(MacDonalds) 지역에 아예 주둔하였다. 맥도널드 씨족은 세금을 내지 않는 대신 정부군 주둔을 지원할 의무가 있었다. 지휘자는 60세 알코올중독자 글렌라이언의 로버트 캠벨 대위였는데, 그는 술과 노름으로 빚더미에 허덕이는 사람이었다. 그는 맥도널드 사람들에게 사적 감정을 가지고 있었다. 맥도널드 씨족 사람들이 그의 소유지를 지나면서 물건과 가축을 도둑질한 사건의 배상 문제가 아직 해결이 안 되어 갈등관계에 있었다. 로버트 캠벨 대위의 명령은 70세 이하의 남자는 모두 죽이라는 거였다. 2월 13일 여명, 학살이 시작되었다. 맥아이언, 맥아이언 부인, 두 아들 등 씨족 38명이 정부군에 의해 살해당했거나, 도망치는 과정에서 죽었다. 이때 수많은 맥도널드 씨족 사람들이 거주지 글렌코에서 탈출했는데 탈출하면서 일부는 눈보라에 파묻혀 죽었고, 나머지는 글렌코 남쪽과 서쪽의 아핀의 스튜어트 씨족(Stewarts of Appin) 마을에 도착하여 피난처를 얻었다.

　　학살의 결과는 정부와 국무장관 스테어의 뜻대로 되지 않았다. 자코바이트에게 선전전에서 승리를 안겨주었고, 비판의 폭풍이 휘몰아쳤고, 그 비판의 대상은 연루된 군대에서부터 런던의 윌리엄 3세까지였다. 간혹 정부 책임론을 희석시키는 것으로, 씨족 간 사이가 안 좋았고, 캠벨 씨족들이 일부 정부군으로 가장하여 학살 군에 들어있었다는 말이 있지만, 글렌코 학살은 맥도널드 씨족과 캠벨 씨족 사이의 불화 때문에 발생한 것이 아니라 명백히 새 왕 윌리엄 3세 정부의 조치였다. 비판적 여론은 보통은 하일랜드 인들을 깔보거나 두려워했던 로랜드(Lowlands)까지 번졌다. 이 잔인하고 비겁한 행위는 결국 자코바이트에 대한 대대적인 후원으로 이어졌다. 그리고 하일랜드 역사상 가장 잔인한 사건도 아니었다. 이보다 더 잔인한 사건도 있었다. 그런데 이사건은 다른 것과는 달리 글렌코의 맥도널드 씨족을 본보기로 응징하기 위하여 윌리엄 3세 왕까지 정부의 모든 재가를 받아 실행한 공권력의 고의적이고 무자비한 작전이었다. 이 경우 학살 작전은 완전한 실패였고, 역풍을 맞은 정책이었다. 스테어는 자작 작위를 받은 1695년에 글렌코 학살에 대한 책임을 지고 국무장관직에서 해임되었다. 그 외에는 아무런 적절한 조사는 이루어지지 않았다. 그 후 스테어는 그다지 불운하지는 않았다. 1703년 앤 여왕(Queen Anne)으로부터 백작 작위를 받았다.

사용한 비용

£5.50 조식 · £12.00 점심 · £2.38 굴 2+빵 · £1.29 즉석밥VEETEE · £0.10 비닐주머니 · £1.00 바나나 2 · £12.00 기념품 3 · £6.00 기념품 2 · £29.5 숙박

영국 최고봉 벤네비스(Ben Nevis) 산 아래
글렌네비스(Glen Nevis) 마을까지

11일 차 2023년 6월 5일·월요일·맑음
도보여행로 킨로크리븐 → 글렌네비스 (20km)

○
●

오전 4시 15분경부터 준비했다. 캐리어 가방은 현관 앞에 두고 5시 45분경에 출발했다. 처음은 쌀쌀했다. 숲속 길이라 가까이에서는 새소리가, 멀리서는 산비둘기 소리가 들렸다. 스코틀랜드에서 새소리, 산비둘기 소리는 남유럽과 우리나라에서처럼 흔한 것이 아니라서 귀하게 생각되었다. 출발 후 30여 분을 걸어 마을까지 거의 가서 길 오른쪽 바로 옆에 글렌코 전몰장병 추모비(Glencoe War Memorial)가 있다. 이것은 영국의 어느 마을에서나 흔히 있는 그 마을 출신 전몰장병을 추모하는 비다. 1차세계대전 전사자 10명, 2차세계대전 전사자 1명의 이름이 새겨 있다.

여기서 맞은편 그러니까 길 가는 쪽으로 해서 왼쪽으로 나 있는 샛길로 몇 분을 가면 쇠 울타리 너머로 '글렌코 학살 십자가(The

Glencoe Massacre Cross)는 글렌코 유산 신탁에서 유지 관리합니다.' 라고 써진 팻말이 있고 그 너머 바위 위에 글렌코 학살 추모비(Massacre of Glencoe Monument) 십자가가 멀리 글렌코 산들을 배경에 두고 맑고 푸른 아침 하늘에 솟아 있다. 비석에 새겨진 비문이 있고, 받침대가 되는 자연석 바위에 설명 문구가 있다. 비문 처음에는 라틴어로 'NEC TEMPRO NEC FATO'라 쓰여 있는데 씨족 좌우명(Motto)이다. 뜻은 Neither Time nor Fate로 직역하면 '세월도 운명도 아니다'이다. 우리도 한때, 지금도 어려운 한자어를 좋아하듯이 스코틀랜드인들도 어려운 라틴어를 좋아한다. 사람은 어디서나 생각하는 것이 비슷하다.

(비문)

『NEC TEMPRO NEC FATO(세월도 운명도 아니다)

(문장 紋章: 색깔이 들어가 있고 위 라틴어 좌우명도 문장의 일부로 보인다)

본 십자가는 1692년 2월 18일 글렌코 학살 시 그의 씨족들과 함께 쓰러진, 글렌코의 맥도널드 씨족의 족장 맥아이언을 추모하기 위하여 그의 직계 후손 글렌코의 엘렌 번스 맥도널드에 의하여 경건하게 세워진 것이다.

1883년 8월

우리 모두의 추모는 영원하리라.』

(푸른 명판)

『1692 – 1992

1692년 2월 13일 아침 글렌코의 맥도널드 씨족 38인이 이 지역에서 학살당했다. 이는 윌리엄 3세왕의 명령에 따른 것이었고, 글렌라이언의 로버트 캠벨이 이끈 정부군에 의하여 학살이 자행되었다.

1992년 2월 12일 도널드 씨족 토지신탁의 집행위원회 의장 글렌코의 맥도널드 씨족의 직계 후손 미국인 엘리스 맥도널드 주니어 훈작사動爵士에 의하여 주요 장소 복원 계획 사업이 공식적으로 재개되었다.

본 복원 계획 사업은 도널드 씨족 토지신탁에 의하여 관리되었고, 에든버러 윌리엄 터커 회會에 의해 설계되었다. 주主 시공사는 스핀브리지의 코리 건설(Corrie Construction of Spean Bridge)이고 조경은 스핀브리지의 블라라우어 보육원(Blarour Nursery of Spean Bridge)이 맡았다.

아래 기관으로부터 본 공사에 대한 지원을 받았는바, 우리는 그들에 대한 무한한 감사함을 느끼고 있다.

미국 글렌코 재단, 스코틀랜드 지방 국토위원회, 로크아버 구區위원회, 하일랜드 지구 위원회, 하일랜드와 도서島嶼 회사

"잊지말라 (CUIMHNICH)"

도널드 씨족 토지신탁』

　　든든한 쇠 울타리로 둥그렇게 바짝 둘러 보호된 글렌코 학살 추
모비를 돌아 살피고, 주변과 비문 등을 사진과 동영상을 찍는데 10분
쯤 소요되었다. 다시 큰길로 나와 걸어 글렌코 교차로에 도착한 시간
은 6시 40분이었다. 주변 길 안내 표지판은 게일어에 영어가 병기되어
있어 내가 하일랜드에 깊숙이 들어와 있음을 새삼 깨닫게 해주었다.
킨로크리븐행 44번 버스 시간 7시 5분까지는 시간이 있었다. 바로 옆
킨로크리븐 호 호반 벤치에 앉아 호수를 바라보며 잠시 휴식을 취했다.

버스 시간이 가까워져 정류장에 나 말고 한 사람이 더 왔다. 그가 현지인이 분명해서 지명 킨로크리븐(Kinlochleven)에 대하여 몇 가지를 그에게 물었다. Kinlochleven에 대한 현지인의 발음을 들어보는 기회도 가질 수 있었다. 그의 성의 있는 설명을 듣고 leven은 게일어로 뭐가 만나는 지점이라는 것으로 이해를 했다. 그럼 Kin은 뭘 뜻하냐고 물었더니 영어의 at이라 했다. 리븐 호와 (육지가)만나는 곳이라는 뜻이 Kinlochleven이라는 말이다.

버스는 7시 5분 정시에 와서 그제 왔던 A863 도로를 반대로 달려 7시 20분경에 킨로크리븐에 도착했다. 아침 식사가 급선무였다. 대부분의 음식점이 문을 열지 않았고 아침 산책 주민이 알려준 곳도 가서보니 '마을 주민만(Resident Only)'이라는 팻말을 걸어 놓고 주민만 받았다. 다시 물어 조금 떨어진 곳으로 사가지고 가는(Take Away) 음식점을 찾았다. 두 여자가 7시부터 문을 열고 이방인 여행자들을 대상으로 음식을 팔고 있었다. 따끈한 차와 빵 속에 달걀 등을 넣은 것으로 주문하여 기다린 후 받아들고 나와 근처 긴 의자에서 먹었다.

조식을 끝내고 일어나 출발한 시간은 7시 55분이었다. 킨로크리븐 마을에서 일단 큰길을 따라 걸어 西하일랜드길을 찾은 곳은 그제 드리민야영장3人의 톰과 같이 찾아왔던 글렌코 마을 행 버스 시간표

가 붙어있는 버스정류장 부근이다. 버스정류장 부근에는 내가 방향을
잡아 오늘 가야 할 西하일랜드길이 표시돼 있고 학교 방향 표시가 크
게 게일어와 영어가 병기된 팻말이 있어 이채롭다. 버스 정류장에서
조금 더 걸어 8시 10분경에 큰길에서 오솔길로 접어든다. 곧바로 열린
목제 울타리 문을 지나 자작나무 숲길로 걸어 들어선다. 이름 모를 야
생화를 주변에 심심치 않게 볼 수 있다. 야영장이 아닌 산등선에 천막

을 치고 야영하는 젊은이들을 보면 부러울 수밖에 없다. 리븐 호와 그것 너머 글렌코 산들과는 점점 멀어지고 있다. 자작나무 숲을 지나면 오늘도 옛 군사 도로가 나온다.

이쯤에서 초로의 두 여자를 만나는데 스코틀랜드인과 미국인인데 스코틀랜드인이 대뜸 나에게 중국말인듯한 무슨 말로 나에게 뭐라 묻는다. 내가 못 알아들으니 어느 나라에서 왔느냐고 이번에는 영어로 다시 묻고, 나는 어느 나라 사람 같으냐고 되묻는다. 그녀는 중국인이냐고 물었고, 나는 당연히 아니라고 하니 이번에는 한국인이냐고 묻는다. 내 기준에서 그녀는 성적이 매우 좋다. 두 번째에 맞추었으니 대단한 성적이다. 이야기는 여기서 끝나지 않고, 보통 그렇듯 다음에는 미국인이 두각을 나타낸다. 이제까지 조용했던 미국인은 내가 한국인이라고 하니 갑자기 "산토~끼, 토끼~야 어디로 가~느냐? 깡~충 깡~충 뛰면서 어디로 가~느냐!"라고 이제는 나에게도 가물가물한 동요, 산토끼를 열창하지 않는가? 그녀는 1970년대에 한국에 있었다고 한다. 그들은 뭐가 바쁜지 걸음이 빨라서 곧 헤어지는데, 나에게 유쾌한 도보여행자들로 기억을 남긴다. 내 짐작으로는 그 미국인은 아마 1970년대에 평화 봉사단(Peace Corps)으로 우리나라에 파견되어 당시 국민학교(현 초등학교)에서 영어를 가르쳤을 것이고, 그때 산토끼를 배웠을 것이다. 나에게 이번이 처음 들어본 산토끼가 아니다. 2014년 스페인 산티아고 순례길에서도 미국인 순례자로부터 산토끼 동요 완창을 들었는데 그는 평화 봉사단이었다. 그들을 앞으로 보내고 9시 35분경에 제법 긴 목조 다리를 건너는데 개울물 소리가 크다. 조금 더 가서 가축 통행 방지 쇠 격자판을 깐 울타리 문을 지난다.

　10시쯤에 유튜브를 켠다. 졸려서다. 하늘이 맑고 쾌청하여 약간
덥고 숲속 오솔길이 아닌 옛 군사 도로에서 그늘이 없이 계속 걷는 중
에 그 무료함 때문에 졸음이 온 것이다. 다행히 길옆에 나무 한 그루가
있어 10시 30분경에 그 그늘에서 간식으로 가져온 바나나를 먹으며
잠시 휴식을 취한다. 독일 도보여행자 4명을 만나고 그들은 나에게 영
어로 인사를 하는데 나는 알고 있는 독일어 몇 마디로 인사를 하니

좋아한다. 11시 35분경에 지붕이 없는 버려진 농가를 만나는데 그곳을 Tigh-na-sleubhaich라고 구글 지도에서도 안내서에도 쓰여있다. '타이나슬룹하이크'라고 발음해야 할지 확신은 없다. 이 폐농가에 관해서 현장 팻말과 안내서에서 같이 나에게 주의를 주고 있다. 폭풍우를 만날 때는 잠시 피난처를 제공할 수 있으나 위험한 건물이니 들어

가지 말라는 것이다. 다시 걸어 12시 5분경에 다 허물어진 농가를 다시 만나는데 이곳은 궂은 날씨에도 아무 역할을 할 수 없을 정도의 폐허다. 이곳 지명은 Lairigmor 또는 Lairig Mhor다. 자신 없지만 '라이리그모올'이라 발음하지 않을까?

천천히 걷는 나는 12시 50분에 룸메이트 상하이 중국 젊은이에게 드디어 따라 잡힌다. 그는 글렌코 유스호스텔을 나보다 훨씬 늦게 출발했고, 글렌코 교차로 버스 정류장에서 1시간 20분 뒤차인 8시 25분 버스를 탔을 것이다. 그와 같이 20여 분간을 걷는다. 그는 며칠간의 휴가로 출발 지점인 멀가이(Milngavie)부터 걷지 않고 중간부터 걸었다고 한다. 그의 배낭은 간단하고 지고 있는 배낭이 전부다. 오늘 밤 그도 글렌네비스 유스호스텔에 투숙할 것이라고 나에게 전에 말해주어 미리 알고 있다. 이윽고 그와 보조를 맞추는 것이 무리일듯싶어 그를 앞으로 보내고 혼자 천천히 걷기 시작한다. 그를 보내고 조금 더 가니 한 무리의 젊은이들이 길을 벗어나 좀 높은 지대에 앉아 점심을 먹으며 나에게 손을 흔든다. 나도 손을 들어 인사하고 계속 걷는다. 조금 더 가서 나도 적당한 장소, 즉 그늘과 햇볕이 적당히 경계지어 섞여있는 잔디를 찾아 앉아 점심을 먹는다. 어제 사둔 빵 두 개, 귤 하나, 집에서부터 가져온 비상식량 미숫가루 한 봉지 그리고 봉지 커피 이것이 전부다. 식사 중에 내 앞을 여러 사람이 지나간다. 그중 젊은 부부가 어린 딸아이를 아장아장 걷게 하며 천천히 내 앞으로 온다. 보통은 아이를 부부가 번갈아 등에 지고 걷는데 이번에는 힘이 들어 잠시지만 아이를 걸리면서 둘 다 힘든 등을 쉬도록 한듯하다. 아빠가 아기용 망태기를 지고 있는 것으로 보아 아기는 아빠 몫인지도 모르겠다. 아이가 뭐라고 외친다.

아이   택시! 택시!.....택시!

나   (아기보고) 얘야! 이 길에서 네가 가장 어리고, 내 나이가 가장 많단다.

아이   택시! 택시!

나   오호라! 엄마보고 택시를 부르라고 그러는구나! 택시보다 헬리콥터는 어떻겠니? 하늘에서 붕붕 나는 헬라콥터 알지? 엄마보고 그것 부르자고 하자꾸나! 택시보다 헬리콥터가 더 좋을 듯 하구나! (아기가 택시 타는 것을 경험상 알고 걷기가 힘드니 택시타자고 조르고 있다)

나   (그들의 말이 미국 억양이라서) 미국에서 왔어요?

엄마   네 그렇습니다. 선생님은요?

나   맞춰보세요.

엄마   일본인

나   (고개를 돌리며 큰소리로) 아니에요. 한국인입니다.

엄마   (미국인답게 반갑다는 듯이 큰소리로) 네 그렇군요.

나   미국 어느 지방인가요?

엄마   시애틀입니다.

나   살기 좋은 곳으로 알고 있습니다. 시애틀에는 가본 적이 없지만 그곳에서 멀지 않은 실리콘 밸리에는 오래전에 몇 달 살아보았습니다.

엄마   네 멀지 않지요.

나는 앉아 점심을 먹으면서 그들은 서서 대화를 했고, 아이 엄마는 나의 식사를 방해하는 듯한 느낌을 받은 듯한 표정을 짓고 이내 인사하고 떠난다. 점심의 마지막 절차로 봉지 커피까지 뜨거운 물에 타서 마신 후 근처 실개천에 가서 컵과 손을 씻고 돌아와 배낭에 물건들을 집어넣고 출발 준비를 하는데 이번에는 젊은 청년 무리가 다가오는데, 그중에 있던 상하이 중국인이 큰소리로 내 캠코더를 보고 "동영상 찍으세요?"라고 묻는다. 나는 좀 놀란다. 그는 지금쯤 내 앞 저 멀리에 있어야 했는데 내 뒤에서 나오니 헷갈려 어리둥절한 것이다. 그와 같이 있는 무리를 보고는 아까 점심을 먹으며 나에게 손을 흔들었던 백인 청년들 사이에 그 중국인도 같이 있었음을 알게 된다. 나는 그를 알아보지 못해 간과하고 지나왔다. 그는 친구들을 만들어 같이 걷고 있었고 같이 점심 중이었는데 난 키 큰 서양인들만 눈에 들어왔던 모양이다. 계속 걸어 힘이 소진되어 힘들어지니 주변을 건성으로 보아넘기고 있었던 것이다. 그들도 나를 지나가고, 나는 조금 더 있다가 출발한다.

2시 15분경에 다시 걷기 시작하고, 15분쯤 걸으니 길 왼쪽으로 제법 큰 돌무더기(케른)를 만나는데 안내서는 간단히 '기념하기 위한 돌무더기(COMMEMORATIVE CAIRN)'라고만 돼 있고 현장에는 설명 판이 있다. 설명 판을 보면 큰 제목으로 '캠벨 씨족들을 추적/인버록키 전투(The Pursuit of Campbells/ The Battle of Inverlochy)'로 돼있고, 패배자의 말들과 전투에 대한 간단한 설명이 있다. 이것으로는 이장소가 비장한 곳이라는 것만 알 뿐 더 이상은 알 수가 없다.

(케른이 있는 이 장소에 관해서도 더 알아보았다. 인버록키 전투

는 영국 내전 중인 1645년 2월 2일에 인버록키의 인버록키 성과 그 주변에서 찰스 1세 편의 왕당파와 반대파로 장로 주의의 지지를 서약한 사람인 서약파(Covenanters)의 전투다. 내전에서의 최종 승리자는 크롬웰이었고, 그 결과 찰스 1세는 참수당했지만 이 소규모의 전투에서는 왕당파가 승리했고, 서약파 중 일부인 캠벨 씨족들이 도망했고, 왕당파 중의 일부인 맥도널드 씨족들이 캠벨 씨족들을 이곳 12km까지 추적하여 죽였다. 그 후 이장소에 돌을 쌓아 돌무더기를 만들어 표시했다. 돌무더기는 패자의 죽음을 애도 추모하기 위한 것이 아니라 승자의 승리, 즉 반대파를 추적 살해를 기념하기 위한 승리 기념 표시가 맞는 해석일 듯싶다. 글렌코 민간인 학살과는 다른 차원이지만 이 전투에서도 캠벨 씨족과 맥도널드 씨족 간의 해묵은 갈등 감정이 엿보인다.)

돌무더기에서 15분쯤 걸어가면 西하일랜드길은 방향은 직진이지만 아침 9시 35분부터 걸었던 옛 군사 도로를 벗어나 오솔길로 접어

든다. 3시경에 나무 그늘에서 잠시 휴식을 취하는데, 오면서는 눈에 띄지 않았던 룬다부라 연못(Lochan Lunn Da Bhra)이 8시 방향으로 멀리 보인다. 그동안 내가 간과했던지 아니면 구릉에 가려서 보이지 않았을 것이다. 3시 15분경에 오랜만에 울타리 문을 통과하는데 안내 서에 의하면 황야 지대로 접어 든다는 것이다. 황야치고는 풀이 많은

황야 지대를 얼마간 걸으면 앞으로 여전히 멀리 침엽수숲 너머로 민둥산이 달이 뜨듯 보이기 시작하여 갈수록 가까워져 점점 커진다. 영국에서 가장 높은 벤네비스(Ben Nevis) 산이다. 산은 점점 가까워진다. 마침, 장애인과 그의 동반자 두 사람의 도보여행자들에게 추월당한다. 이제 지쳐서 장

애인 도보여행자보다 더 천천히 걷고 있는 것이다. 다시 한 시간 반을 걸어 글렌네비스 마을 가까이에 와서 바라보는 벤네비스 산은 멀리서 보다 더 웅장하여 '내가 영국의 최고봉이다' 라고 말하는 것 같다.

벤네비스(Ben Nevis) 산은 1,345m 높이로, 영국은 물론 이웃 아일랜드까지 다해서 가장 높은 산이다. 해마다 약 130,000명이 오르고, 당연히 먼로(Munro) 목록에 제 1번으로 등재돼 있다. 원래 이름은 스코틀랜드 게일어 Beinn Nibheis(베인닙하이스)로 벤네비스는 나중 영어화된 이름이다. Beinn이 산을 의미한다는 것에는 누구나 동의한다. 그러나 Nibheis에 관해서는 게일어에서도 어원이 불분명하여 명쾌하게 알려주는 곳을 찾기가 힘들다. 옛 원주민 픽트(Pict)족어 형태에 구름을 뜻하는 캘트어 neb과도 연관 지어 구름산(Cloudy Mountain)이라는 의미가 아닐까 하는 의견이 있고, 다른 의견으로 게일어 천국 또는 하늘(heaven)을 뜻하는 neamb와 연관 지어 천국의 산(Mountain of Heaven)이라는 의미가 아닐까 하는 의견도 있다.

한동안 벤네비스 산을 정면에 두고 오솔길을 걷는다. 주변은 침엽수 숲도 있고, 또 벌목으로 황야와 별반 다를 것 없는 목초지대도 있다. 오후 5시가 넘어 멀리서라도 인기척이 없으니 나는 혹시 길을 잘못 들지 않았나 걱정이 되어 구글 지도로 확인해 보니 내가 西하일랜드길에서 벗어나 있지 않아서 안심한다. 왼쪽으로 완만하게 휘어 한참을 가더니 5시 15분경에 다시 넓은 옛 군사 도로로 접어든다. 이제 눈앞에 보이는 뻔한 길이지만 한 시간 이상을 더 걸어야 한다.

오늘 내가 묵을 글렌네비스, 즉 네비스 골짜기는 西하일랜드길 종점 약 5km를 남겨둔 마을로, 西하일랜드길을 걷는 도보여행자들을 위한 마을이라기보다는 벤네비스 산을 비롯해 주변 산이나 폭포 등 주변 자연풍광을 즐기는 사람들을 위한 마을이다. 단지 西하일랜드길만이 목적인 사람 중에 나 같은 노인이나, 장애인이 아니라면 5km도 안되는 거리를 남겨두고 추가 비용을 들이며 이곳에 투숙하지는 않을 것이다. 이곳에는 유스호스텔, 호텔, 야영장, 음식점, 카페 등 행락객들을 위한 시설을 충분히 갖춘 마을로 보인다. 이곳은 스코틀랜드를 잘 나타내는 곳으로 영화 촬영지로도 알려져 있다. 해리포터 영화(Harry Potter Movies), 하일랜더(Highlander), 브레이브하트(Braveheart), 롭로이(Rob Roy) 등을 이곳에서 촬영했다.

西하일랜드길에서 이탈하여 한참을 더 걸어 글렌네비스 유스호스텔(Glen Nevis Youth Hostel)을 찾아갔다. 도시 포트윌리엄이 가까워서 그런지 다른 곳보다 시설 면에서 좋다. 내가 이메일로 부탁한 대로 아래층 침대에 'RESERVED'라고 표시한 코팅된 종이를 놓아두었다. 내 침대는 문에서 별로 안 떨어진 곳인데 방이 크니 괜찮았다. 2층 침대 6개로 총 12명이 자는 방이다.

도착하니 상하이 중국인은 이미 와 있었고, 짐 운반업체 ASM이 아래층 문 앞에 놓아둔 무거운 내 캐리어 가방을 부탁도 하지 않았는데 중국인이 이층 방까지 들어다 주었다. 그의 방도 우연히 같은 12번이다. 그러고 보니 세 번이나 같은 장소 같은 방 룸메이트인 것이다. 무거운 가방을 내방까지 들어다 주니 나의 그에 대한 평가가 좋아질 수밖에 없었다. 이제서야 통성명을 했다. 성은 왕(Wang)이라 했다.

저녁 식사는 나가서 먹기가 귀찮고 피곤해서 숙소 차림표에 있는 2코스 음식으로 메인으로는 타카 마살라 닭고기를 미리 주문했다. 전자레인지와 오븐을 동원하여 내가 만들어야 하는 냉동 밀키트라는 것을 알았을 때는 이미 늦어 물릴 수가 없었다. 포장되어 냉동된 것을 뜯고 가지고 나온 것도 있을 것이다. 직원에게 "당신이 좀 도와 줘야겠다"고 부탁했고, 그도 물건을 팔아먹었으니 나를 돕지 않을 수 없었다. 만약 평소 오븐 사용에 익숙했다면 벽에 깨알같이 써진 긴 영어 글을 해독해 가면서 혼자 해결했을 것이다.

나는 이렇게 힘든 저녁 식사를 하면서 돈이 아깝다는 생각보다는 영국 여행에서 자주 시켜 먹은 타카 마살라 닭고기가 이런 기성품이었다는 것을 이제라도 알게 된 것이 다행이라는 생각을 했다. 다음부터는 기성품 음식을 피하고 싶다. 설거지하고 커피 한잔하고 방에 돌아와서 점심때 먹다 남은 귤 반 조각까지 먹으니 배가 든든해졌다. 샤워와 세탁은 오자마자 끝냈다. 여러 시설들은 나쁘지 않았다. 화장실과 샤워실, 기타 시설, 건물 내부, 방 내부를 살펴보면 지은지 오래돼 보이지 않았다. 너무 피곤해서 오늘 여행 일정 정리를 끝마치는 것도 불가능 할 정도였다. 정리 중간에 그만두고 잠자리에 들었다.

사용한 비용

£5.50 조식 · £2.40 버스 · £10.50 석식 · £35.00 숙박

팔터(환영), 西하일랜드길 종점
(Fàilte, The End of The West Highland Way)

12일 차 2023년 6월 6일 · 화요일 · 맑음

도보여행로 글렌네비스 → 포트윌리엄 (4km)

○

●

조식은 가짓수는 적었다. 질은 보통 수준이었다. 딱 기본. 시리얼, 토스트, 과일, 커피, 요구르트다. 토스트는 여섯 조각 구어 한 조각 남기고 다 먹었다. 과일은 사과, 귤, 바나나 다 먹었으니 든든했다.

식당에서 내가 연루된 약간의 소란이 있었다. 불어를 하는 한 청년이 내가 잠시 자리를 비운 사이에 우유만 담겨있는 내 시리얼 사발을 바닥에 엎었다. 와서 보니 주변이 소란했고, 엎은 청년은 나에게 "당신 잘못이 아닙니다!"를 계속 말하며 바닥을 닦고 있었고, 주변 사람들도 나의 당황한 기색 때문인지 모두가 "당신 잘못이 아닙니다!"를 말하며 나를 안심시켰다. 색깔이 노란 시리얼이 담겨있었다면 눈에 잘 띄어 조심했을 것인데 먼저 흰 우유만 부어놓고 자리를 뜬 내게도 잘못이 있다고 생각되어 나도 미안함을 표시했다.

식당에서 자리를 잡을 때 이웃에 약간 남루한 호주 남자가 있었는데, 나에게 이상하게도 시비조로 말을 건넸다. 가끔 혼자 독백도 하며, 대상이 어딘지 모르게 불만이 가득 찬 사람으로 보였다. 그와 얽히지 않게 현명하게 피했다. 혼자 여행하다 보면 가끔은 시비를 거는 사람도 만난다. 피하는 것이 상책이다.

상하이 중국인 왕은 오늘도 나에게 싹싹하게 대했다. 내가 먼저 이메일 주소 교환을 제안했고, 그와 사진도 같이 찍었다. 실례가 될지 모르겠으나 궁금해서 나이를 물으니 32세라 했다. 중국은 군입대가 없으니 그 나이에 사회생활을 꽤 한편이라 했다. 결혼도 했고, 지금 독일 뮌헨에서 근무 중인데 회사는 미국회사 □□□이라 했다. 부인은 중국인이고 같이 뮌헨에서 살고 있다고 했다. 같이 오지 왜 혼자 왔냐고 물으니 부인은 걷기를 싫어한다고 했다. 꼭 내 경우와 같다고 말하며, 부부가 같이 도보여행하는 사람들이 부럽다고 했더니 자기도 그렇다고 했다.

나는 한자, 한글 그리고 영어로도 내 이름을 써서 주었다. 그러면서 그에게 간단하지만, 평소 한자와 한자어에 대한 나의 견해를 말했다. 내 지론은 이렇다.

『한자와 한자어는 서양의 라틴어와 같다. 이탈리아, 영국, 프랑스, 독일, 스페인 등 많은 유럽 나라에서 같은 말도 달리 발음되듯 한자도 중국, 한국, 일본, 베트남 등 여러 나라에서 달리 발음된다. 서남아시아에서의 산스크리트어도 그쪽 문화에서의 라틴어와 같다. 한자를 중국만의 문화라고 생각하지 말라! 수천 년 전에는 국가 개념도 경계도 없었다. 여러 나라들이 지금의 한자 문화에 기여를 했다. 중국인들이 자기들만의 것이라고 말하면 안된다.』

라고 나름은 간략하지만 명료하게 왕에게 꼰대 같지만, 일장 강의를 했다. 그는 조금도 반대하지 않았다. "당신 말이 맞다"고 동의까지 해주었다. 그는 벤네비스 산을 향하여 떠났고 나는 식당에서 밀린 어제 여행 일정 정리를 하고 10시 25분에 출발했다. 물론 9시 전에 캐리어 가방은 현관 앞에 갖다 둔 상태였다. 짐 운반업체 ASM에게는 오늘이 마지막 운반이 될 것이다. 단지 몇 킬로미터만 가면 되니 마음부터가 홀가분하고, 기분은 西하일랜드길을 다 끝낸 거나 다름없는 상태가 되어 있었다. 하지만 마지막에 매사 조심해야 함을 마음에 새기며 오늘의 걷기를 시작했다.

서두를 필요도 없어 천천히 오던 길을 되돌아 천천히 걷는데 주변을 구경하며 걷는데 그리 멀지 않은 거리임에도 출발한 지 약 35분이나 지나 11시경에 어제 이탈했던 西하일랜드길에 다시 합류한다. 西하일랜드 도보여행자(West Highland Hiker)라면 길을 이탈하면 불안해질 것이고, 길을 찾아 길에 들어서면 마음의 안정을 되찾을 것이다. 이제 쭉 걷기만 하면 된다. 날씨는 항상 그렇지는 않지만 자주 보는 현상으로 오늘도 아침에는 흐리다가 오후에는 맑아진다. 자주 그러는데 오늘도 숙소에서 출발 전에 해야 하는 절차로 얼굴에 자외선 차단제를 발라야 하는데 길 찾아 들어설 때 생각이나서 이때서야 바른다. 중요하지 않은 일이라 생각되나보다.

여행안내서는, 정확히 말하면 안내서 저자는 이제까지 자신 있게 안내를 잘하다가 西하일랜드길 종점이 가까워져 오니 이 장거리 둘레길에 대하여 도보여행자인 내가 막판에 실망하지 않을까 걱정스러운지 앞으로 남은 시시한(?) 공식 노선 말고 비공식 다른 노선도 있다는 것을 소개하고 있다. 안내서 저자 찰리 로람(Charlie Loram)은 어쩌면 이길의 마지막 부분에서 자신이 없었는지도 모르겠다. 안내서에 있는 그의 제안을 더 들어보면,

"장거리 길이란 대단한 화려함으로 끝맺기보다는 별 볼 일 없는 모습으로 끝나는 경향이 있는데, 西하일랜드길도 예외는 아닌 것이, 포트윌리엄까지 자동차 소음을 들어가며 A82 도로를 따라가는 굽어진 2마일의 보도를 터덜터덜 걷는 것으로 끝을 맺게 되어, 줄여서 말해도 용두사미다. 만약 당신이 '공식 노선'을 한발 한발 디디며 걸어야 한다는 생각에 빠져있지 않다면 당신의 西하일랜드길에게 가치있는 끝맺음을 부여하기 위하여 우리는 당신에게 공식 노선 길에서 벗어나 여러 노선 중 하나를 선택해서 걸으라고 강력히 제안하겠다."라면서 이탄길(Peat Track)과 암소 언덕 회전길(Around Cow Hill) 두 개 중 하나를 선택하여 걷기를 강력히 제안하고 있다. 그럼 나는 '西하일랜드길에게 가치있는 끝맺음을 부여하기 위하여' 이탄길이나 암소 언덕 회전길로 갔을까? 공식 노선에 있는 샛노란 西하일랜드길 상징 표시

(엠블럼)가 새겨진 길잡이 말뚝을 거스르고 다른 길로 가기에는 나는 너무나 보수적인 사람이라 공식 노선을 자동차 소음을 들어가며 터덜 터덜 걷기로 했다.

숲길을 한참 걸은 후 西하일랜드길은 글렌네비스 로에 합류하고 한참을 걸어 11시 40분경에 길옆 벤네비스 방문자센터(Ben Nevis Visitor Centre)에 도착한다. 영국 최고봉 벤네비스 산을 오르지 못할 망정 방문자센터는 둘러바야 하고, 또한 그곳에는 공짜 화장실이 있기도 해서다. 영국뿐만 아니라 유럽 여행 중에 공짜 화장실을 만나는 것은 조그마한 행운 중 하나일 것이다. 이제까지 걸어온 길과는 달리 도회지 포트윌리엄에 가까워짐에 따라 이제는 환경이 바뀌어 길가 아무 곳에서나 볼일을 볼 수 없게 된 것이다.

벤네비스 방문자센터는 원래는 글렌네비스 방문자센터(Glen Nevis Visitor Centre)였는데 2015년 벤네비스 방문자센터로 개명하고, 글렌네비스 마을을 여행하는 관광객과 벤네비스 산을 오르는 산

악인들에게 정보를 제공하고 있다. 개명 후에도 길가 팻말도, 인터넷 정보도, 책에서도 여전히 두 명칭 같이 사용하고 있어 헷갈리기 쉽다. 벤네비스 방문자센터에서 구경하고, 화장실을 본 후 12시경에 다시 걷기 시작한다.

글렌네비스 로를 따라 걸어 12시 15분경에 길 왼쪽 가에 사람키 높이의 커다란 바위를 만난다. 안내서에 따르면 '소원을 들어주는 바위(The Wishing Stone)'다. 공식적으로는 사무엘의 바위(Samuel's Stone)라 하는데 옛 전투를 기념하기 위한 것이고, 시의회의 바위(Stone of Council)와 소원을 들어주는 바위라는 속칭이 존재한다. 소원을 실현하기 위해서는 바위를 세 번 돈 후에 소망한 것을 빌어야 한다. 이 바위에 대한 더 많은 복잡한 −스코틀랜드의 이야기거리는 간단한 것이 하나도 없다− 과거 이야기들이 있는데 고단한 이방인 도보 여행자에게는 이 정도만 알아도 될성싶다.

(내가 이 바위를 지날 때는 어쩐 일인지 바위를 설명하는 아무런

설명 판이 없었다. 앞서 롭로이의 동굴에서 경험했던 것과 같이 낡은 설명 판의 교체 시기였을 듯도 싶다. 그래서 이것이 '소원을 들어주는 바위'라는 확신을 갖는 데에 별도의 시간과 노력이 필요했다. 하나 아쉬운 것은 나에게도 소망하는 것이 많은데 소원을 빌지 못했다는 점이다. 긴가민가 정보만 가지고, 확신이 없는데 바위를 한 번도 아니고 세 번이나 돌 수는 없었다. 안내서에도 세 번 이야기는 없었으니......)

소원을 들어주는 바위에서 길가의 야생화를 감상하면서 15분 남짓 더 걸어가 12시 35분경에 이번에는 길 오른쪽으로 큰 바위 가운데를 칼로 무 자르듯 반듯하게 잘라서 사람이 통과 할 정도의 길을 낸 이끼긴 바위를 발견한다. 다가가서 그 사이로 통과해 보니 다행히 설명 간판이 있다. 이름하여 글렌네비스(네비스 골짜기) 출입구(The entrance to Glen Nevis)라는 것이다. 글렌네비스에 들어가는 문을 이용하여 그곳을 빠져나가게 되는 모순된 행위가 된 듯하다. 하긴 西하일랜드길이 조성되기 전에는 험한 산악지대에서 글렌네비스에 접근하는 사람은 드물었을 것이다.

글렌네비스 출입구라는 바위 근처에서 약 10분간 주변을 구경하고 다시 가던 길을 가는 데, 포트윌리엄이 가까워지니 길가에 B&B

등 숙박 시설이 눈에 띄는데 모두가 다 빈방이 없다(No Vacancy)는 표시를 하고 있어 지금이 관광 성수기임을 실감한다. 12시 55분에 A82 도로와 만나는 회전교차로에 도착하고, 西하일랜드길은 그래도 비교적 한산한 교통량이 적어 편했던 글렌네비스 로路와는 작별하고 차량 통행이 많아 시끄러운 A82 도로와 같이해야 한다. 이 회전교차로가 西하일랜드길의 본래 종점이었다. 그것을 말해주는 커다란 표지판이 회전교차로 왼쪽 가에 설치돼 있다.

A82 도로 왼쪽 보도를 대형 화물차들의 소음을 감내하며 약 20분을 걸으면 포트윌리엄 도심(City Centre)으로 통하는 외곽에 접어든다. 이때 A82 도로에서 벗어나 시내로 통하는 하이스트리트(High Street)로 옮겨 걷는다. 조금 가니 오른쪽으로 스코틀랜드 왕립은행(Royal Bank of Scotland)이 있어 무조건 들어가서 250파운드의 구권 지폐를 신권으로 바꾼다. 다 교환해 주는 것이 아니라, 하루에 250

파운드만 바꿔준다는 것이다.

점심은 은행 바로 앞 음식점 크로프터(Crofter)에서 했다. 음식점에 들어서니 내가 혼자라서 여자 화장실 바로 앞에 있는 작은 식탁으로 안내했다. 남자 화장실 앞이라면 그대로 있었을 것인데, 화장실에서 나오는 여자들과 눈을 마주치며 식사를 하고 싶지는 않았다. 내 맘대로 다른 자리로 옮겨 앉았다. 비싼 것을 시켰다. 저렴한 것은 냉동된 것을 오븐이나 전자레인지에서 끓여 줄 가능성이 크다고 생각하여 28일간 숙성시켰다는 송아지 고기를 시켰다. 고기가 부드러울 것이라고 기대를 했다. 따뜻한 물을 달라고 했는데 레몬 한 조각을 띄워서 75페니를 추가했다.

28일간을 숙성했다는 송아지 고기라는 것은 엄청 질겼다. 그래도 돈이 아까워서, 또 장기간 걸어서 몸이 허기져 다는 못 먹었지만 제법 많이 먹었다. 너무나 질긴 것은 뱉어내기도 했다. 같이 나온 감자튀김(칩)도 많이 먹었다. 질긴 소고기를 많이 먹어서 소화가 잘 안되었다. 요즘 날마다 장시간 걷기 때문에 소화가 너무 잘되고 있는데도 불구하고, 위장이 너무나 질긴 소고기는 감당이 안 되는 모양이다. 이 질긴 소고기를 깜박하고 사진을 찍어놓지 못해 아쉬움이 남았다. 한이 남은 이고기에 관해 좀더 이야기 해보면,

차림표의 원문을 보면,

RIBEYE STEAK 2 (송아지 늑골 바깥쪽 살 스테이크 2)
A prime, 28 days matured, ribeye steak served with chips, onion rings and glazed rocket. (28일간 숙성시킨 최상급 품질 송아지 늑골 바깥쪽

살 스테이크에 감자튀김, 동그란 모양의 양파튀김과 윤을 낸 로켓 풀의 셀러드를 곁들임)

내 생각으로는 음식점에서 속였다고는 생각하지 않는다. 영어 RIBEYE가 송아지 고기만을 의미하지는 않는 듯 보인다. 미리 자세히 음식점 종업원에게 물어야 했는데, 그렇지 못한 나의 불찰로 보인다.

음식점을 나온 시간은 벌써 2시 30분이 지난 시간이다. 도심 도로 하이스트리트를 천천히 걸어 길 끝까지 가면 조그마한 광장이 나오는데 이곳이 西하일랜드길의 종점이다. 도착시간은 오후 2시 38분, 멀가이에서 출발해서 중간 글렌코 관광 하루 빼고 열흘 반나절 만에 도착한 것이다. 광장으로 들어서니 처음에는 동상 주변이 붐빈다. 사람들은 사진을 찍고 비워주면 좋은데 동상 옆에 앉아서 누군가에게 장시간 전화 통화까지 한다. 한참을 기다린 후에야 드디어 내 차지가 된다, 사실은 기다리는 시간이 불과 몇 분이지만 기다리는 한국인에게는 '장시간' 이고 '한참'이다. 아무리 용두사미로 끝을 맺는다지만, 사진 촬영 등 나름대로 의식(세리머니)이 있기 마련이다. 동상을 만져도 보고 기념사진을 찍는다. 광장 끝에 의자에 독특한 몸짓으로 앉아 있는 동상은 오른발을 왼쪽 다리 위에 올려놓고 주무르는 모

습으로 먼 길을 걸은 후 이제 쉬면서 아픈 발을 주무르는 형상이다. 이동상을 아픈 발상像(The Sore feet Statue) 또는 발이 아픈 남자(The Man with Sore Feet)라고 부른다. 이 동상 왼쪽 뒤편에 이곳이 종점임을 말해 주는 큰 간판이 세워져 있다. 거기에는 'Fàilte, The End of The West Highland Way'라고 쓰여있다. Fàilte는 팔터라고 발음하고 환영한다는 뜻으로 게일어의 원조인 켈트어에서 유래된 고어라고 한다.

뒷사람들을 위하여 기념사진 촬영 장소를 양보하고, 시내로 들어갔다가 한 시간 후에 다시 광장에 와서 둘러보았다. 이번에는 어느 규모 있는 방송국일듯한데, 西하일랜드길의 도보여행자가 이제 막 종점에 도착한 연기를 하는 여자배우를 촬영하고 있었다. 먼저 종점 표시 간판 바로 앞 잔디밭이 시작되는 석조 턱에 설정된 버스킹

남자가 열심히 기타를 치고 있고, 커다란 배낭 등 온갖 장비를 갖춰 도보여행자로 꾸민 빨간 모자를 쓴 여배우의 광장 진입부터 촬영을 하는데 배우 뒤에 세 사람이 따라붙었다. 촬영기사, 음향 담당자 그리고 아무 일도 않고 그냥 따라가는 것처럼 보이는 연출자로 보이는 사람이 모두 같이 따라가는데 기타맨은 계속 기타를 치는 가운데, 광장 초입부터 광장 끝까지 가는 장면을 대여섯 번이나 찍었다. 배우, 기타맨, 작가 등을 포함 총 일곱 명이 하는 작업을 멀리서 구경을 했다. 비평을 하자면, 극적 효과 때문인지는 몰라도 배우가 짊어지고 있는 배낭이 너무 크고 또 그 배낭의 외형이 너무나 반듯하여 스티로폴 같은 충전물을 넣어 가벼울 거라는 것을 누구나 느낄 수 있었고, 더구나 배우의 표정과 거동이 거대 배낭을 메고 긴 여정을 걸었을 법한 사람답지 않게 너무나 편해 보였다. 사실성이 떨어진 촬영으로 보였다.

포트윌리엄에 관해서 알아보면, 위치는 하일랜드의 로크아버(Lochaber) 주에 있으며, 린이 호(Loch Linnhe) 동쪽가 해안에 있고, 인구는 10만 명이 조금 넘는다. 주요 관광중심지로, 오른쪽으로 글렌코, 벤네비스 산, 오나크모(Aonach Mo) 산을 두고, 서쪽으로 글렌핀난(Glenfinnan)을 두고 있다. 또한 西하일랜드길의 종점이고 대협곡길(Great Glen Way)의 출발점이 있어, 산악인, 도보여행자, 자전거여행자, 역사 문화 탐방객, 휴일 행락객들(Holidaymakers)이 사시사철 이곳을 거쳐 가거나 이곳에서 숙박하는 중요 길목이다.

이곳에 대한 기록은 1654년 건설된 크롬웰의 인벌록키 수비대(Garrison of Inverlochy)의 목제 요새가 최초였다. 1688년 명예혁명 후 윌리엄 오렌지 공의 이름을 따서 윌리엄 요새(Fort William)로 이름을 지었다. 그 후 메리버러(Maryburgh), 다음은 덩컨스버러(Duncansburgh)로 부르다가 다시 윌리엄 요새(Fort William)로 최종 재개명했는데, 이번에는 오렌지 공 윌리엄이 아니라 컴버랜드 공작, 윌리엄 왕자(Prince William, Duke of Cumberland)의 이름을 딴 것이다. 나 개인적인 생각으로는 오렌지 공 윌리엄이든, 컴버랜드 공작 윌리엄이든 역사적 관점에서 스코틀랜드 민중들에게 결코 우호적이지 않았는데 여전히 포트윌리엄이라니 고개가 갸우뚱해진다. 컴버랜드 공작 윌리엄은 1746년 자코바이트 군대와 정부군 사이의 마지막 전투인 컬로든 전투(Battle of Culloden)의 정부군 측의 총사령관이었다. 그는 반대파가 붙여준 별명이 '도살자 컴버랜드(Butcher Cumberland)'였을 정도로 무자비한 인물로 알려져 있다.

방송프로를 위한 촬영 전문가들의 촬영을 재미있게 구경도 했겠다 이제 미련 없이 광장 종점을 떠날 수 있었다. 다시 하이스트리트를 걸어 시내로 들어갔다. 거리를 걷다보니 아까 돈을 바꿨던 은행과 이름은 비슷하지만 다른 은행을 발견해서 들어갔는데 이곳은 스코틀랜드 은행(Bank of Scotland)이었다. 여기서는 하루 교환 한도가 150파운드였다. 이제 남은 180파운드는 내일 바꾸면 된다. 갑자기 부자가 된 기분이 들었다. 구권이라서 오늘까지 못 쓰고 신용카드를 대부분 사용했는데 그래서 신권으로 바뀐 지폐를 가지고 귀국할 것이고, 다음 여행 때 가지고 나올 텐데 그때도 오늘처럼 은행을 찾아다니면서 신권으로 바꿔야 할 것이다. 엘리자베스 2세 여왕의 초상이 찰스 3세 왕의 것으로 바뀐 지폐로 바뀔 것이 뻔하기 때문이다. 이래저래 올 때마다 영국화폐를 신권으로 바꾸게 된다.

하이스트리트와 접해있는 캐머런 광장(Cameron Square)에 있는 西하일랜드 박물관(West Highland Musuem)에 갔다. 홈페이지는 www.westhighlandmuseum.org.uk

4시 10분에 입장하여 하절기(4월~10월) 마감 시간인 5시까지 50분간 둘러보았다. 西하일랜드에 대한 귀중하고 흥미로운 것으로 가

득했는데 그 중 내 눈을 특히 *끄는* 두 가지를 소개한다.

　에든버러가 현대의학이 발전했다고 하던데 18세기 초 시체해부에 필요한 시체가 부족하여 시체 절도가 극심했고, 급기야 살인까지 해서 시체를 파는 일까지 있었다고 한다. 이즈음 시체를 도둑들로 부터 보호하는 관 지킴이 장치를 그에 따른 설명과 함께 전시돼 있어 소개한다. 설명문에 의하면 사진은 온전한 것이 아니며 뚜껑이 없는 관 지킴이 일부로 보인다.

『관棺 지킴이(Coffin Guard)

이것을 관 지킴이 또는 시체 금고라 했다. 최근 사망한 사람의 시신을 도둑질하는 '시체 절도'를 못 하도록 설계된 것이다. 18세기 초엽, 스코틀랜드 등 여러 곳에서의 의과대학에서 시체를 조직적으로 해부하기 시작하였는데, 이는 학생 교육을 위한 것이지만, 또한 의학 발전을 위한 것이었다. 그러나 그들이 사용할 수 있는 시체의 수는 한정되었는데— 일반적으로는 사형수의 시체만 사용할 수 있었는데— 이는 곧 수요가 공급을 앞질렀다. 이는 최근 무덤에서 시체를 도둑질하여 해부학자들에게 파는 시체 장물 매매의 원인이 되었다. 이런 시체 매매의 관행은 놀랍게도 불법행위가 아니었다. 그러나 철제관 지킴이가 발명된 1816년쯤까지는 효과적인 방지책이 없었다.

이것을 관 위와 주위에 설치했고 —우리 것은 원래 균등하게 무거운 철제 뚜껑을 가지고 있었는데— 절도 대상 시체가 충분히 썩어 상품 가치가 없어질 때까지 관을 보호하기 위하여 그곳에 설치해 두었다.

관 지킴이는 비싸서 부자들만이 살 수 있었다. 그러나 때로는 교회가 사서 설치하기도 했다. 관 지킴이는, 1820년대에 에든버러에서 활동했던, 모든 시체 도둑 중 가장 유명한 버크(Burke)와 헤어(Hare)에게는 무용지물이었다. 그들은 관 단계를 거치지 않고, 살인을 해서 그 시체를 직접 의사들에게 팔았다.』

나의 흥미를 끄는 또 다른 전시물로는 찰스 에드워드 스튜어트 왕자(Prince Charles Edward Stuart), 별명으로는 꽃미남 찰리 왕자(Bonnie Prince Charlie)의 초상화다. 보통 초상화가 아닌 특별한 초상화다. 쟁반에 그려진 무엇인지 모를 그림인데 그 그림이 특정 각도에 비치면 초상화가 나타나게 되는 쟁반 위의 그림이다. 설명문을 보면 더 자세히 알 수 있다.

『비밀 초상화(The Secret Portrait)
이것은 일종의 비뚤어진 모습의 그림이다. 특정한 각도에서 바라보아야만 그림이 올바르게 보이는 방법으로 그린 그림이다. 이 기법은 레오나르도 다 빈치가 사용했던 15세기에 알려졌고, 런던 국립 미술관에 있는 대사들(The Ambassadors)이라는 홀바인(Holbein)의 그림에서 가장 유명하게 나타나 있다. 우리 박물관의 비뚤어진 모습의 그림에는 원통에 일그러짐이 반사되는데, 이는 중국으로부터 서구에 소개된 방식으로 1638년 파리에서 출간된 한 책에 그려져 있었다.

1745년 봉기 후, 꽃미남 찰리 왕자(Bonnie Prince Charlie) 지지자들은 여전히 충성심을 보여주고 싶어 했으나 공공연히 표현하는 것은 반역이었다. 이 비뚤어진 모습의 초상화는 문제를 우회하는 하나의 방법이었는데; 만찬 끝에 초상화 쟁반을 식탁 위에 올려놓고, 원통 또는 포도주잔을 쟁반 가운데 올려놓고 왕자에게 건배했다. 만약에 만찬이 방해를 받으면 쟁반은 의미 없는 얼룩으로 보이거나 또는 다른 엉뚱한 쟁반으로 바꿔치기할 수 있다.

우리는 누가 그것을 그렸는지, 전 소유자가 누구인지 알지 못한다. 이 그림은 박물관 설립자가 런던의 한 가게에서 우연히 발견했고, 이 그림은 가장 잘 알려진 전시물 중 하나다.』

벽에는 왕자의 보통 초상화가 걸려있고, 그 밑 유리관 속에 문제의 초상화가 전시돼 있다. 나는 각도를 잘못 잡아 둥근 컵에 왕자의 초상화가 나오는 사진을 찍는 데 실패했다.(초상화가 컵에 나타난

사진은 다른 곳에서 구했다. 왕자는 스튜어트왕조 복원의 소원을 이루지 못한 한을 안고 여생을 보내다 이탈리아 로마에서 1788년 1월 30일에 67세로 심장마비로 사망했다. 현재 몸은 바티칸에 있는 성베드로 성당(St. Peter's Basilica)에 묻혀있으며, 심장은 원래 묻혔던 로마 인근 프라스카티 대성당(Frascati Cathedral)에 묻혀있다. 박물관에는 그의 복제 데스마스크(Death Mask)가 있다.

박물관을 나온 5시 이후에 구글 지도를 보며 숙소를 찾아 나섰다. 30여 분을 걸어서 시내 외곽에 있는 오늘의 숙소 포트윌리엄 백팩커스(Fort William Backpackers)에 도착하였다. 내 방은 2층 침대 세 개로 총 6명의 방이다. 내 침대는 아래 침대로 미리 정해 놓았다. 여기는 재미있게도 침대마다 유명인들의 이름이 써 붙어있었다. 내 침대에 붙어있는 유명인은 글라스고 출신 희

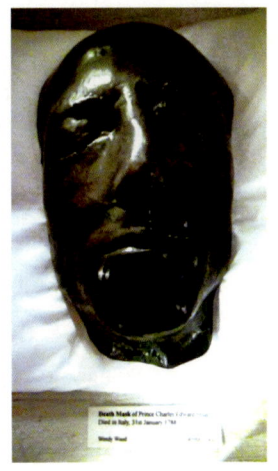

극인 배우 빌리 코널리 (Billy Connolly) 였다.

접수인 청년에게 내일 글라스고 가는 방법을 물었다. 먼저 버스가 좋으냐 기차가 좋으냐를 물었다. 그는 버스를 권했다. 기차는 지금 파업 중이라고 했다. 파업이라면 내가 표를 미리 사둬도 내일 그 기차가 안 갈 수 있다. 그러면 낭패다. 나는 내 스마트폰에 해당 앱이 없으니 가서 표를 예매하려고 버스 터미널로 향했다. 버스 터미널은 기차역 부근이라 했다. 기차역을 지나가는데 기차역 매표소 앞에 몇 사람이 줄을 서서 기다리고 있었다. 기왕 왔으니 이곳에서 기차 사정을 물어나 보자고 나도 줄을 서서 잠시 기다린 후 내 차례가 되어 매표 직원에게 물었다.

나　　　내일 글라스고에 가려는데 지금 파업 중이라면서요?

직원　　아니요. 우리 회사는 정상 운행합니다. 파업은 다른 회사 이야기입니다.

나　　　그럼 내일 정상 운행한다는 것이지요?

직원　　그렇다니까요 내일 몇 시 것 드릴까요?

나　　　글라스고까지 몇 시간 걸려요?

직원　　네 시간입니다.

나　　　네 시간이나요? 휴~~~멀군요. 내일 12시쯤으로 주세요.

직원　　11시 40분 것 있습니다. 그 시간 것으로 하시겠습니까?

나　　　네. 그렇게 해주세요. 이제 올 일이 없으니 편도로 주세요. 왕복하고 작은 차이가 있는 것으로 아는데 이번에는 귀국해야 하니 당분간은 절대 올 일이 없겠지요.

그녀는 내가 편도로 끊어 달라는 대도 불구하고 왕복표를 끊으라고 했다. 처음에는 그 이유를 몰랐다. 다시 캐물어 그 이유를 알고 다시 한 번 놀랐다. 예전 잉글랜드에서 편도와 왕복 기찻삯의 차이가 너무나 미미해서 놀랐는데 이번에는 한술 더한 것이다. 그녀의 설명을 들어보면,

직원	왕복이 더 싸다니까요. 편도는 34.50파운드고요, 반면 왕복은 32.80파운드랍니다. 그래서 왕복표를 권하는 거예요. 화면에 띄워 드릴게요. (앞에 있는 화면에 각각의 기차비를 보여주었다)
나	맙소사! 무슨 체계(System)가 이래? 당연히 왕복으로 끊어야겠군요. 왕복으로 주세요!

참 별난 요금 체계가 다 있다. 경제학을 잘 아는 누군가에게 왜 이런 요금 체계가 생겼는지를 묻고 싶다.

석식과 내일 조식을 위해서 뭘 사야 해서 테스코(TESCO)에 들렀으나 내 맘에 든 적당한 것이 없었다. 기차역 건너 더 큰 슈퍼마켓 모리스(Moris)에 가니 한국업체 농심 신라면과 김치라면이 있어 그것을 샀다. 생산지가 어디인지 확인이 안 된 즉석밥도 샀다. 과일도 샀다. 김치라면을 끓이고 즉석밥을 전자레인지에 돌려 같이 먹었다. 낮에 점심으로 먹은 질긴 소고기 때문에 소화가 덜되어 배는 고프지 않았으나 저녁은 먹어야겠기에 먹은 것이다. 11시 30분경에 잠자리에 들었다.

사용한 비용
£5.95 조식 · £85.00 새끼양목도리5 · £1.99 사과 · £0.99 즉석밥 · £1.19 김치라면 · £1.19 신라면 · £0.80 귤 · £0.40 종이백 · £0.35 빵 · £17.99 점심 · £0.75 뜨거운물 · £32.80 글라스고행 왕복기차표예매 · £27.50 숙박

차창 밖으로 西하일랜드길과
베인도레인 산을 다시 바라보며

2023년 6월 7일 · 수요일 · 아침에 조금 흐리고 맑아짐
포트윌리엄 — (기차) → 글라스고

○
●

　새벽 1시경에 눈을 떠 화장실에 갔고, 그 후 잠이 들었다가 다시
깼는데 속이 더부룩해 불편해서였다. 소화가 안 된듯했다. 점심때 먹
은 질긴 소고기가 위를 휘저어놓은 것 같았다. 소화제를 좀처럼 안 먹
는데 할 수 없이 비상약으로 가지고 온 베아제를 한 알 먹지 않을 수
없었다. 조금 나아진 듯했고 다행히 이내 잠이 들었다. 이때가 아마 두
시경일 것이다. 4시경에 또 깼으나 속이 전처럼 불편하지는 않았다. 창
밖은 벌써 훤했고, 다시 잠이 들었다.

　7시 반쯤 라면과 즉석밥을 해서 먹었다. 짐을 싸고, 원칙은 짐과
함께 10시에 퇴실(Check Out)해야지만, 양해를 얻어 짐을 두고 나갔
다. 스코틀랜드 왕립은행(Royal Bank of Scotland)에 가서 남은 180
파운드를 신권으로 바꿨다. 은행에서 나와 급히 기념품 가게에 갔더니

내가 눈여겨 보아두었던 남아있는 컵 받침 2개와 '2023년에 나는 西하일랜드길을 걸었노라'라는 문구가 있는 티셔츠를 하나 샀다. 다른 가게 몇 군데를 급히 들러 보았다. 이러는 동안 귀중한 시간은 흘러 급히 뛰어 10시 55분에 숙소에 도착했다. 급히 무거운 캐리어를 끌고 기차역으로 이동하였다.

대합실에서 많은 사람들이 웅성거리고 있다가 플랫폼이 정해진 후 그곳으로 이동했다. 플랫폼에서 가족 여행객으로 보이는 등산객 차림의 초로의 여자 여행객이 말을 걸어왔다. 나에게 西하일랜드길을 걸었느냐고 물었다. 내가 그렇다고 하니 자기들도 그 길을 걸었다고 했다. 남편, 아들, 딸 등으로 보이는 사람들과 옆에 다른 가족들도 있었다. 그녀는 나보고 일본인이냐고 물었다. 처음부터 일본인으로 알고 미소지으며 말을 걸었던 듯했다. 드디어 '국적 맞추기 시합'이 시작되고 이제 마지막이 될 나의 '레퍼토리'가 내 입에서 재생되었다. 그래도 못 맞추니 내 입장에서는 야속했다. 나는 할 수 없이 내 입으로 한국인임을 밝히며 당신들은 어디서 왔느냐고 물으니 미국 미주리 주에서 왔다고 했다. 5인 가족인데 나와는 인연이 있었는지 기차 속에서는 남편은 나와 나란히 앉게 되고 주변에 나머지 가족들이 앉았다. 남편과는 몇 가지 이야기도 나누었으나, 그는 시종일관 소설책을 읽었다. 기회를 봐서 먼저 궁금해서 글라스고까지 편도를 끊었느냐 왕복을 끊었느냐고 물으니 당연하다는 듯이 편도를 끊었다고 말했다. 어제 있었던 기차표 예매에 관해 매표 직원과 나눈 대화의 자초지종을 이야기했더니 그는 재빨리 계산하여 1인당 약 2파운드, 전 가족 합계 10파운드를 손해보았다고 하며 웃었다. 그러면서 이 이상한 요금 체계에 대한 나름의 분석을 했다. 많은 사람들이 걸어서 포트윌리엄까지 와서, 갈 때는 기차를 타고가니, 즉 기차가 빈 차로 왔다가 만원으로 가니 그런 요금 체계가 되지 않았겠느냐고 하는데, 나는 겉으로 표현하지는 않았으나 동의할 수 없었다. 폭풍으로 스코틀랜드 나무가 잘 넘어지는 이유가 토양 양분이 윗부분에 많아 뿌리내리기를 싫어해서라는 나의 의견에 그는 그것보다도 그 밑은 바위라서 더 이상 뿌리를 박지 못해서 발생한 현상일 거라고 했다.

기차는 두 세개의 호수를 멀리서 지나더니 브리지오브오키를 지나고 원뿔 모양의 베인도레인 산을 다시 차창 밖으로 보니 반가웠다. 이어서 오우트킨글라스 고가교(Allt Kinglass Viaduct)도 보았다. 上타인드럼 그리고 크리안라리크를 차례로 지나는데 여기까지는 내가 지난 며칠간 멀리 기차 소리를 들으며 걸었던 西하일랜드길을 이번에는 기차 차창을 통해 힘들었던 길을 회상하며 바라볼 수 있었다. 크리안

라리크 역에는 1시 27분에 도착하여 곧 출발했는데 이후부터는 기차는 西하일랜드길과는 아주 멀어지게 된다.

글라스고 여왕가역(Queen Street Station)에 오후 3시 33분에 도착했다. 약 네시간 소요되었다. 캐리어를 끌고 30여 분을 걸어 유로호스텔에 4시 5분경에 도착했다. 방은 2층 침대 네 개 로 총 8인 방으로 내 침대는 문에서 가까운 아래층이었다.

저녁 식사가 문제인데 중앙역(Central Station) 부근 블루라군(Blue Lagoon)이라는 피시앤드칩스(Fish and Chips) 전문점에서 했다. 여기서는 칩스(Chips)는 기본이고 피시 외에 닭고기도 있다. 나는 닭고기를 선택했다. 음식 이름은 〈CHICKEN GOUJONS, 5 PCs of fried chicken goujons〉, 닭고기 튀김 다섯 개, 감자튀김 그리고 채소가 나왔다. 맛이 좋았다. 영국을 처음 여행할 때는 영국의 대표 음식이라 피시앤드칩스를 일부러 피했다. 음식으로 치지 않고 무시했다. 그런데 그동안 여행하면서 느낀 것으로 이탈리아 음식 등을 찾아 먹어보았지만 가격 대비 맛이 형편없었다. 깨달음이 있었는데 그것은 '그나라에서 제일 잘 한다는 음식을 먹어야 한다'였다. 피시앤드칩스는 가성비대비하여 실망을 주는 일은 없었다. 이곳 닭튀김도 좋았고, 감자튀김 즉 칩스도 좋았다.

숙소에 오면서 뜻밖에 한국 음식점을 발견했다. 이름은 희한하게도 빙방보쉬(Bing Bang Bosh)라는 뜻을 알 수 없는 간판인데 온갖

(?) 한국음식들을 팔고 있었다. 흥미를 느껴 구경삼아 들어가 보았다. 희한하게도 손님도, 주인도, 종업원도 모두 백인들이었다. 내일 귀국이라서 이번에는 기회가 없었지만, 다음에 온다면 꼭 들러 식사를 해보려고 한다. 한국인이 혼자 와서 휙 둘러보고 가니 모두가 주목했을 것이다.

사용한 비용
£19.99 티셔츠 · £7.00 컵받침 2 · £8.95 석식 · £27.50 숙소

집으로

2023년 6월 8~9일 · 목~금요일 · 글라스고 조금 흐림, 인천, 서울 맑음

○
●

　새벽 두 시쯤일까? 어찌 몸이 추워졌다. 그대로 계속 자려고 했다
가 안 되겠다 싶어 잠옷 위에 점퍼를 걸치고 유스호스텔 접수대에 갔
다. 접수대에는 처음 본 낯선 사람이 앉아 있었다. 나이가 60은 족히
넘어 보이고 조금 비만한데 머리를 위로 묶은 독특한 머리 모양을 한
여자였다. 옛 미국영화 〈남태평양〉에 나오는 원주민 여자가 연상되는
모습인데, 몸체는 더 작고 첫인상으로 원주민 여자와는 달리 심술궂게
생겼다. 내가 추위를 느끼는데 덮을 이불을 하나 더 달라고 부탁했다.
그녀는 개그맨이나 흉내 낼 수 있을 만큼 난해한 표정으로 얼굴을 요
상이 찌푸리더니 도저히 알아들을 수 없는 억양으로 뭐라고 하는데,
"가당치 않은 소리말라! 추위는 무슨 추위냐?"라고 말하는 듯 느꼈다.
나는 추가비용을 내겠으니 하나 더 달라고 했다. 그녀는 뭐라고 직원
에게 지시하니, 그 젊은 남자 직원은 접수대 뒷방으로 가서 하얀 이불

커버 하나를 나에게 가져다주었다. 나는 이것으로 되겠느냐며 이불을 달라고 했다. 이번에도 그 여자는 직원에게 뭐라고 하니 그는 다시 이불 커버 하나를 추가로 갖다주었다. 나는 불만스럽지만 그 두 개의 이불 커버를 가지고 몇 발자국을 걸어 승강기 앞에가서 빨리 오지 않는 승강기를 기다리는데, 이 두 장의 이불 커버로는 어림없겠다는 생각이 다시 들고 갑자기 화가 나서 다시 접수대로 되돌아온다. 그사이 카리스마 넘치는 보스 여자는 유스호스텔 건물 문밖에 담배를 피우러 나간 건지 다른 젊은 부하 직원들과 같이 나가 있고, 아까 이불 커버를 갖다준 직원만 접수대에 남아있다. 그에게 나는 다시 부탁한다.

나　　　추가 비용을 내겠으니 이불을 갖다주세요. 이 두 이불 커버를 더 덮는다고 해결될 것 같지는 않아요.

직원　　(예상한 대로 밖에 있는 보스를 가르키며 공손하게) 저분 명령에 복종할 수밖에 없습니다. 저분에게 부탁해 주세요. (그는 나에게 매우 어렵다는 표정을 지어 자기의 입장을 이해해 달라는 표시를 한다. 나는 즉시 현관 밖에 있는 보스에게 달려가 화를 내며 이번에는 큰 소리로 말한다.)

나　　　아니, 손님이 춥다는데, 그리고 추가비용까지 내겠다는데 이불 하나 못 준단 말이오? 난 지금 추워서 잠을 못 자겠단 말입니다!!!

보스 여자도 화가나 씩씩거리면서 뭐라고는 하나 나는 못 알아듣겠고, 주변의 젊은 남자 부하직원들이 무슨 일인가 궁금해서 가까이 모여든다. 그들은 내가 행패를 부리는 것도 아니고, 춥다는 나를 제지할 수는 없을 것이다. 그녀는 나의 계속된 큰 목소리의 항의에 씩씩거리면서 접수대로 돌아와서 컴퓨터에서 뭔가를 보기 시작한다. 나는 화면을 볼 수 없으니 그녀가 뭘 보는지 알수 없고 그녀의 현란한 얼굴 표정으로도 확실하게는 알 수 없다. 이윽고 그녀는 아까 그 직원에게 또다시 뭔가 지시를 하니 그는 이번에는 접수대를 나와서 승강기 쪽으로 간다. 한참을 기다리니 그가 새 이불을 하나 가지고 온다. 나는 그 직원에게 고맙다고 말하고 이불을 받아 들고 침대로 와서 이미 덮던 이불 위에 새로 가져온 이불을 덮으니 이제야 살 것 같다. 다시 편히 잠들 수 있었다.

실내가 추운, 이 불상사의 책임이 꼭 숙소 측에만 있는 것은 아닐 것이고, 내 생각이 못 미쳐 생긴 측면이 있다. 날이 밝은 후 일어나서 가만히 생각해 보니 스코틀랜드에서 밤에 추웠던 적이 한 번도 없었고, 이 유스호스텔에서, 처음 글라스고에 도착해서 두 밤을 잘 때도 매우 쾌적했는데 어젯밤에만 왜 추웠을까?라는 생각에 미치자 다른 사람들의 침대에 가까운, 검은 커튼으로 가려진 창문을 조사해 보았다. 아나나 다를까 의심한 대로였다. 한 창문이 한 뼘 정도 밤새도록 열려 있었던 것이다. 다른 젊은 사람들은 다 견디고, 혹은 추위를 못 느꼈을 수도 있다. 나만 추위를 느꼈던 것이다. 암튼 숙소 측에 미안한 감이 들었다. 아침에 일어나서 보니 근무자들이 모두 바뀌기도 하여 미안하다는 말을 하지 않았다. 내 불찰이었다. 다음부터는 이런 경우 꼭 창문 확인하는 것을 잊지 않아야 할 것이다.

조식 전에 숙소 바로 앞으로 흐르는 클라이드 강(River Clyde)

위의 글라스고 다리(Glasgow Bridge) 위를 잠시 산책했다. 8시경에 식당에서 조식을 하고, 9시 45분경에 바퀴 하나가 불안전한 무거운 캐리어를 끌고 방을 나와 퇴실(Check Out) 절차를 밟았다.

　거리에 나와보니 10시가 안되어도 가게가 열려있었다. 기념품 가게에 들러 포트윌리엄에서 못산 컵보드를 사려고 했으나 내 맘에 든 것이 없었다. 그러는 사이 여행 초기부터 불안정했던 캐리어의 바퀴 하나가 드디어 글라스고 도심 한복판에서 멀리 떨어져 나갔다. 지나가던 행인이 주워다 준 바퀴를 받아서 근처 쓰레기 통에 팔에 힘을 주어 던져 버렸다. 인천국제공항에서부터 속을 썩힌 바퀴인데 그동안 애써 견디면서 붙어있어 주어 끄는 데 힘을 보탰는데 이제 떨어져 나갔으니 거리에서 캐리어를 끄는데 더욱 힘들어졌다. 세 바퀴만 달린 캐리어를 겨우 끌고 로이드빌딩 앞 500번 버스 정류장에 도착했고, 10시 21분 발 공항행 버스에 탑승했다. 공항에는 10시 42분에 도착하니, 공항까지 약 20분 소요되었다.

글라스고 국제공항의 출국수속대 항공사직원은 인천국제공항의 항공사 직원과는 달리 매우 친절했다. 글라스고에서 두바이까지는 좌석번호 48A로 창 측을 주었고, 두바이에서 인천까지는 창 측이 없다며 좌석번호 E, F보다는 나은 복도 측 J를 주었다. 그리고 Seating Zone은 C를 주어 일반석으로는 맨 처음 순서로 탑승할 수 있었다. 짐을 부친 후 출국 보안대를 거쳐야 하는데, 객실로 가져가는 작은 배낭에 귤 하나와 사과 하나가 맘에 걸리나 귀찮기도 하고 이것 정도야 무슨 문제가 될까? 라는 생각에 한번 시험 삼아 꺼내 먹어 치우거나 버리지 않고 그대로 보안 심사를 받았다. 아니나 다를까 내짐은 엑스레이 검사를 통과하지 못하고 말았다. 내 앞 청년은 재심사를 받는데, 심사관이 손가락 크기의 종이 막대에 무슨 약품이 발라져 있는지, 그것을 가지고 재심 승객 가방 이곳저곳을 세심하게 바르며, 구경하는 나를 좀 더 멀리 가라고 재촉하면서 복잡한 검사를 했다. 나에게도 저러려니 하며 차례를 기다리고 있는데 내 것을 다른 사람이 가져가더니, 주인인 나를 불렀다. 재빨리 내가 가니, 그녀는 나에게 "가방 속에 플라스틱 병이 하나 있는데 꺼내겠습니다"라고 말한 후 가방을 열고 아침에 250ml 보온병에 뜨거운 물을 담아 넣었는데 그것을 찾아 꺼내더니 내용물을 버리겠노라고 하면서 물을 근처 통에 버리고 보온병을 다시 배낭에 넣은 후 가방을 닫고 모든 다른 물건과 함께 나에게 인계했다. 문제는 과일이 아니라 물이었다.

　　글라스고 국제공항 출국 심사대를 지나 면세점에 들어서서 가장 급선무는 대학 친구들을 위해 스코틀랜드 위스키를 한 병 사는 것이었다. 즉시 카카오톡으로 친구들에게 연락을 했다. 술을 즐겨 마시지

않는 나는 술, 특히 위스키에 관해 아무것도 모른다 그래서 구매하는
데 조언을 부탁한다는 메시지를 보냈다. 싱글몰트가 좋다, 로열설루트
가 좋겠지만 너무 비싸다. (나의 주머니 사정을 생각해서) 서민적인 시
바스리갈도 좋다는 등 몇 가지 의견을 보내왔다. 나는 옛 대통령이 좋
아했다는 시바스리갈이 스코틀랜드산인지를 오늘에야 알았다. 그정
도로 이 방면에 무식한 것이다. 비싸면 얼마나 비쌀까 하는 호기심에,
비싸더라도 친구들이 마시고 싶어 하는 것을 사고 싶어 로열설루트가
있냐고 물으니 점원은 그런 상표를 모른다고 했다. 아마 위스키에 관
해 아직 잘 모르는 신참 점원이었을 것이다. 나는 친구들에게 스토리
가 있는 것으로 먹이고 싶어 옛적에 한 사형수가 교수형을 당했는데
시체를 부인이 찾아 배로 호수를 가로질러 가던 중 위스키에 자기 젖
을 짜서 타서 먹였더니 살아나서 그 후 천수를 누렸고 나중 그것이 상
표가 되었다는데 그 상표의 위스키가 있냐고 물었더니 그 점원은 그런

전설같은 이야기 자체를 모르고 있었다. 아마 있더라도 비쌀 것이다.

◆ ◆ ◆

여행이 끝난 후, 여행 가기 1년 반전에 우연히 TV 다큐멘터리 프로에서 보았던 이 '스토리'가 있는 위스키를 나름 추적해 보았다. 맥펀 위스키(The Macphunn Whiskey)다. 이 위스키의 이름으로까지 전해지게 된 '스토리'는 여러 가지 판(版 version)이 있는데 내 개인적 생각으로 크게 두 가지로 분별해 본다. 하나는 맥펀 위스키업체의 광고성 스토리다. 그런데 오래된 전설로 이끄는 면이 있다. 전설을 시작해 보면,

옛날 옛적 이야기로 어느 시골에 드립의 아치볼드 맥펀(Archibald Macphunn of Drip) 이라는 불량배가 살았는데, 그는 양 도둑질을 해서 교수형을 당했다. 그의 아내는 남편의 시신을 수습해서 배에 태워 호수를 가로질러 집으로 향했다. 당시 아내는 갓난아이에게 젖을 물리고 있었는데, 남편의 시신이 미세하게 움직여 실룩거림을 감지하고 즉시 아이를 품에서 내려놓고, 위스키 한잔에 모유를 짜서 섞어 파리한 입술의 남편 입에 강제로 넣었다. 남편은 두 뺨에 생기가 돌고 배가 뭍에 도착했을 때는 완전히 살아나 눈을 뜨고 Uisge Beatha(이쉬카 바카)라고 말했다. 이는 게일어로 생명의 물(Water of Life)이라는 뜻이

다. 스코틀랜드법은 동일한 범죄로 두 번 벌할 수는 없었기에 그 후 드립의 아치볼드 맥편는 천수를 누렸다.

상기 이야기로는 우리가 흔히 접하는 호랑이 담배필 때의 비현실적인 전설 그 이상도 이하도 아니라는 생각이 들 것이다. 그러면 다음의 두 번째 이야기는 전설하고는 거리가 멀다.

1691년 1월 15일 드립의 아치볼드 맥편(Archibald Macphunn of Driepp)은 -이름의 드립은 Drip, Driepp, Dripp 등으로 철자가 일정하지는 않다- 인버레어리(Inveraray) 법정에 섰다. 죄목은 살인이었다. 1690년 년말경 어느 날 그와 그의 아내 아그네스(Agnes)가 함께 운영하는 여관에 덩컨 캠벨(Duncan Campbell)이 왔다. 캠벨 씨족은 맥편 가족과는 구원이 있었다. 덩컨의 아버지가 아치볼드 맥편 가족들을 살고 있던 토지에서 몰아냈다는 기록이 있었다. 아치볼드 맥편은 덩컨을 칼로 찔러 죽였고, 체포되어 인버레어리 법정에 섰다. 결과는 교수형을 선고받고 형이 집행되었다.

남편 시신을 수습하고 파인 호(Loch Fyne)를 가로질러 가는 뱃속에서 아내 아그네스(Agnes)는 남편의 시신이 움직이는 것을 감지했다. 그녀는 즉시 수의를 찢고 위스키에(일설에는 브랜디라고 했다) 그녀의 모유를 타서 먹였다. 다른 설에서는 교수형 후 살아있는 것이 뇌물의 작용이 아니었냐는 말도 있는데 주설은 아니다. 하여튼 크레간(Creggan)에 도착해서는 완전히 살아났다. 스코틀랜드법에 의해서 다시 형이 집행되지 않았고, 40년을 더 산 후 현재 스트라커(Strachur) 교구 교회 공동묘지에 묻혀있다. 생전에 아가일(Argayll)과 그 주변 지방에서는 그를 교수형 반만 당한 아치(Half-hanged Archie, Halfhung Archie)라는 별명으로 불렀다.

위스키업체 것인 첫 번째 이야기는 형식이 전설에 가깝고, 두 번째 것은 논픽션이다. 그러면 위스키업체에서는 왜 사실을 전설로 둔갑시켰을까? 역시 내 생각으로는 맥펀(Macphunn)의 죄명 때문으로 보인다. 상업적으로 살인자 이름의 상표보다는 도둑 이름의 상표가 더 나을 것이기 때문이다. 신뢰가 가는 역사적 사실을 포기하고, 살인자를 도둑으로 각색하려면 사실과 부합하지 않아도 되는 전설이 상업적으로는 더 나을 것이다. 모유 건은 사실일 수도 있지만, 죽음에서 막 깨어난 사람이 생명의 물이라는 뜻의 Uisge Beatha(이쉬카 바카)라고 말했다는 것도 매우 상업적 이유의 각색으로 보인다. 맥펀 위스키는 이쉬카 바카, 즉 생명의 물과 같다는 TV 광고에서나 나옴 직한 표현을 거기다 끼워 넣었다고 생각된다. 스코틀랜드를 포함한 영국인들의 천재적 상술의 발로로 보인다. 아무리 비싸더라도 다음번 여행 때는 꼭 한 병 구입해서 친구들의 입에 이 이쉬카 바카(생명의 물)를 넣어주고 싶다는 생각이 나에게도 드는 것을 보면 대단한 상술임이 입증된 것으로 보인다.

◆ ◆ ◆

결국 이것도 저것도 없으니 내가 걸었던 곳에서 생산된 하일랜드산産으로 시바스리갈 할인 가격 보다는 세배쯤 비싼 12년 페터칸(Fettercairn)으로 구매했다. 이리저리 위스키를 찾아보고 다른 물건들도 구경하면서, 자연스레 목이 말랐다. 내 앞에 갑자기 거꾸로 세워

둔 식수통이 나타났는데 그 식수통 속의 물이 너무나 맑았고 거품이 약간 보글거리는 것이 보였는데 정말 마시고 싶은 물이었다. 그 위에 고깔 종이컵이 있어 자연스럽게 그 종이컵을 하나 빼서 들고 물을 조금 따라 마셨다. 그 물맛이 너무나도 좋았다. 그때 마침 그 상점 점원이 차단 줄을 치면서 웃으며 이 물은 여행객용이 아니라고 항변했다. 나도 웃으며 착각했다며 차단 경계줄이 없어 누구나 마셔도 되는 줄 알았다고 변명하며, 그런데 물맛이 참 좋군요 라고 대꾸하며 서로 보고 웃었다. 왜 고깔 컵에 조금만 따랐을까? 좀 더 많이 따라서 마실 걸 뒤늦게 후회했다. 내가 마셔본 냉수 중에서 가장 물맛이 좋았다. 다음에라도 찾아가서 또 마시고 싶은 물이었다. 한국에서는 같은 정서를 갖고 있는 사람들이 살고 있어 경계를 설정하는 것, 분위기 등 주변 환경을 빨리 알아차린다. 외국에 가면 그들의 정서로 설치된 모든 것에 익숙하지 않다. 이번 공짜 물 마시는 경우는 내가 그 경계선을 잘 인지하지 못한데서 온 것이다. 공짜 생수를 스스럼없이 마신 이번 나의 경우도 그들의 정서적 거리감에 무지해서 생긴 것으로 공적공간과 사적공간을 분간 못해서 생긴 것일 것이다. 덕분에 스코틀랜드 하일랜드에서 생산되었음 직한 맛좋은 물을 마셔본 것이다.

2시 20분경에 경유지 두바이행 비행기에 탑승했다. 창 측인 내자리 48A는 이웃으로 48B와 그옆 복도측 48C가 있는데 그들은 모두 초로의 스코틀랜드 여자였다. 그들은 지금은 호주에서 산다고 했다. 그녀들은 항상은 아니지만 마스크를 자주 썼다. 이는 현재 스코틀랜드에서는 남다른 버릇이며, 드문 현상이다. 나보고 어디 가느냐? 어느 나라 사람이냐?고 물어, 이번에야말로 꼭 마지막일 것으로 생각하고 '레퍼토리'를 읊었다. 그래도 맞추지 못해 못내 섭섭했다. 공항에서 영국 국적인과 동등한 특별대우를 받는 동아시아인은 일본인뿐이고 그 외에는 모른다고? 하기야 현재 공항에서 입국 승객을 통제 안내하는 보안직원도 아직 한국인을 여전히 일반 통로로 인도할 정도로 생소한 현상이니 그녀들이 모르는 것은 어쩌면 당현한 현상일 것이다. 내 옆여자는 멜버른에서 도시기획을 하는 일을 한다고 했다. 그녀는 계속 영화를 보았고, 건너 복도 측 여자는 계속 독서를 했는데 밤인데도 천정에 붙어있는 개인 등을 켜지 않고 바로 앞 모니터 화면 빛으로 읽었다. 내가 개인불을 켜보라고 권해도 괜찮다면서 꼭 모니터 화면 밝기에 의존하여 꿈적하지 않는 정자세로 앉아 독서를 했다. 도대체 무슨 책인지 궁금했으나 알 길이 없었다. 여행을 하다보면 여전히 종이책을 열심히 읽는 사람이 드물지 않다. 어제는 기차 옆자리 남자가 줄곧 책을 읽었다.

이륙 한 시간 반쯤 후에 식사 음식이 나왔고, 다시 세 시간 후 간식이 나왔다. 식사 때는 백포도주를 주문하여 한잔한 후 잠시 잠을 청하기도 했고, 영화 〈헤어질 결심〉을 끝까지 보며 7시 30분 동안의 지루함을 견디려고 노력했다.

두바이 공항에 도착할 때는 이미 다음 날이 된 5월 9일 현지 시각 새벽 1시 30분경이었다. 약 2시간 30분을 대기한 후 4시 12분에 인천행 비행기에 탑승했다. 주변 승객들은 대부분 유럽 단체여행객으로 귀국 중인 한국인들이었다. 인천국제공항까지는 약 8시간 30분이 소요되었는데 나는 자주 좌석에서 나와 화장실 앞 공간에서 걷거나 체조를 하여 몸 상태를 잘 유지하려고 노력하였다. 나 말고도 그러는 사람들이 있으니 별난 행동은 아니다. 식사는 탑승 후 4시간쯤 후에 한 번, 도착 전에 늦은 점심으로 한 번 더 주었다. 지루한 항공기 여행 중에 기내식은 여행객들에게 즐거움을 준다. 인천국제공항에는 오후 5시 30분경에 도착했고, 바퀴 세 개만 있는 애물단지 캐리어를 달래면서 끌고 공항버스타고 집에는 5월 9일 저녁 8시에 도착하였다.

사용한 비용

£29.94 기념품 · £6.70 커피 · £10.00 글라스고 공항버스 · £53.00 술 · $59.25 대추야자 · 16,800원 인천공항리무진

나는 소설(Fiction)보다 사실(Nonfiction)을 더 좋아한다. 그래서 여행지의 과거와 역사에 천착하는지도 모르겠다. 사실 스코들랜드의 자연은 수려한 금수강산에서 나서자란 우리에게는 아름답다기 보다는 특이하다. 이 특이성만으로도 여행할 만한 곳이긴 하다. 하지만 스코틀랜드의 과거를 모르고 여행한다면 우리와 다른 독특한 자연환경과 곳곳에 있는 폐허에 가까운 돌덩어리 고성만이 보일 것이다. 여기에 스코틀랜드인들의 정서를 알고, 과거를 안다면 이 독특한 산하山河와 산천초목山川草木, 적어도 31,000개가 된다는 호수 그리고 고성 유적이 달리 보일 것이다.

6월 3일에 '악마의 계단'을 딛고 걸어 고개를 넘어 킨로크리븐으로 향했다. 길을 걸으며 나는 일면 밋밋한 소재에 불만이 있던 차에, 여기서 이 악마의 계단이란 이름을 보고, 이 장소에 대한 역사성과 통속성을 함께 기대했었고, 거기에 대한 자료수집을 하던 차에 킨로크리븐의 블랙워터 댐(Blackwater Dam) 공사에서 일을 했던 전직 인부人夫 아일랜드 출신 패트릭 맥길(Patrick MacGill)의 자전적 소설 CHILDREN OF THE DEAD END THE AUTOBIOGRAPHY OF A NAVVY(한 인부의 자서전 막다른 골목의 아이들)이 있다는 것을 알고 즉시 구매하여 흥미로운 이야기를 끄집어 낼 수 있을까 기대하며 읽었다. 책에 이 댐공사장에서 작가가 일하던 시절의 이야기가 일부 나오지만 이때가 그가 미성년, 혹은 미성년을 갓 지난 시기라 그런지 기대했던 일, 이를테면 급료 날 산을 넘어 악마의 계단을 지나 킹스하우스 선술집에 갔다는 이야기는 없었다. 대신 선술집에서 닭 서리한 것, 그리고 뚱뚱한 짐 말로니(Jim Maloney)의 비극을 독자에게 알릴 수 있어서 그나마 다행이었다.

이 여행기에 의하면 스튜어트왕조와 스코틀랜드 민중은 사이가 좋았다고 생각할 수도 있겠지만 그렇지만은 않다고 말씀드리고 싶다. 자코바이트(Jacobite)라는 의병이 일어나 망명 왕의 복위를 위해 대를이어 봉기했지만, 그 훨씬 이전에는 양자 간 종교갈등이 극심했다. 국민서약(National Covenant)과 언약자, 또는 서약자(Covenanter)와 스튜어트왕과 갈등은 주교 전쟁(Bishop's War)과 삼국 전쟁(Wars of the Three Kingdoms)을 불러일으키더니 결국은 영국 내전(English Civil War)으로 이어졌다. 이 여행기에서 국민 서약과 서약자(Covenanters)를 간단히 언급은 했는데 좀 더 길게 설명하고 싶었지만 도보여행기라는 본류에서 멀리 벗어날 수는 없었다. 반면 자코바이트는 西하일랜드길 이곳저곳에 그 흔적을 많이 남겨 자세한 설명이 필요했다. 포트윌리엄 소재 西하일랜드 박물관에서 꽃미남 찰리 왕자의 데스마스크(Death Mask)까지 소개했다.

　앞서 스코틀랜드를 여행할 때 '아는 만큼 보인다'면서 스코틀랜드와 잉글랜드의 갈등의 일부로 西하일랜드길을 걸으면서 보게 될 것과 관련된 것만을 언급했다. 일반적으로 스코틀랜드를 여행할 때 필수 숙지 사항으로 항목별로 열거해 본다. 여행 전에 이것만은 알고 가야 할 것으로 본다.

　　1. 로버트 (더) 브루스(Robert (the) Bruce)

　　2. 윌리엄 월리스(William Wallace)

　　3. 스튜어트 왕가(House of Stewart/Stuart)

　　4. 스콧의 여왕, 메리 1세(Mary I, Queen of Scots)

　　5. 자코바이트(Jacobite)

　이외 비중이 조금 떨어진 인물로 로버트 맥그리거(Robert MacGregor(1671~1734))도 있는데 월터 스콧의 소설 Rob Roy로 유명해진 면이 있다. 西하일랜드길에서 롭로이길을 만난 기억을 할 것이다. 통속적인 이야깃거리가 이곳저곳에 있지만 그는 상기 다섯 항목과 비교해서는 아주 미미하다고 할 것이다. 다시 말하면 다섯 항목은 스코틀랜드 역사의 근간을 이루기 때문에 미리 숙지하는 것이 필수라고 말해도 좋다.

참고 자료

1. West Highland Way(안내서), Charlie Loram, SIX EDITION UPDATED BY BRYN THOMAS

2. A Wee Guide To The Jacobites, Charles Sinclair

3. THE STORY OF BRITAIN, REBECCA FRASER

4. CHILDREN OF THE DEAD END, THE AUTOBIOGRAPHY OF A NAVVY, Patrick MacGill

5. Wikipedia

6. Internet Data

7. 西하일랜드길, 박물관, 유적지 등에 설치된 각종 소개 및 설명 간판